Season21

◀ Episode 6

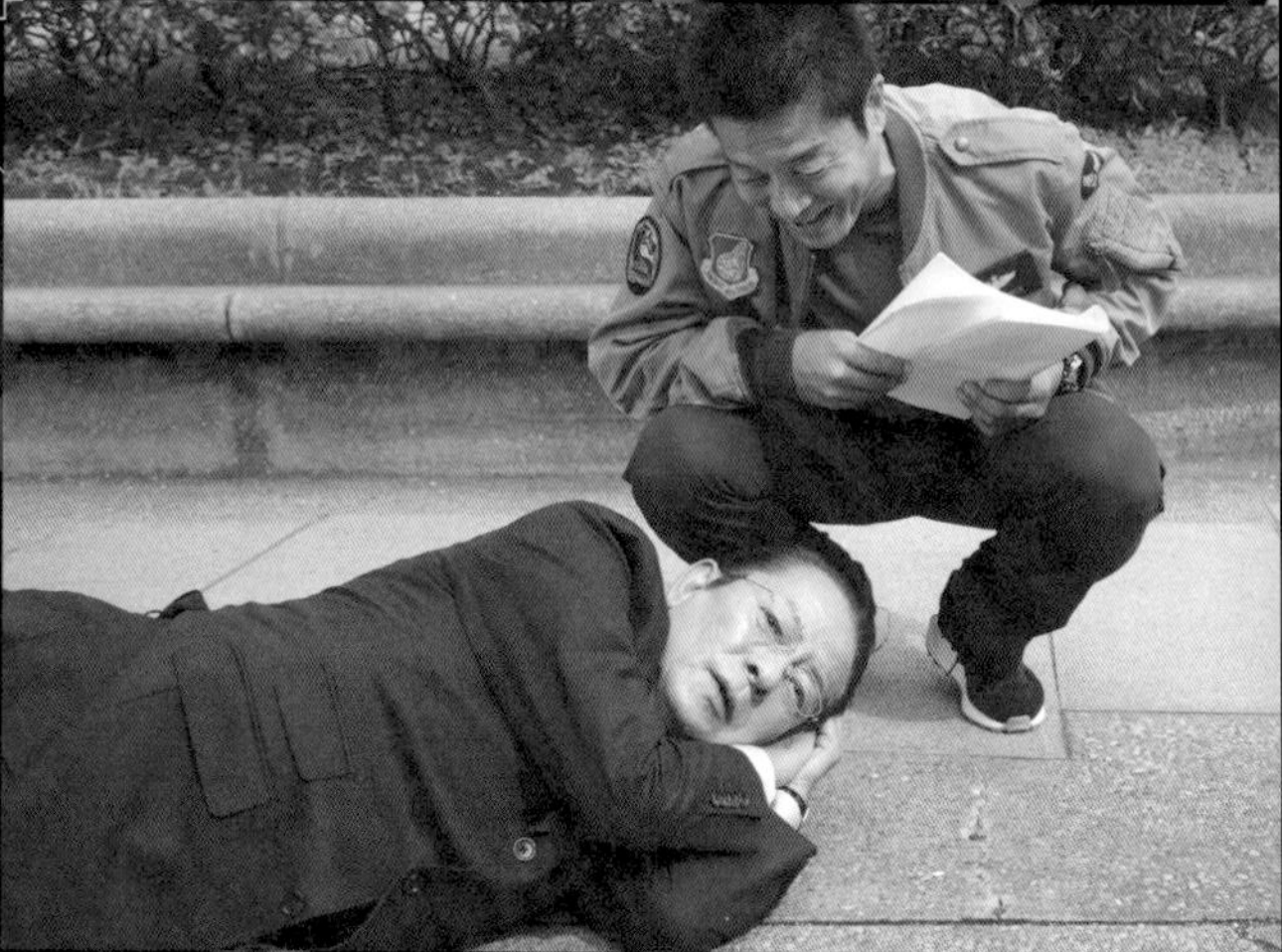

▲ Episode 5

Season 21

相棒 season21

上

脚本・輿水泰弘ほか／ノベライズ・碇　卯人

朝日文庫

本書は二〇二二年十月十二日～二〇二三年三月十五日にテレビ朝日系列で放送された「相棒　シーズン21」の第一話～第八話の脚本をもとに、全七話に構成して小説化したものです。小説化にあたり、変更がありますことをご了承ください。

相棒 season 21 上 目次

＊小説版では、放送第一話「ペルソナ・ノン・グラータ～殺人招待状」および第二話「ペルソナ・ノン・グラータ～二重の陰謀」をまとめて一話分として構成しています。

装幀・口絵・章扉／大岡喜直（next door design）

杉下右京　警視庁特命係係長。警部。
亀山薫　サルウィンより帰国し、警視庁特命係へ復帰。
小出茉梨　家庭料理〈こてまり〉女将。元は赤坂芸者「小手鞠」。
亀山美和子　フリージャーナリスト。薫の妻。
伊丹憲一　警視庁刑事部捜査一課。巡査部長。
芹沢慶二　警視庁刑事部捜査一課。巡査部長。
出雲麗音　警視庁刑事部捜査一課。巡査部長。
角田六郎　警視庁組織犯罪対策部薬物銃器対策課長。警視。
益子桑栄　警視庁刑事部鑑識課。巡査部長。
土師太　警視庁サイバーセキュリティ対策本部特別捜査官。巡査部長。
大河内春樹　警視庁警務部首席監察官。警視正。
中園照生　警視庁刑事部参事官。警視正。
内村完爾　警視庁刑事部長。警視長。
衣笠藤治　警視庁副総監。警視監。
社美彌子　内閣情報調査室内閣情報官。
甲斐峯秋　警察庁長官官房付。

相棒

season
21 上

第一話 ペルソナ・ノン・グラータ

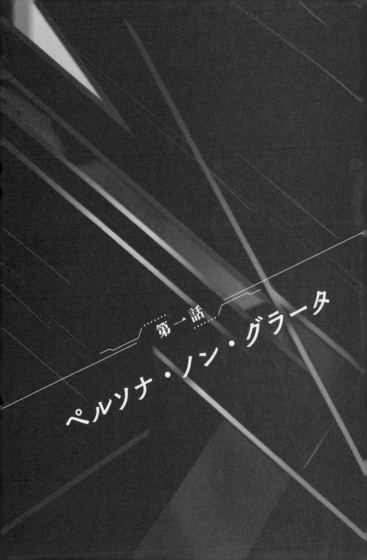

一

警視庁捜査一課の刑事、出雲麗音《いずもれおん》はデスクのパソコンで動画投稿サイトのとある動画を見ていた。どこか外国での市民革命のようすを撮影したものだろうか。民衆が歓喜に包まれておそろいの旗を振り回している。音が聞こえないのは麗音がイヤホンをつけているからだった。画面に見入っている麗音は、先輩の芹沢慶二《せりざわけいじ》が背後からそっとパソコンをのぞき込んでいることに気づいていなかった。

そのとき伊丹憲一《いたみけんいち》が捜査一課のフロアに入ってきた。先輩の登庁に気づいた芹沢が声を張り上げた。

「おはようございます」

芹沢の大声で振り返った麗音は、伊丹の姿を認めると、イヤホンをはずして立ち上がった。

「おはようございます」麗音は慌てて伊丹に挨拶すると、腰をかがめてパソコンを眺めている芹沢に向き合った。「のぞき見なんて行儀悪い！」

「おはよう」伊丹が麗音のパソコンに映っている動画に興味を示した。「なんだよ？」

「なに、これ？」

伊丹と同じ反応を示す芹沢に、麗音が呆れた。

「わからないで、ずっとのぞいてたんですか？」

「だって音聞こえないし。祭り？」

伊丹は画面に映し出された旗に見覚えがあった。

「サルウィンか……」

「えっ？」芹沢が振り向いて伊丹を見る。

「たしかに祭りだ。やっとのことで政府を打ち倒した民衆が、お祭り騒ぎ。そのときの映像だろ」

「見てください、彼女」麗音が画面の中央に現れた民族衣装の女性を指さした。女性は自信と喜びに満ち溢れた表情をしていた。「名前はアイシャ。反政府運動のリーダー的存在だった女性ですよ」

「ああ、なんかニュースで見たような……さしずめジャンヌ・ダルクね……。あ、そういえば、もうすぐサルウィンご一行が……」

芹沢の言葉は伊丹の叫び声で遮《さえぎ》られた。

「なんじゃ、こいつ!!」

目を見開いて画面を見つめている伊丹の視線を、芹沢がたどった。

「ああーーっ!!」

その頃、特命係の小部屋には、組織犯罪対策部薬物銃器対策課長の角田《かくた》六郎《ろくろう》の姿があった。冠城亘《かぶらぎわたる》が去ってから、この部屋にいるのは主《あるじ》である杉下右京《すぎしたうきょう》ひとりになってしまったが、角田は以前と同様、暇さえあれば油を売りにふらっと入ってくるのだった。

特命係のコーヒーを取っ手がパンダになっているマグカップに注《つ》ぐ角田の手が止まった。

「招待？　なんでお前さんがそんなものに招待されるんだ？」

椅子に座った右京は、封筒から取り出した招待状を開いて眺めていた。

「さあ、謎ですねえ。招待されるような覚えはありません」

捜査一課のフロアでは、伊丹が画面でアイシャの隣に映る男を憎々しげににらみつけていた。

「なんでこいつがこんなとこに……」

記者の取材を受けているのはかつての杉下右京の相棒であり、伊丹とは因縁浅からぬ仲の亀山薫《かめやまかおる》に他ならなかった。芹沢も薫が警視庁を退職して、サルウィンに行った経緯《いきさつ》を知っていた。

「いや、だってほら、夫婦そろってサルウィンに……」

「そうじゃねえよ！　なんでこんなとこで偉そうに！」

伊丹がイヤホンのケーブルをパソコンから引き抜くと、記者がサルウィンの現地語で薫になにか質問する声が流れてきた。

「なんて言ってんだ？」伊丹が訊《き》く。

「わかりませんよ、向こうの言葉。せめて英語ならねえ……」

うそぶく芹沢に、麗音が問いかける。

「わかるんですか？」

「わかってたまるかよ！」


その夜、右京は行きつけの店、家庭料理〈こてまり〉のカウンター席で静かに猪口《ちょこ》を傾けていた。

と、右京から招待状の話を聞いた女将《おかみ》の小手鞠《こてまり》こと小出茉梨《こいでまり》がいきなり声を上げた。

「わかった！　なんか事件が起こるんですよ、パーティーで」

「はい？」

顔をあげた右京に、小手鞠が自信満々に語る。

「だから前もって杉下さんが呼ばれたんですよ。たぶん招待者は杉下さんの日頃の活躍を知っていて、その能力を高く評価してる方。じゃなきゃ、呼ばれたりしませんよ」

同じ頃、代議士で国家公安委員長を務める鑓鞍兵衛《やりくらひょうえ》は衆議院議員会館の自室にいた。

「そりゃ和服ですよ、和服。決まってるでしょ。日本男児のいでたちでお迎えしないとね」

鑓鞍が秘書に向かって愉快そうに笑ったとき、ノックの音がして、スタッフが入ってきた。

「片山《かたやま》先生がお見えです」

〈こてまり〉では小手鞠がひとりでしゃべり続けていた。

「できれば事件を未然に防ぐため。残念ながら起こっちゃっても速やかに解決するため。そうね……きっとそうだわ。間違いない！」

「いいですか……」

右京が呆れて口を挟もうとしたが、小手鞠はひとり悦に入っていた。

「名探偵のもとに謎の招待状が届く、なんていうのは、おおむねそのパターンですからね。で、起きるのはやっぱり殺人事件ですかね？」

「探偵小説の読みすぎ。さもなくばミステリー映画やドラマの観すぎですね。はい」

右京は女将を軽くたしなめて、猪口を口に運んだ。

鐙鞍と片山雛子《ひなこ》は先の衆議院選において同じ選挙区で票を争った仲だった。選挙区では雛子が勝ち、鐙鞍は比例代表で勝ち上がったのだ。一時はライバルであったはずだが、共に代議士となったいま、ふたりの間にわだかまりはなさそうに見えた。

「サルウィンとなると、お前さんも他人事《ひとごと》じゃいられないもんね」

鐙鞍が水を向けると、雛子はうなずいた。

「我が師、瀬戸内米蔵《せとうちよねぞう》の罪は罪として、その志には共感できましたから」

元代議士で雛子に目をかけていた瀬戸内は、紛争地域で活動するNGOを支援していた。そうするうちにサルウィンの窮状を知り、虐げられた人民を救うために、やむなく国際支援物資に関する不正に手を染めたのだった。

「瀬戸内さんが政府の腐敗を利用して貧困層を救おうとしていた頃のサルウィン、本当にひどい国だったからねえ」

「ええ」

「正直、あたしの生きてるうちに、どうこうなるとは思わなかったけど、瓦解するときゃあっけないものだね」

「ええ。瀬戸内米蔵が救おうとした民《たみ》の力です」

「その功労者たちをお迎えするパーティーだからね、盛大に」

鐙鞍が雛子に同意した。

〈こてまり〉では右京が自分の考えを口に出しながら、ちびりちびり酒を飲んでいた。

「現実のパーティーは極めて平和ですよ。事件など起こるわけ……。しかしそうなると、どうして僕などが招待されたか説明できませんねえ。ひょっとして起こる？　いや、だとしたらいったい誰が僕を招待したのでしょう？　なにしろその招待者は、事件の発生を事前に知っていることに……。ああ、穏やかではありません。いやはや、考えだすと迷路ですねえ」

小手鞠は右京の独り言を無視して酌《しゃく》をする。

「まあ、どうぞ」

「恨みます」右京が猪口の向こうの女将の顔を一瞥《いちべつ》した。「僕の憩いのひとときを、こんな益体《やくたい》もない思考の泥沼に誘い込んだあなたを」

二

そして、パーティーの当日。会場となったのは政府が国賓などを接待するためにつくられた〈迎賓楼《げいひんろう》〉という施設だった。正装の右京が建物に入り、招待客で賑わう豪華なエントランスを歩いていると、どこからか「右京さん」と呼ぶ声がした。

右京は立ち止まって周囲を見回したが、声の主は見当たらない。右京が再び歩きはじめると、またしても「右京さん！」と声がする。

エントランスの壁際に置かれた巨大な彫刻の陰に隠れて右京を呼んでいたのは亀山薫だった。国賓らしくスタンドカラーのスーツを着込み、サルウィン新国家の国旗の色をベースにしたサッシュをたすきのように右肩から斜めにかけていた。右京の戸惑う顔を見ようとほくそ笑みながら、薫は彫刻の陰からそっとのぞいた。ところが、そこにいるはずの右京の姿はどこにもなかった。

「あれ？」

結局、戸惑ったのは薫のほうだった。ふいに気配を感じて後ろを振り返ると、右京が怖い顔をして立っていた。思わず照れ笑いが漏れる。

「ハハハ……亀山薫です」

久しぶりの再会だったが、右京はにこりともしなかった。

「わかっています」

「あ、お久しぶりです」薫が頭を下げる。

「どうも」

「びっくりしたでしょ？」

「突如君の声がすれば、当然驚きますよ」

「でしょ？」

「一方で懸案の謎も解けて、すっきりしましたが」

「えっ？」

ふたり並んで廊下を歩きながら、薫が言った。

「いや、だって普通に招待したところで来やしないでしょ、右京さん。だけど招待者がわからなければ興味が湧いて、ね、こうして……」

「いずれにしても、君のいたずらとわかってホッとしました」

「いたずらなんて人聞きの悪い。劇的な再会を演出したんじゃないですか。それにしても右京さん、身に覚えのない招待状に事件の匂いを嗅ぎ取って、いそいそ来ちゃったりしたんじゃありません？　だとしたら、拍子抜けさせ申し訳ありませんでした」

薫は満足顔でぺこりと仕草だけで謝ると、目の前の控えの間の扉をノックした。

「ここです、ここ」

パーティー会場のホールでは、紋付羽織袴姿の鑓鞍が雛子に話しかけていた。

「亀山薫っていうの、会ってみたいんだよね。昔、杉下くんとつるんでたんでしょ？」

雛子のほうは青い光沢のあるドレスをまとっていた。

「ご紹介いたしますよ」

「なに、知り合い？　呆れるほど顔広いんだねえ」

控えの間では、薫によって右京に引き合わされたアイシャ・ラ・プラントが、ややぎこちない日本語で挨拶をしていた。

「アイシャと申します。よろしくお願いします」

アイシャは二十代後半と思《おぼ》しき、凜々しい顔をした女性だった。薫と同じサッシュを肩からかけていた。

「杉下です。こちらこそ、よろしくどうぞ。日本語お上手ですね」

「少しだけ……。先生に教えてもらいました」

アイシャから手で示された薫は、サルウィンの現地語でひと言返し、右京に向き合った。

「俺も少しだけ、向こうの言葉、アイシャに教わりました」

「なるほど」

アイシャが薫の言葉を通訳する。

「今の、『もっと俺褒《ほ》めろ』と言いました」

「おやおや……」

「コラ！　それは訳さなくていいんだよ！」

薫が慌てたとき、ドアがノックされ、やはりサッシュをかけたサルウィン人女性が入ってきた。薫が迎え入れる。

「ああ、ミウ。ミウ・ガルシアです。アイシャの親友」

薫が現地語で右京を紹介すると、ミウは片言の日本語で右京に挨拶した。

「こんにちは。私はミウです」

「杉下です。どうも」

ミウがアイシャのもとに歩み寄り、なにか話しはじめたのを見て、右京が薫に訊いた。

「彼女も君の教え子ですか？」

「ええ。アイシャとミウは同級生。まあ、ミウのほうがちょっと年上ですけどね」


パーティーに招待された外務省アジア大洋州局次長の厩谷琢《うまやだにたく》が会場のホールを歩いていると、片山雛子に呼び止められた。

「厩谷さん」

「これは片山先生。ああ、そうでしたね。先生は長年〈日サ友好協会〉で、我が国とサルウィンとの友好関係構築に、さまざまご尽力なさってますもんね」

厩谷はソファにどっしりと腰を下ろした鑓鞍に気づいて近づいた。

「鑓鞍先生も。どうも、ご無沙汰しております」

「私もさ。その〈日サ友好協会〉の顧問なもんでさ」

「ええ、存じてます」

「まあ、頼まれたんで、ごく軽い気持ちで引き受けたんだけど、あとで片山女史が大きい顔してる組織って知って、後悔した。でもまあ、名義貸しみたいなもんだし、いいかってうっちゃっておいたんだけど……」

皮肉交じりの鐙鞍と含み笑いで聞き流す雛子を交互に眺め、厩谷が言った。

「実は、おふたり、仲睦《なかむつ》まじくおそろいなんで、正直驚いているところです」

「先の選挙戦で壮絶な死闘を繰り広げた間柄だっていうのに、なんだかね、この人、妙に懐《なつ》いてきてね。いい迷惑だよ」

雛子は受け流して鐙鞍の隣のソファに座った。

「戦い終われればノーサイド。過去の遺恨にこだわってたら、先に進めませんもの」雛子は厩谷にもソファを勧めた。「外務省も今後、新生サルウィンとの関係をどう構築していくか、大変ね」

「あのサルウィンで反政府運動が盛り上がって、腐敗しきった政府を打ち倒したのも驚きでしたが、共和国から君主国への先祖返りには、さらにびっくりしました」

「驚きではあったけれど、王家の継承者たる若者を擁立して戦いに勝利したんですもの。当然の帰結よ」

「絶対君主国家の誕生ですからね。今、国王の来日調整でてんやわんやですよ」

やれやれという表情で身を乗り出す厩谷に、鐙鞍が言った。

「国王陛下はまれに見る人格者だっていうじゃないの」

「そう聞いております。なので対サルウィン外交はこれまでより格段に難しくなる」

「うん？」鎧鞍が厩谷に顔を向けた。

「腐った政府が相手ならば話は単純。外交はよっぽど簡単ですから」

控えの間から庭園に出た薫は、歩きながらかつての上司に報告していた。

「向こうに渡って教師のまねごとして、生徒たちを送り出しているうちに、少しずつ学校も大きくなってって……気がついたら校長先生なんて立場になってて……」

「アイシャさんもミウさんも最初の頃の教え子ですか？」

「ええ。ごく初期の。ふたりともあんなに立派な大人になって」

「君の理想が見事に開花した……」

「えっ？」

「そうじゃありませんか。警視庁を辞めてサルウィンに行くと決心したとき、君は言いました……」

右京はそのときの薫の言葉を覚えていた。

――本当に教えてやりたいのは「正義」です。不正だらけのあの国だからこそ、子供たちには正義を知ってほしい。

「……君が正義を説いて育んだ子供たちが、腐敗した政権を打倒する原動力になったのだとしたら、まさしく君が丹精込めて育てた花が開いた結果。理想が開花したということですよ」

薫は少し照れながら、続けた。

「彼女たちもこんな俺に恩義を感じてくれてるみたいで、今回の来日に際しても一介の校長先生の俺を、オブザーバーなんてのに祭り上げて、里帰りをプレゼントしてくれました」

「ああ、ところで美和子《みわこ》さんは？」右京が薫の妻を話題にした。「今回は留守番ですか？おふたりの関係に特段変化はありませんよね？　向こうに渡った頃のまま」

「大丈夫です。まだちゃんと夫婦してます」

「それは結構」

薫が苦笑しながら腕時計に目を落とす。

「サルウィン国際航空264便でそろそろ飛び立った頃だと思います。我々親善使節団のメンバーと一部スタッフだけ先に来て、残りのスタッフや関係者たちはあとの便で来ます」

「サルウィンからの飛行時間は五時間ほど。二時間の時差がありますから、十六時頃、羽田に到着ですね」

「はい」薫がうなずいたとき、スマホの着信音が鳴った。「あ、ちょっとすみません。噂をすれば……かな？」

いそいそとスマホでSNSのアプリを開いた薫の表情がたちまち険しくなった。

薫からスマホを渡され、届いたメッセージに目を通した右京が、顔をあげた。

「これも君の演出とやらですか？　いわく劇的な再会。それに続く第二弾」

「いやいや、ちょっと待ってくださいよ！」

「僕が事件を期待して来るだろうと、愚かな決めつけをしていた君のことですからねえ。さしずめ僕を喜ばせるつもりで、こんな浅はかな演出を……」

「するわけないでしょ、そんなくだらないこと！」

薫が否定しても、右京は信じなかった。

「そもそも正体を隠してパーティーに誘って脅かそうとする魂胆からして、くだらないですがねえ」

「ああ、もういいですよ」薫が右京の手からスマホを取り返す。「もう！　こんなとこで右京さんと議論してる暇ありませんから！　まったく相変わらずだなあ」

「君、本当に身に覚えがないと？」

「言ってるでしょ、そう！」

「となれば、亀山くん。まさしくこれは事件ですねえ」

「事件ですよ！　大事件！」

薫のスマホに届いたメッセージはたどたどしく、文意が取りづらかったが、「ここに書かれていることは誰にも話してはいけない」と釘を刺したうえで、以下のような文面が続いていた。

――サルウィン国際航空264便は爆発するでしょう。

――あなたは親愛な人を救う時は、あなたはアイシャを殺さなければなりません。

――飛行機が、日本の羽田空港に最終アプローチするまでにです。

右京は薫とともに〈迎賓楼〉のエントランスに戻った。すでにエントランスには招待客の姿はなかった。

「あのぎこちない文面を見る限り、送信者は翻訳ソフトを使っているようですねえ」

「一読して、意味が摑みづらかったですけど、要するに美和子の乗った飛行機が、羽田空港に最終アプローチするまでに、俺がアイシャを殺さなければ、機内で爆発を起こして墜落させるってことでしょ」

「ええ」

薫が腕時計で時刻を確認する。

「最終アプローチまでとなると、もう五時間切ってるどころか、下手すりゃ四時間半」

「どちらにしても一刻の猶予もありません」

「俺にアイシャを殺せって……さもなきゃ美和子が死ぬぞって……。いったいなんのためにアイシャを殺せっていうんだ！」

「ええ、その点も含めて情報が少なすぎますねえ」

「このタイムリミットで二者択一なんて酷ですよ！」

「とにかく動きながら解決策を考えるしかありませんね」

「動くったって……」

動揺する薫を諭《さと》すように、右京が言った。

「まず君は、ここに集まった方々を吟味してください。怪しい存在の有無。君ならば館内を歩き回れます」

「怪しい存在……？」

「君がアイシャさんを殺さなければ、飛行機を爆破して墜落させる。言うとおり殺せば、飛行機を無事に着陸させるという以上、脅迫者には君の行動を監視する必要が生じます」

右京の言わんとしていることを薫が理解した。

「そうか。命令を実行してアイシャを殺したかなんて、そばにいないとわからない」

右京が左手の人差し指を立てた。

「君の申告を鵜《う》呑《の》みにしたりはしないでしょう。確認するはずですよ。もしタイムリミットがなければ、遠く離れていても殺害の成功を知る方法はいろいろありますがね」

「タイムリミットは向こうにとっても不利な条件。脅迫者自身か共犯者、少なくとも、この件に関わっている者が近くにいる可能性大ですね。わかりました。探してみます」

パーティー会場に入った薫は、サルウィンの使節団と招待客でごった返すホールの中を、探るような視線を投げかけながら険しい表情で歩いていた。

と、「亀山さん」と呼び止める女性の声がした。振り返ると、片山雛子が笑顔で近づいてくる。

「ご無沙汰をしております」

「あ、どうも」

硬い表情を崩さない薫に、雛子が怪訝《けげん》そうに訊いた。

「あら、どうかなさったの？ 怖い顔をして」

「え、いや……してますかね、怖い顔？」

「般若の形相」

ズバリ指摘された薫がごまかすように、「あ、片山さんは相変わらずおきれいで……」と応じると、雛子から間髪容《い》れずに「わかってる」と返され、思わずたじろいだ。

その頃右京は警視庁に戻り、サイバーセキュリティ対策本部の特別捜査官、土師《はじ》太《ふとし》を廊下に呼び出していた。土師は右京の服装をじろじろ眺めてから言った。

「結婚式ですか？」

「ああ、どうかこのいでたちにはお構いなく」

土師の態度は素っ気なかった。

「なんでしょう？」

「実は今、極めて重大かつ凶暴、前代未聞の事件が起きているのですが、それを知っているのは現状二名。あなた、三人目になりませんか？」

「はあ？」

「もちろんタダでお教えするわけには、参りませんがね」

「金目当てなら他所《よそ》当たってください」

踵《きびす》を返した土師の背中に、右京が語りかける。

「あなたにお金を求めるとでも？」

「やばいことに巻き込まれるのもごめんです」

「そうですか。ならば他所を当たります。リスクを取れない臆病者に用はありません」

そう言い残して去りかけた右京を、今度は土師が呼び止めた。

「ちょっ……待って！　臆病者？　この僕が？」

駆け寄った土師の両肩に、右京がにっこりしながら手をかけた。

雛子から薫を紹介された鐙鞍は、失望したような目をしていた。

「あなたが亀山さん？」

「お初にお目にかかります。亀山です」

「薫さん？」

名前を確認する鐙鞍に、雛子が「ええ」と答え、薫が改めて名乗る。

「亀山薫です。はい」

鐙鞍がぼそっとつぶやく。

「……女かと思ってた」

「えっ？」薫と雛子の声がそろう。

「いや、薫なんていうからさ、てっきり……」

「ああ、やだ！　鐙鞍先生ったら……」

雛子は吹き出しながら、なぜか薫の肩をピシャリと叩いた。

「紛らわしいんだよね！」

強い口調で鐙鞍からなじられ、薫はとりあえず謝った。

「あっ、すみません……」

「なんだ、男か。私はてっきりね、杉下くんのこれかなんかかと思って」鐙鞍が右手の小指を立てる。「いやあ、勘違い勘違い。面目ない。鑓鞍です。よろしく」

ソファから立ち上がりそそくさと去っていく鑓鞍の背中に、薫が頭を下げた。

「あっ、こちらこそ、よろしくどうぞお願い……」

雛子が笑いながら薫を慰めた。

「あなたのせいじゃないわ」


その頃、厩谷は足早に控えの間へと向かっていた。途中で思いつめた表情の男とすれ違ったが、男は厩谷の姿を認めると、ばつが悪そうに去っていった。

厩谷が控えの間のドアをノックすると、ミウが出迎えた。

「厩谷さん！」

厩谷は英語で言った。

「久しぶり。食事の前に表敬訪問だ」

ミウはにっこり笑うと、背後のアイシャに現地語で「聞こえたでしょう」と伝え、厩谷を室内に入れた。

ソファに腰かけていたアイシャが訪問者を迎えるために立ち上がった。

警視庁を出た右京は、内閣情報調査室のトップである内閣情報官の社美彌子《やしろみやこ》を訪ねた。

「門前払いを覚悟で参ったのですが……」

美彌子が右京の服装に目を走らせる。

「杉下さんを門前払いなんて……結婚式？」

「やはり悪目立ちしますね。どうかお構いなく」

「緊急で相談ってなにかしら？」

用件を訊く美彌子に、右京がファイルを手渡した。

「現在羽田に向けて飛行中のサルウィン国際航空264便の搭乗者名簿です。急遽《きゅうきょ》、非公式に入手しました」

美彌子が険しい視線を名簿に落とした。

三

雛子と別れた薫が時計を気にしながら、ホールに怪しい人物がいないか目を配っていると、突然白いパンツスーツの女性が床に倒れ込んだ。

薫はすぐさま女性のもとに駆け寄った。女性は尾栗《おぐり》江《え》威子《いこ》という名で、人道支援NGOの幹部スタッフだった。

「どうしました？　大丈夫ですか？」

「ごめんなさい。ちょっと目まいが……」

「ああ、そのまま。無理しないで」薫は江威子に声をかけると、近くにいたスタッフに「あっ、ドクター呼んで」と命じた。

江威子がスタッフを止める。

「ああ、平気です、本当に。貧血気味でよく……緊張すると特に。でも先生にも診ていただいているし問題ないの」江威子はなんとか自力で立ち上がった。「すみません、ご迷惑をおかけして……」

「いやいや、もう本当に？」

「はい。大丈夫です」

「ごめん。大丈夫」薫は困惑するスタッフに言うと、周囲で心配そうに見守る人々に説明した。「平気です、もう。お騒がせしました。すいません」

「すみません。大丈夫です」

江威子もふらつきながら頭を下げた。

サルウィン使節団のメンバーのクリス・ガルシアが控えの間の前にやってきたとき、ちょうどドアが開いて、姉のミウが出てきた。

「アイシャは中？」

クリスが現地語で尋ねると、ミウも現地語で答えた。

「今、厩谷さんが来てる」

「どこへ行くの？」

「ミルクティーを調達に。アイシャが急に飲みたいって。あの子、ときどきわがまま言うのよね」

ミウが廊下を歩きはじめると、前方に江威子をエスコートした薫がホールから現れた。そのとき控えの間でガシャーンと大きな物音が聞こえ、直後にアイシャが転げるように出てきた。

クリスとミウがアイシャに駆け寄る。

「どうしたんだ？」

「なんなの？　いったいなに、アイシャ？」

クリスとミウが現地語で訊いているところへ、薫がやってきた。少し遅れて江威子も追ってきた。

「なんだ？　なにがあった？」

薫も現地語でアイシャに質問した。アイシャはむせながら、切れ切れになにやらしゃべったが、薫にはうまく聞き取れなかった。

「落ち着いて！　うまく聞き取れない！」

しかし、江威子は理解していた。

「突然、厩谷さんに襲われたって」

「えっ⁉」

「ドライヤーのコードで首を絞められたって。必死で抵抗して逃げ出したって……彼女、そう言ってます！」

江威子の説明を聞いた薫が、控えの間に飛び込んだ。そこには力なく座り込み、肩で息をする厩谷の姿があった。床にはドライヤーが転がっていた。

「どういうことですか？」薫が厩谷に近づく。「説明してください！」

江威子、ミウ、アイシャに肩を貸したクリスが部屋に入ってきたところで、薫が声を荒らげた。

「おい、黙ってないで、なんとか言ったらどうだ⁉」

悄然《しょうぜん》と顔をあげた厩谷の目が、開いたドア越しに廊下からこちらを眺めている男の姿をとらえた。それは先ほど廊下ですれ違った男に違いなかった。厩谷は立ち上がり、薫たちを無視して男に叫んだ。

「おい、誰だ君は？　なにのぞいてる⁉　さっきもいただろ！」

男が慌てて逃げ出すのを見て、薫はクリスに現地語で「ここを頼む」と言い残し、追いかけた。薫はすぐに男に追いつき、捕まえた。

「待って、待ってってって！　ちょっと待てっていうの。落ち着けって、もう！」

体を押さえつけられた男が、薫に訊いた。

「あの部屋でなにがあった？」

「ちょっと説明しづらい。デリケートな事情なんで……。ただ騒がれたら困る！」

「手を離してくれ。騒いだりしない」

男に求められ、薫は手を離した。

「ああ、悪い。アイシャたちになんか用か？」

薫が問いかけたところへ、江威子がスマホを持って駆けてきた。

「これ、見てください！」江威子がスマホを薫に差し出した。「厩谷さんの携帯です。今、撮らせてもらって……」

スマホの画面に表示されていたのは、薫が受け取ったメッセージと同じ文章だった。

「それ……」

メッセージの文面に目を瞠《みは》る男を薫が遮った。

「あっ、君には関係ない」

「関係なくない！」男は自分のスマホを取り出し、メッセージを表示した。「僕のところにも」

男はＩＴ関連企業のオーナーで里村壱太郎《さとむらかずたろう》という名前だった。その里村にも同じ脅迫メッセージが届いていたのだった。言葉を失う薫に、江威子が告げた。

「ミウさんとクリスさんも受け取っていたようです」

「ミウとクリスも⁉」

江威子がスマホを操作し、自分宛てのメッセージを表示した。

「実は……私にも」

「俺たち、みんな脅迫されてたのか……」

薫も自分のスマホに届いたメッセージを見せた。

警察庁長官官房付の甲斐峯秋《かいみねあき》は、社美彌子から呼び出しを受け、オープンカフェで彼女と会っていた。

「で、調べたのかい？」

美彌子から話を聞いた峯秋が質問した。

「事情を聴いて無視はできませんから」

「結果は？」

「少なくとも乗客に、国際的にマークされてるような人物はいませんでした」

「もしもそういう人物がいれば、殺害のターゲットとなっている人物から考えて、政治的背景のあるテロの疑いが濃厚になるからね」

「杉下さんもその可能性を疑って、隠密裡《おんみつり》に解析を持ち込んできたんです」

峯秋が美彌子の真意を探ろうとする。

「で、僕にどうしろと？」

「はい？」

「事が事だ。役に立てるのであれば動くよ」

峯秋が申し出ても、美彌子は口を結んだままだった。

「あ、違うのかね？　わざわざ呼び出されたのはそういうことかと思ったのだが。報告だけなら、電話でも済むじゃないか」

美彌子が峯秋の言葉を遮るかのように言った。

「抗議させていただこうと思って対面を希望しました」

「抗議？」

「口幅ったい言い方になりますが、これでも私は内調のトップです」

「承知してるよ」

「その私を気安く動かそうとする杉下さんに、正直、不快感を禁じ得ません。せめて特命係の責任者でもある甲斐さんを通しての依頼であれば、それなりに対応させていただきますが……」

ようやく峯秋にも美彌子の真意がつかめた。峯秋は組織図上、特命係を指揮統括する立場であった。

「たしかに杉下の身勝手な行動は僕の責任でもあるからね」

「ありていに申せば、監督不行き届きかと」

「それは申し訳なかったね」

峯秋が悔しそうに謝罪の言葉を口にした。

「感情に任せて無礼な物言いをしてしまいました。どうかお許しください」

軽く一礼して去ろうとする美彌子を、峯秋が呼び止めた。

「ああ、脅迫を受けているのは、杉下くんのかつての部下の亀山薫といったね」

「ええ」

「どういう人物か知りたいんだ。日本に滞在中に一度会おうと思っているんだが、事前に可能な限り相手を把握しておきたいんでね。早急に調べてもらえないかな？」

「……私がですか」美彌子が訊きなおす。

「僕の依頼ならば、それなりに対応してもらえると聞いたから頼んでる。駄目かね？」

「承知しました」

美彌子が唇を噛みしめながらうなずいた。

〈迎賓楼〉の廊下を、鑓鞍が雛子を連れて歩いていた。

「女闘士アイシャのご尊顔を拝したいと思ってたんだが、急病でパーティーも昼食会も欠席とは残念」

「ええ」雛子が同意した。

「男なのに薫ちゃんも姿見せないね」

「先生、ご発言がいちいち、ジェンダーフリーの世の中に逆行してらっしゃいますよ」

雛子がたしなめても、鐙鞍は「あ、そう?」と受け流し、耳障りな声で笑った。

〈迎賓楼〉の控えの間には、アイシャと脅迫メッセージを受け取った人々――薫、ミウ、クリス、厩谷、江威子、里村――が集まり、薫以外は皆、テーブルを囲んで席についていた。そこにはいつものスーツに着替えてきた右京の姿もあった。右京も薫と同じように立っていた。

「つまりここにいる全員が、同じ正体不明の脅迫メッセージを受け取っていたということですか」

事情を聴いた右京が理解したところで、薫が補足した。

「ええ。我々日本勢には例の翻訳文のメッセージ。ミウとクリスには英文。クリス……」

薫に促され、クリスが英文の脅迫メッセージをスマホに表示し、右京に見せた。右京がすばやく一読する。

「どうやらこれが原文のようですね」

「ええ」薫がうなずいた。

「メッセージの発信番号は？」

「俺に届いた発信者の電話番号とみんな一緒です。番号からなにかわかりましたか？」

土師太はかつての同僚で現在は内調の社美彌子の部下である青木年男《あおきとしお》を毛嫌いしていた。にもかかわらず、右京から青木同様に都合よく扱われ、内心納得できない思いだった。それでも依頼はちゃんとこなし、右京に報告したのだった。

その結果を右京が語る。

「取り急ぎ解析したところ、格安ＳＩＭの番号であることまではわかりましたが、具体的な登録者の正体がつかめません」

「イリーガルな方法で取得したものですかね？」

「おそらくは。ただ、日本国内からの発信であることはわかりました」

「脅迫者自身か共犯者が日本にいるってことですね」

「いずれにしたところで雲をつかむような話ですが」

「まあ、たしかに……」

右京は厩谷に近づいていき、質問した。

「あなた、飛行機にはどなたが搭乗なさってるんですか？」

「えっ？」

「あなたも大事な方が人質になってしまい、だから思い余って」右京はそこでアイシャを示した。「そういう理解でよろしいですね？」

「娘です……娘が乗ってます」

「お嬢さんが……そうですか」右京はうなずくと厩谷の心の内に迫った。「つまりお嬢さんを人質に取られ、追い詰められて人を殺す。理屈としてはわかりますが、心情的には、直接手を下すとなると、相当の葛藤があるはず。それは容易には乗り越えられない、いや、乗り越えてはならないハードルですが、あなたはそれを乗り越えてしまった。アイシャさんを……」

するとアイシャが立ち上がった。

「ごめんなさい。私、嘘です」

「はい？」

「厩谷さん……私、殺しません」

アイシャは片言の日本語で訴えると、現地語で「殺されかけたなんて冗談よ」と続けた。

クリスが立ち上がり、反論する。

「冗談？　そんなの通るはずないだろう」

「みんなを騙《だま》したの」

「アイシャ……」

アイシャはクリスを見つめ、「あなただったかもしれない」と言うと、ミウに視線を転じた。「ミウだったかも」

ミウがアイシャの意図を悟り、立ち上がってクリスに言った。

「担がれたのよ。この子、ときどき突拍子もないこと言うの、知ってるでしょう？」

クリスもようやくアイシャの意図に気づいた。

「そうか。そうだったな」

「許して」アイシャがふたりに謝る。

「亀山くん、通訳できますか？」

右京に求められ、薫がうなずいた。

「ええ。このぐらいの速さなら。彼らの会話内容を思いっきり意訳すれば、我々全員、厩谷さんの立場になってた可能性がある。だから彼を糾弾するのはよそう。そういうことですよね？」

薫に念を押され、江威子がうなずいた。

「ええ。アイシャさんは、厩谷さんの行為をなかったことにしたがっています」

「なるほど」右京が納得する。

「我々、誰も殺人未遂の現場を目撃したわけじゃありませんしね」

薫の言葉を、右京が受ける。

「ええ。君たちはあくまでも伝聞。当事者ふたりにしか証言の信憑性《しんぴょうせい》はないなか、一方は殺人未遂などなかったと……」右京はアイシャに目を向けたあと、厩谷の前に立った。

「しかし、一方は犯行を認めるような態度でいます」

「覚えがない」厩谷が暗い顔で否定した。

「まあ、殺人未遂は親告罪ではありませんからね。事件の発生が疑われる場合、捜査は開始できますが」

じっと黙っていた里村が焦《じ》れて立ち上がった。

「そんなことよりも、早く脅迫者を捕まえてくださいよ。僕ら全員、大切な人を人質に取られてるんですよ。アイシャさんを殺さなきゃ、代わりに大切な人が死ぬんですよ」

江威子が同調して立ち上がった。

「お願いします。無事、飛行機を降ろしてください。夫が乗ってるんです。助けてください！」

そう訴えると、江威子は再びふらついた。薫が抱き止める。

「ああ！　右京さん、ちょっと……」

「ご心配なく。プライオリティはわきまえていますよ」

右京と薫は庭園に出て、事態の打開策を考えていた。

「こうしてる間にも刻一刻と時間が過ぎて、飛行機はどんどん羽田に近づいてくる……」

感情を爆発させる寸前の薫をなだめるように、右京が言った。

「気持ちはわかりますが、落ち着きましょう。気になる人物はいませんでしたか？　怪しい人物」

「探してる矢先にアイシャが襲われて……とてもそこまで手が回りませんでした。それにしても俺以外にも脅迫されてた人間がいたなんて……」

右京はその先を考えていた。

「まだ他にもいるかもしれません。油断できませんよ」

「たしかに。でもアイシャは今、連中と一緒だし、他にいたとしても襲ったりはできませんよ。もっともその全員が人質取られて、アイシャを殺せって脅迫されてる、ほとんど冗談みたいな状況ですけど」

控えの間では、落ち着かないようすで行ったり来たりしている里村に、厩谷が質問した。

「どなたが飛行機に乗ってらっしゃるんですか？」里村が答えないので、厩谷は質問の矛先を江威子に向けた。「あなたはご主人でしたよね？」

江威子がうなずくと、里村も答えた。

「僕は婚約者です」

「フィアンセですか……」

厩谷は英語に切り替えて、ミウとクリスに訊いた。

「おふたりはどなたが？　さしつかえなければ」

クリスと顔を見合わせて、ミウが答えた。

「祖父と祖母が」

「せっかくの機会だから、日本旅行をプレゼントしたんだ……」

苦々しい口調の英語でクリスが補足するのを聞いて、アイシャが現地語で言った。

「少しひとりになりたい……」

クリスがアイシャを気遣う。

「ごめん、余計なおしゃべりしたね。君にはなんの責任もないからね」

その頃、亀山美和子はサルウィン国際空港発羽田行きの飛行機の機内にいた。スマホのメッセージアプリに着信があったので開いてみると、「ダーリン」からだった。

――フライトはどう？　快調？

美和子は笑いながら返信した。

薫のスマホに「ハニー」から着信があった。

——ちょこっと揺れたりしたけど、おおむね良好。たぶん定刻通り羽田に着くよ。そっちは快調？

メッセージを読んだ薫はため息をついてから、右京に確認した。

「飛行機にスカイマーシャルは搭乗してないんですよね？」

「ええ。搭乗者名簿では。しかし仮に乗っていたとしても、現段階、捜査依頼はばかられますねえ。妙な動きをして犯人を刺激でもしたら、目も当てられませんから」

「国際手配されてるとか、政治的背景があってマークされてるとか、そういう人物も乗ってなかったんですよね？」

「内調のデータベースではヒットしなかったようです」

そこへ片山雛子がやってきた。鑓鞍兵衛も一緒だった。昼食後の散歩のために庭園に出て、右京を見つけたようだった。

「あら、杉下さん！　こんなところでお目にかかれるなんて思ってもみなかったわ」

右京は一礼し、内ポケットから招待状を取り出した。

「亀山くんに招待されましてね」

雛子は普段通りの右京の服装を見て尋ねた。

「ねえ、その格好でいらっしゃったの？　相変わらずとってもチャーミングだけど、このパーティーに合ってるかしら？」

「どうかお構いなく」

鐙鞍が右京と薫に訊いた。

「せっかくの招待なのに、どうして昼食会欠席したのよ？　いなかったよね？　薫ちゃんも。そもそも薫ちゃんなんて立場上、どうしたって出席もんでしょ？」

「薫ちゃんって……」

薫が辟易していると、雛子が鋭く質問した。

「アイシャさんが急病ってアナウンスがあったけど、それって本当？」

「ああ、あれは……」

ごまかそうとする薫を遮って、右京が答えた。

「嘘です。アイシャさんの急病は嘘です」

「右京さん！」

薫は苦い顔になったが、右京は平然としていた。

「真相をお知りになりたいですか？　知った瞬間、否応なく我々の共犯者となりますが」

別室では三人の日本人が切羽詰まった表情でいたずらに時を過ごしていた。

「このあと、どうなるんでしょう」

顔を両手で覆う江威子に、里村が緊迫した表情で応じる。

「タイムリミットは刻々と迫ってる。このまま手をこまぬいているしかないなんて……」

そのとき厩谷が突然宣言した。

「自首します。亀山さんの昔の上司という方が動いてくださってるようですが、いかんせん時間がない。私が自首して、この件が明るみに出れば、当局が乗り出せる」

里村が厩谷に駆け寄った。

「それは駄目だ」

江威子も加勢する。

「脅迫メッセージで警告されてるじゃないですか！　妙な動きをしたら、その場で爆発させるって……」

「大々的に警察が動きだしたら、おしまいですよ」

里村が忠告したが、厩谷は折れなかった。

「警察だって馬鹿じゃない。うまくやりますよ」

「しくじったらどうします？　その瞬間、取り返しがつかないことになるんですよ。犯人はどこでどうやって我々を監視しているか、わからないんです！」

里村の言葉を聞いてしばし沈黙していた厩谷が深々と頭を下げた。

「……申し訳ない」

「思い直していただければ結構です」

「そうじゃない。私が失敗したからこんなことに。この手でしっかりアイシャさんを……」

殺人が未遂に終わったことを悔やむ厩谷を、江威子は汚らわしいものでも見るような目で見た。

「やめて！　二度と言わないで、そんなこと」

「だけど飛行機が羽田にアプローチするまで彼女が生きていたら、我々の大切な人たちが……私の娘が……」

厩谷の声にならない叫びは、里村と江威子にも痛いほど伝わった。

薫のスマホに再び美和子からメッセージの着信があった。

――無視かよ？

右京や雛子たちから離れてメッセージを確認した薫は、思わず独り言《ご》ちた。

「あ、忘れてた。っていってもなんて返事すりゃあ……」

〈迎賓楼〉の廊下では、ミウとクリスが現地語で口論していた。

「考え直して、クリス」

「じゃあ、どうしろと？　他に方法ないよ」

　そのとき控えの間では、アイシャがひとりで思い詰めていた。

四

　別室で頭を抱える日本人たちのもとへ、クリスがやってきた。そして、たどたどしい日本語で宣言した。

「私……殺します、アイシャ」

　続けて英語でまくしたてる。

「飛行機を救うため。亀山も杉下もアテにならない」

　里村が英語で応じる。

「そんなことしたら、きみは殺人犯だぞ」

「僕は日本の法律に縛られない」

　外務省幹部職員の厩谷も英語で返す。

「甘いよ。日本は属地主義だ。外国人でも、日本で罪を犯せば日本の法律が適用される」

「殺したらすぐに日本を発つ」

　そう主張するクリスを、江威子が止める。

「国際指名手配だってある」

「そもそも帰国して、君は無事でいられるのか。サルウィン革命の英雄のひとりを殺して帰国すれば、無事ではいられない」

里村に説得されたクリスは厩谷に歩み寄り、耳元でなにやらささやいた。クリスの言葉に厩谷が驚きの声をあげた。

「たしかに国賓のアイシャが殺されたら、日本にとっては不祥事だ。だからって報道を自粛するよう政府に働きかけろだって？」

クリスが再び主張する。

「日本のメディアは政府の顔色を見て報道する。政府の圧力で報道を自粛する」

厩谷が反論した。

「無理だよ。マスコミは抑えられない」

「ならば報道はサルウィン政府が潰す。日本政府が不祥事をごまかすために、僕に罪を着せてるって。サルウィンの国民がどっちを信じるかは言うまでもないでしょう。生まれ変わったサルウィンで反日感情が芽生えたら、外務省は困るでしょう」

クリスの主張に、厩谷が応じた。

「我々外務省だけじゃない。今、政府に食い込んで気を吐いてる経産省も、アテにしている資源確保が困難になって、頭を抱えるだろうね」

「オーケー」江威子がクリスの手を取った。「あなたがそんなふうに覚悟を決めてるなら、お願いします」

「なにを言ってるんだ！」

厩谷は反対しようと日本語で止めに入ったが、江威子は譲らなかった。

「汚れ役を買って出てくださってるのよ！　あなたの代わりに。私の代わりに……。あなたのためにもよ」

江威子にすがるような目を向けられ、里村も決意した。

「……うん、お願いしよう」

「あんたたち！」

食ってかかる厩谷に、里村が釘を刺した。

「もともと最初にやったのは、あなたじゃないですか」

「これを大至急ですか？」

A4用紙数枚分の人物リストを渡された社美彌子が戸惑いながら確認すると、鑓鞍はうなずいた。

「洗ってみてちょうだい。ああ、門前払い食らわなくてよかった」

「わざわざ先生がお持ちになるなんて」

「杉下右京ってのはしかし大した奴だね。こうしてあたしをパシリに使うなんてさ……」

右京は〈迎賓楼〉の庭園で雛子と鐙鞍を共犯関係に引き込むと、こう要求したのだった。

「ここにいる人間は内閣府の職員が主でしょうが、臨時雇いもいるでしょうし、コックや給仕の方もいます。彼らの身元を洗いたいんです」

「脅迫者か、共犯がいるかも？」

鎌をかける雛子に、右京は答えた。

「可能性はあると思います。先生ならば内閣府にリストを提出させることなど、わけないと思いますのでね」

「……そりゃ提出させるのはわけないけどさ。ついでに君に調べてもらえって。とんでもない奴だよ、あいつは」鐙鞍は耳障りな声で笑うと、すぐに真剣な顔になった。「ああ、笑ってる場合じゃないの。急いでちょうだい。急いで」

「……承知しました」

美彌子は釈然としなかったが、恩義のある鐙鞍に命じられると応じるしかなかった。

その頃、〈迎賓楼〉の庭園では、右京が薫に推理を語っていた。

「ブラフ？」

意外そうに訊き返す薫に、右京がうなずく。

「……ではないかと」

「飛行機を墜落させるっていうのが、はったりだっていうんですか？」

「米国の9・11《ナインイレブン》以降、テロへの警戒は飛躍的に厳しくなっています。機内に爆発物を持ち込むなど、およそ不可能」

「そうですけど……百パーセントじゃないのでは？」

疑問をさしはさむ薫に、右京が自説を述べた。

「ならば、警戒網をかいくぐって持ち込んだと仮定しましょう。その人物は死を覚悟しているということになりますね」

「えっ？」

「アイシャさん殺害が成功すれば生きて降りられますが、失敗すると飛行機もろとも自分も死ぬ。地上からの計画失敗の連絡を受けたその人物は、持ち込んだ爆発物を爆破させるのですから、結果としては自爆テロのようなものですよ」

「確かに、そういうことになりますね」

「爆発物の調達、持ち込み、自ら犠牲になることも厭《いと》わない精神。それらを勘案すると、確信犯の仕業《しわざ》で、政治的背景を疑わざるを得ません。が……」

薫が右京の言葉を引き取った。

「搭乗者名簿を当たってみたけど、該当するような人物はいなかった」

「ええ」

「爆発物だけ仕掛けるのは無理ですかね？」

「人を介さず爆発物だけとなると余計に困難でしょう」

「そうですけど……百パーセントじゃありませんよ」

薫がさっきの言葉を繰り返すと、右京はさらに推理を続けた。

「ならば爆発物のみ飛行機に仕掛けたと、仮定しましょう。その場合、起爆は地上からの遠隔操作ということになりますが……」

「ええ」

「そもそも爆弾のネックは起爆装置です。起爆装置の不作動による不発というのが思いのほか多い」

薫がうなずいた。

「事実上、軍事政権だったサルウィンにいましたからね、そのあたりは知ってます」

「遠隔操作となると、より一層ハードルが高くなる。なのでもし僕が犯人ならば、最初から遠隔操作は放棄しますね」

「放棄する？」

「もし爆発物を仕掛けられるという前提ならば、時限爆弾にします。殺害が成功しようがしまいが爆発する。そのほうがずっと簡単じゃありませんか。犯人は君たちとの約束を守る義務など、負っていないのですから。アイシャさんは殺した。大事な人も失った。結果的に君たちが馬鹿を見るわけですよ」

右京の論理は認めつつも、薫は納得できなかった。

「馬鹿を見るって……」

不服そうな薫を無視して、右京が続けた。

「前提に戻りましょう。そもそも航空機内で爆発を起こすことは、非常に困難なのですよ。人を介そうが、爆発物のみだろうが。結局ブラフ、すなわちはったりをかますほうが、何百倍も簡単なのですよ。タイムリミットがあり、航空機内を調べるにもおのずと限界がありますから、その分ブラフも利きます。しかも、ひとりでは心もとないので、六人いっぺんに脅迫することで、ブラフの利く確率も高くなる。すでにその目論見どおり、殺人未遂が起きましたね」

立て板に水の勢いで語られる推理を遮ったのは、右京のスマホにかかってきた美彌子からの電話だった。

「ちょっと失礼。杉下です」

――鑓鞍先生からのご依頼、結果をお知らせするわ。特に不審な人物はいない。

「わざわざ恐れ入ります」

電話を切った右京が再び滔々《とうとう》と語る。

「犯人もしくは共犯を疑うような人物は、ここにもいないようですねえ。これでますますブラフの可能性が高まった。そう思いませんか？　アプローチまでに、アイシャさん殺害を確かめる人物が存在しないのですから。タイムリミットが迫る中、脅迫した六人に動揺が広がって、ついに思い余った誰かが、あるいはみんなでアイシャさんを……。ええ。おそらく犯人の狙いはこれです。つまり、殺そうが殺すまいが、飛行機は無事に降りる！」

右京が論理的に断じた結論であったが、美和子を人質に取られている薫は確信が持てなかった。

「保証しますか？　百パーセント断言できますか？」

「酷なことを言わないでください。しかし、さまざまな要素を検討した結果、導き出された答えです」

「だったらどうしろって？　黙ってこのまま……」

「ええ。静観です。早まってアイシャさんを殺したりすると、きっと後悔しますよ」

薫はなにを信じればよいのかわからなくなっていた。

「右京さんの口車に乗って、黙って見てて飛行機落ちたら、もっと後悔しますよ！」

「ならば殺しますか？」

「それができたら苦労しませんよ！　でも場合によったら……」

「殺すと？」

問い詰める右京に、薫が熱い思いをぶつけた。

「人質が美和子たったひとりだったら……。パイロットもCAもいなくて、正真正銘、美和子だけ。だったら静観できるかも。推理が外れて美和子が犠牲になっても……あいつ怒って化けて出るかもしれないけど、脅迫に屈してアイシャを殺さなかったことに誇りを持てそうな気がします。でも状況が違う！　アイシャひとりの命と引き換えに、六人にとっての大切な人が……。いや、飛行機の乗員乗客全員が誰かの大切な人なんです！要するに百五十人以上の大切な人たちが犠牲になる。一対百五十……。アイシャがどれだけ素晴らしい人間だとしてもひとつの命です。百五十の命と引き換えにしていいとは思えません！」

薫の意見にも一理あることを右京が認めた。

「ええ。君の言うとおり。それには反論できませんね」

「右京さんにとってはしょせん他人事なんですよ。解決策が導き出せないなら、もう黙っててください。小賢しい推理なんていりません！」

薫はそう言い捨てると、右京をその場に残して立ち去った。

機上の美和子のスマホに、薫から動画のメッセージが届いた。イヤホンをして再生すると、〈迎賓楼〉の男子トイレの個室で撮られたばかりの動画が流れはじめた。

——文字だけじゃ味気ないからさ。顔が見られて嬉しいだろ？　さっきの返事だけど、こっちも快調だ。あ、せっかくだからお前も動画送ってこい。顔が見たい。じゃあ、待ってまーす！

投げキッスで締めくくられた動画を見終わった美和子は呆れていた。

「なに言ってんだ、こいつ？」

ミウに案内されて右京が入った別室では、三人の日本人とクリスが思い詰めたような表情をしていた。その場に漂う重たい沈黙を、右京が破る。

「アイシャさんは部屋に籠ってらっしゃるそうですね。今、ミウさんから聞きました。亀山くんは戻っていませんか？」

誰も右京の質問に答えようとしなかった。

薫はそのとき男子トイレの個室で美和子からの返信を待っていた。するとまもなく、待ち望んだ動画が送られてきた。美和子も飛行機のトイレで動画を撮影したようだった。

——もう……ここ、トイレだし、迷惑になるから長居できないからね。もういい？

もう満足？　あと三十分ぐらいで着陸態勢に入るから。じゃあね！

いつも通り笑顔で手を振る妻の姿に、薫は胸が押しつぶされそうだった。

「美和子……」

別室では全員が落ち着かないようすだった。右京は自分の推理に自信を持っていたが、どうにもできない無力感に苛《さいな》まれ、祈るような気持ちだった。

クリスが不意に立ち上がり、苛立ちを隠さず歩き回る。邪魔者を排除するようクリスから目で訴えかけられ、里村が右京に近づいた。

「杉下さん、折り入ってご相談が……」

「なんでしょう？」

「ここでは、ちょっと……」

里村が右京を部屋の外に連れ出すと、クリスが英語で、厩谷と江威子に言った。

「あとは頼みます」

里村の後を追って廊下を歩いていた右京が急に足を止めた。

「ああ、せっかくですからアイシャさんのお顔を……」

右京はいきなり回れ右をし、控えの間のほうへ歩きはじめた。ちょうど別室から出てきたクリスが、右京の姿を見て舌打ちした。

右京が控えの間のドアをノックした。

「アイシャさん、杉下です。ちょっとよろしいですか？」

しばらく待っても返事がないので、再び「アイシャさん」と呼びかけたが、それでも応答がない。異変を感じ取った右京は、「入りますよ！」と声をかけて、控えの間に入った。

アイシャはソファに身を委ね、首元から深紅のタオルをかけて眠っているように見えた。近づいた右京は、タオルが赤いのは血を吸って変色しているからであること、アイシャの右手に血まみれのナイフが握られていることを見て取った。アイシャは頸動脈《けいどうみゃく》を切りつけ、自殺したのだった。

クリス、ミウ、里村が控えの間の外で待っているところへ、薫がやってきた。

「どうしたんですか？」

と、ドアが開き、右京が出てきた。

「亀山くん！」

右京からアイシャの自殺を知らされた人々は絶句したまま控えの間に入った。ソファの上に横たわるアイシャは穏やかな表情をしていた。

右京はデスクの上にアイシャの自筆の遺書を見つけた。

五

一報はすぐに警視庁副総監の衣笠藤治《きぬがさとうじ》のもとに届いた。衣笠は刑事部長の内村完爾《うちむらかんじ》と参事官の中園照生《なかぞのてるお》を副総監室へ呼びつけた。

「〈迎賓楼〉で国賓が死亡という案件だ」

衣笠から知らされた内村の顔が、わずかに強張《こわば》った。

「なんと。わかりました。早急に精鋭を……」

「先走るな」

「はあ？」

「ごく小規模に、なるべく目立たぬよう、現場検証その他を済ませてほしいというのが、官邸の要望だ」

「わかりました。さっそく、精鋭を小規模に……」

「だから先走るな」

内村には衣笠の言葉の意味がわからなかった。

「はい？」

「現場にはすでに杉下右京がいるようだ」

「なんですと⁉」

中園が直立不動の姿勢で訊く。

「奴が〈迎賓楼〉にどうやって？」

「亀山薫とかいう昔の部下の招待で〈迎賓楼〉にいたようだ」

内村も中園も薫のことはよく知っていた。

「あの……亀山薫までいるんですか⁉」

中園が叫んだ。内村はまだ事情を理解できていなかった。

「今、招待とおっしゃいましたか？」

「亀山薫、サルウィン親善使節団のメンバーとして来日中。扱いは国賓だ。小規模かつ目立たぬことを念頭に置いたうえ、現状すでにそういう状態にあることを十分考慮して捜査員を選んでほしい」


人選に迷うことはなかった。

「伊丹ら……でしょうかね？」

中園の提案に、内村が同意する。

「それ以外、考えられんな」

「杉下右京のことを熟知しており、かつて亀山薫とはハブとマングースともいえる宿敵同士だった伊丹憲一が適任かと」

しばらくして伊丹憲一を先頭にした捜査一課の面々が、鑑識捜査員の一団を引き連れて、〈迎賓楼〉へ物々しく乗り込んできた。目立たぬようにという副総監からの要請は、伊丹の頭から吹き飛んでいるようだった。

廊下を歩いていた伊丹がさっそく宿敵の顔を見つけた。

「元特命係の亀山～」

伊丹が喧嘩《けんか》でも売るように呼びかけたが、薫は険しい表情で口をつぐんだままだった。その態度に伊丹がいきり立つ。

「おお？　黙ってねえでなんとか言えよ！　このサルウィン亀！　それともビビって口がきけねえか？」

ようやく薫が口を開く。

「ご無沙汰だったな。元気そうでなにより」

「おい！　なに普通にあいさつしてんだよ！」

「悪いな。今そういう気分じゃねえんだ」

右京とともに立ち去ろうとする薫を、伊丹が引き止めようとする。

「逃げんのか、コラ！」

薫が立ち止まって振り返る。

「ああ……。アイシャは自殺だ」

「ああ⁉」「自殺？」

困惑顔になった伊丹と芹沢に、薫が言った。

「自殺だけれど、バリバリ事件性がある」

「ええ」右京が同意を示す。

「犯人にまんまとしてやられた」

薫の顔には屈辱と怒りと悲しみの感情がうずまいていた。それは右京も同じだった。

「ええ……」

「関係者はそっちだ」

薫は別室のほうを目で示し、右京とともに立ち去った。

「自殺だけど、事件性ありって？」

麗音が芹沢に訊いたが、芹沢も首をかしげるばかりだった。

伊丹は控えの間に横たえられたアイシャの遺体を前に、鑑識課の益子《ましこ》桑栄《そうえい》に確認した。

「自ら頸動脈切ったってのか？」

「噴き上がる血が周りを汚さないように、しっかりタオル押し当ててな。お行儀のいいお嬢さんだ」

遺体発見時の写真をタブレットで見せる益子に、芹沢が訊く。

「自殺を偽装した可能性は？」

「まあ、今のところ、まったくないとは言えんがな」

麗音は初対面の薫の言葉を気にしていた。

「亀山さん……でしたっけ？　さっき自殺と断言なさってましたよね」

「ああ、根拠はこれだ」

益子が三人をデスクへ導き、手書きの遺書を見せた。遺書は英語でつづられ、最後に拙い日本語の文字で「亀山先生、ありがとうございました」と結んであった。

部屋を出た薫は悲痛な表情で、スマホで撮影したアイシャの遺書の文面を読んでいた。その英文を覚えていた右京が日本語でそらんじる。

「私の命がたくさんの人を救うのならば、この命は神に捧げます。友よ、気に病むことはありません。あなたのせいではないから。あなたを苦しみから解き放ち、安らぎを与えることができるならば、私は幸せなのです。もう時間がありません。私は逝きます。ミウ、あとは頼みます。クリスと力を合わせて、サルウィンをよりよい国にしてください。自分を犠牲にして他人のために尽くすことは、尊いことと学びました。仏教の言葉で『利他』といいます……亀山先生、ありがとうございました」

薫の目尻に涙が浮かぶ。

「花が散った……」

そのとき、薫のスマホにメッセージの着信があった。

「アイシャから！」

薫に見せられた英文のメッセージを右京が日本語に訳しながら読み上げた。

「『たったひとつ心残りは、犯人も動機も知ることのできないことです。先生、必ず犯人を捕まえて、その人に罪を償う機会をあげてください』……アイシャさんは、メッセージの送信予約を済ませて旅立ったようですねぇ」

別室で関係者たちから話を聞いた伊丹は、ようやく事情を理解した。

「なるほど、全員が人質を取られる形で、アイシャさんを殺害せよと脅迫されていたわけですか」

「そんな皆さんの苦境を救うために、アイシャさんは自ら命を絶ったと」

芹沢が確認すると、クリスがミウに現地語でなにか言い、ミウが短く応じた。

「今、なんて？」

ふたりのサルウィン人の会話を気にする伊丹に、江威子が答えた。

「『アイシャさんらしい』ってクリスさんが言って、ミウさんが『そうね』って」

「ああ、通訳どうも」伊丹が麗音に命じる。「飛行機、無事降りたか確認しろ」

「あ、はい」

麗音が確認に行こうとすると、飛行機の位置情報をスマホのアプリで追っていた里村が声を張った。

「まもなく着陸です！」

「アプローチ中ですか？」厩谷が訊く。

「はい」

「無事降りられるのね！」

江威子が安堵の声を漏らすと、厩谷も「よかった……」と息を吐《つ》いた。

「アイシャ……」

クリスが天を仰ぎ、ミウも手を組んで亡き友人に感謝の気持ちを表した。

薫が羽田空港の国際線ターミナルの到着ロビーで待っていると、いつもと変わらぬ声で美和子が呼びかけた。

「よう！」

「おう！」

薫は駆け寄ると、安心のあまり床にへたり込んでしまった。自然とすすり泣きが漏れる。

「ど、どうしたの？　薫ちゃん。ちょっと……本当になに？　薫ちゃん！」

わけがわからないようすで薫の前に屈んだ美和子を、薫がひしと抱きしめる。

「アイシャが……死んだ……」


その夜、右京は特命係の小部屋でテレビニュースを見ていた。

――今日、〈迎賓楼〉で急死したサルウィンのアイシャさん……。

男性パネリストの言葉に、女性パネリストが反応する。

――ああ、親善使節団で来たって方。

――昼間、速報が流れてから、ほとんど情報出てこないですけど、どうなってるんですかね？

男性パネリストが不思議そうに訊くと、初老のパネリストが訳知り顔で答えた。

――国賓だし、政府もからんでるだろうからね。


国賓待遇の亀山夫妻は都心の高級ホテルに宿泊していた。落ち込んだままの薫に、美和子が淹《い》れたてのコーヒーを渡す。

「無力を嘆く気持ちはよくわかる。けど……嘆いていてもはじまらない。とりあえずやるべきことをやろう。天国のアイシャに報告するために。ねっ？」

美和子の言葉で目が覚めたように、薫は力強くうなずいた。

六

翌朝、杉下右京は刑事部長室に呼ばれ、内村完爾から叱責を受けていた。

「脅迫事件の発生を認知したとき、次に取るべき正しい行動は、我々への報告だった。違うか？」

「それがデュープロセスというものだ」

好きな言葉を先に口にされた内村が、同席している中園照生をにらむ。

「ん？」

「あ、失礼しました。部長のお株を……」

「にもかかわらず、隠密裡に勝手に捜査を進めるとは言語道断！」

内村に追従するように、中園が右京を責めた。

「結果、なにが起こった？　あたら尊い命を失わせる羽目に追い込んだんだぞ！　お前の責任だ。端緒より報告を怠らなければ、おそらく結果は違っていたはずだ」

副総監室では甲斐峯秋が衣笠藤治に言い返していた。

「お言葉だがね、それはどうだろうね。どこで行動を見張っているかもわからない犯人からのメッセージに警告があったそうじゃないか。捜査当局を巻き込むことで犯人を刺激して、最悪の事態を招く恐れもあったはずだ」

「着陸後、隅々まで調べましたが、結局、航空機に爆発物はありませんでした」

衣笠のひと言に、峯秋が憤りを露《あら》わにした。

「それは結果論に過ぎんよ」


「いずれにしても、相変わらずの勝手な振る舞い、お前の責任は重大である」

右京は内村の非難に言い返さなかった。

「結果は重く受け止めています」

「無期限の禁足を申しつける。食事と排泄以外は特命係から一歩も出るな。今回の件に関わること、いっさいまかりならん」

内村が右京に命じた。


角田六郎はいつものように特命係の小部屋で油を売っていた。部屋には亀山薫の姿もあった。角田が薫と旧交を温めているところへ、峯秋がやってきた。

角田が峯秋に薫を紹介する。

「あ、この男が特命係で杉下の下について初めて長続きした男で……」

　薫が立ち上がってお辞儀した。

「亀山薫です」

「ああ、これは」峯秋も薫の噂は聞いていた。「甲斐です」

「警察庁の官房にいらっしゃる」

　角田に耳打ちされ、薫はかしこまって、椅子を勧めた。

「これはおみそれしました。あ、どうぞ」

「警察庁官房付。ただの浪人者ですがね」

「現在、特命係の面倒も見ていらっしゃる。杉下の直属の上司だ」

　角田から峯秋の立場を聞き、薫が声をあげた。

「えっ！」

　峯秋が薫に着席をうながした。

「まあまあ、座って。あなたのことはある程度存じてますよ」

「えっ？」

「来日してるというので、一度お目にかかりたいと思っていたんですがね、こんなふうに実現するとは……」

　そこへ部屋の主が戻ってきた。

「おや？　場違いな方々がいらっしゃってますね」

「ご挨拶だねえ」

峯秋の皮肉も気にせず、右京は上着を脱いでハンガーにかけた。薫が角田に小声で告げた。

「ねっ？　こんなふうに素っ気なくあしらわれそうだったんで」

薫がこの部屋にいる理由を、角田が右京に説明した。

「いや、亀山から急に連絡があってな。入庁の許可出してくれっていうんで許可したんだ。久しぶりに会いたかったしな」

「そうでしたか」

「ああ。で、積もる話でもってとこへ甲斐さんがお見えに」

峯秋が不服そうに言った。

「君のことで衣笠くんからこってり油絞られたよ」

「それは申し訳ありませんでした。同様に僕も内村部長と中園参事官から叱られてきたところです」

「まあ、事情はどうあれ、事件発生の通報義務はあったと思うぞ」

角田の意見を、薫は真っ向から否定した。

「いや、あの状況で迂闊《うかつ》にそんなまね、できませんでしたよ」

「君以外に五人、脅迫を受けていたとか？」

峯秋に水を向けられ、薫が訴える。

「はい。狡猾《こうかつ》な犯人です。巧妙にアイシャを死に追いやった」

「脅迫された六人はいわば囮《おとり》。それによってアイシャさんを追い詰め、自ら死を選ばせることが犯人の目的でした」

右京が事件の構図を語った。

鑑識課に顔をそろえた捜査一課の三人の前に、益子桑栄がアイシャの遺品のスマホを差し出した。

「これがとどめだ。アイシャ宛ての犯人からのメッセージだ」

メッセージは英語で書かれており、三人がぴんと来ていないようすであることを見て取った益子が補足した。

「要約すると『お前が生きてるとみんなが苦しむぞ』、まあ、そんな感じだ」

薫にはやる気がほとばしっていた。

「右京さん、俺には今なんの権限も立場もありませんけど、できる限り捜査に協力させてほしい。いくらだって動きます」

薫の熱血漢ぶりを知っている角田がたしなめる。

「気持ちはわかるが、今のお前は事件の被害者としての協力しかできないと心得ろ」

「元特命係の俺にそんな常識、通用すると思いますか?」

薫は熱かったが、右京は乗らなかった。

「残念ながら、僕はついさっき禁足を食らいましてねえ」

「禁足?」

「この件にはいっさい関わるなと」

「部長からですか? そんなの無視でしょ。だって特命係だもん」

「乱暴なこと言うな!」

角田が呆れるなか、薫は峯秋に頼み込んだ。

「お願いしますよ。部長の禁足なんて蹴散らしてください」

「あいにく僕はね、どちらかといえば杉下くんの暴走を止める立場なんでね」

「だったら俺がなんとかします。待っててください!」

脱兎のごとく部屋を駆け出していく薫を、角田が引き止めようとする。

「お、おい! なんとかって……亀ちゃん!」

角田を無視して走り去る薫を見送って、峯秋が苦笑した。

「社くんに頼んだリポートに直情型とあったんだがね、なるほどそのとおりだ」峯秋は改めて右京に向き合った。「さて、今回の件だが、するべき報告を怠りながら、一方で社美彌子ばかりか鑓鞍先生まで動かしたことはすでに上層部《うえ》の耳にも入っているんだ。傍若無人な振る舞いに怒り心頭！　まあ、いささか嫉妬もあるがね。これで犯人でも検挙できていれば、ここまでの風当たりにはならなかっただろうがね」

「ええ」右京に返す言葉はなかった。

「アイシャの自殺もお前の責任だという論調がある」

言い返さない右京に代わって、角田が擁護《ようご》する。

「いや、それはいくらなんでも……」

「僕だってね、そんなこじつけには与《くみ》さないが、杉下への怨念がここまで渦巻いているということなんだよ。ここは少し身を慎んでも罰《ばち》は当たらないと思うよ」

神妙な面持ちで峯秋の小言を聞いていた右京は、おもむろにハンガーにかけてあった上着を取ると、峯秋に言った。

「ああ、ちょっと出かけます。亀山くんの暴走を止めに。では」

「馬耳東風……」

立ち去る右京を見送って、峯秋が苦々しく言うと、なぜか角田が謝った。

「はあ、すいません」

捜査一課の三人は警視庁の会議室で、内村と中園に今回の事件の説明をしていた。ホワイトボードに貼った顔写真を指し示し、芹沢慶二が説明する。

「脅迫を受けていたのはこの六名です。ミウ・ガルシアと、その弟クリス・ガルシア。ふたりともアイシャとは反政府運動で共に闘ってきた仲間で、今回アイシャとともに親善使節団のメンバーとして来日していました」

出雲麗音がひとりずつ顔写真を指しながら続けた。

「日本勢は厩谷琢、外務省アジア大洋州局次長です。それから尾栗江威子。人道支援を行っているNGOの幹部スタッフ。この里村壱太郎はIT関連企業のオーナーです」

最後に残った薫の写真を伊丹憲一が示す。

「で、あとは間抜けが一匹」

「日本勢はみんなサルウィンに縁《ゆかり》のある連中なのか？」

中園の問いには、芹沢が答えた。

「外務省の厩谷はもちろん、尾栗江威子のNGOは長年サルウィン支援を続けていますし、里村壱太郎も以前からサルウィンに資本投下を行っていて、現地法人も」

伊丹がせせら笑うように付け加える。

「そしてこの間抜けは、日本で食い詰めて、夫婦共々、サルウィンに逃亡しました」

美和子がホテルのロビーで新聞を読んでいると、その姿を見つけたミウが駆け寄ってきた。

「おはよう、美和子先生」

「ああ、ミウ、おはよう」

「アイシャの記事？」

英語で訊くミウに、美和子も英語で「うん」と返した。

「なにが書いてある？」

「〈迎賓楼〉の控えの間で自殺したってことだけ。背景についてはなにも」

ミウは美和子のテーブルに他の新聞が何紙か置いてあるのに気付いた。

「他のは？」

「他のもほとんど一緒」美和子は英語で答えた後、日本語で独り言ちた。「どこも大本営発表を記事にしただけだな、こりゃ」

「クリスは？」

美和子が英語で質問すると、ミウの顔がくもった。

「それがいないの」

七

「私にどうしろと？」

特命係の小部屋を飛び出した薫は、外務省を訪ね、厩谷に直訴していた。

「ですから、杉下右京を今回の事件の捜査に復帰させてほしいんですよ！」

「そりゃお門違いだ。私にそんな権限など……」

厩谷は難色を示したが、薫はあきらめなかった。

「正攻法でやってくれなんて頼んじゃいません。裏から」

「亀山さん……」

「あなたは官邸にしっかり食い込んでいる。官邸の働きかけがあったら、警視庁上層部も無視できません」

「買い被《かぶ》らないでください。私に官邸を動かす力など……」

「ないとは言わせませんよ。今回の件、政府がなかなか情報出さないのも、あなたの意向でしょう？」薫がズバリと攻め込んだ。「杉下右京は、捜査に必要不可欠です！　必ず役に立つ。保証します。彼は飛行機を爆破するっていうのが犯人のブラフだって見抜いてたんですよ。ただ残念ながら確証が得られなかった。あなただって犯人を捕まえたいでしょ？　卑劣極まりない方法でアイシャを死に追いやった犯人を！」

「そりゃもちろんです！」

「だったら……」

薫がもうひと押ししようとしたところで、厩谷の執務室の内線電話が鳴った。短いやりとりをした後、厩谷は薫に告げた。

「当のご本人がいらっしゃったようですよ」

「えっ⁉」

薫が意表を突かれて驚いていると、厩谷が言った。

「わかりました。やってみましょう」

「本当ですか！　恩に着ます」

やがてノックの音がし、職員に案内されて右京が入ってきた。

「失礼します」

「ああ、昨日はどうも」

頭を下げる厩谷に、右京も「どうも」とお辞儀した。

「えっ、どうして？」

突然の登場に訝《いぶか》る薫に、右京が言った。

「君の行動など、手に取るようにわかりますよ」右京は薫の行動を読み切っていた。「彼の依頼ですが……」

「ご心配なく。微力ながら……」

右京が厩谷の言葉を遮った。

「撤回します。お願いは無視してください」

予想外の右京の申し出に、薫は困惑した。

「え？」

「おおかた、僕の処遇について警視庁の上層部へ圧力をかけてくれという依頼だと思いますが……」

「ええ」厩谷がうなずいた。「その件なら、たった今お引き受けしたところで……」

「ですから、それには及びませんと申し上げています」

「いや、右京さんの潔癖はわかりますけどね……」

とりなそうとする薫を、右京は一蹴《いっしゅう》した。

「わかっているなら、馬鹿なまねは慎んでください」

「馬鹿なまねって……」

「厩谷さんに借りを作るのは具合が悪いですからねえ」

「は？」

戸惑う厩谷に、右京が険しい顔で言った。

「あなたの殺人未遂容疑について、僕は不問に付すつもりはありませんので。今はプライオリティを考えて、その件には触れないだけ。まずは卑劣な脅迫行為でアイシャさんを死に追いやった犯人を捕まえることが先です」

厩谷は頬を強張らせ、「あなたが上から疎《うと》まれる理由がわかった気がします」と右京をなじり、薫に向き合った。「この件は白紙でよろしいですね」

「……ええ。お騒がせしました」

薫が不承不承うなずいたとき、スマホに着信があった。美和子からの電話だった。薫は厩谷に断り、電話に出た。

――薫ちゃん、クリスがね……。

「は？　行方不明⁉」

薫の声が大きかったので、右京と厩谷も反応した。

薫は右京とともに滞在中のホテルに戻った。右京の姿をいち早く見つけ、美和子が駆け寄ってきた。

「右京さん！　ご無沙汰してます。お元気そうで」

「そういう美和子さんもお変わりなく。ご無沙汰でした」

薫が本題を切り出す。

「クリス、いつから？」

「昨夜、出かけたきり……そうですか」

右京と薫はホテルのロビーで、美和子とミウから話を聞いていた。右京が心配そうにうなずくと、美和子が補足した。

「スマホも駄目だし、おかしいでしょ？」

「彼にとってここは異国の地。心配ですねえ」

「警察へは？」薫が美和子に訊いた。

「いや、だから警察に届ける前に薫ちゃんに知らせようと思って連絡したら、右京さんと一緒だっていうから、じゃあいいかって」

「いいかって……」

「だって右京さん警察じゃない」

「おあいにくさま。この方、現在禁足中」

「キンソク？」

「でしたよね？　今回の事件に首突っ込むなって言われてるんじゃないんですか？」

薫が意地悪く指摘すると、右京はぬけぬけと主張した。

「脅迫事件とクリスさんの行方不明は別ですからね」

「は？」

「それとも両者には関連があるのでしょうか？」

「屁理屈言わないでくださいよ」

「脅迫事件には首を突っ込みませんが、クリスさんの行方不明には突っ込みます。のちに両者に関連があったとしても、それは結果論」

「禁足でしょ。そもそも出歩いちゃ駄目でしょ」

薫が諫《いさ》めようとしたが、警視庁きっての変人、杉下右京に常識は通用しなかった。

「食事と排泄は認められています。ということでちょっと失礼、おトイレへ。ここへ借りに来たということで」

立ち上がってスタスタと去っていく右京を、薫は呆然と見送るしかなかった。


数時間後、クリスは都心の河川で水死体となって発見された。

監察医務院に運ばれた遺体の身元確認のために、ミウが呼ばれた。薫が同行し、さも当然のような顔で右京もついてきた。

監察医務院では捜査一課の三人がミウを待っていた。

宿敵の顔を認めた伊丹が歯ぎしりする。

「なんで亀がくっついて来やがった？」

芹沢はもうひとりの人物に注目した。

「おまけに警部殿まで……」

遺体保管室に向かいながら、伊丹が薫に文句をつけた。

「てめえなんぞ呼んだ覚えねえぞ」

「通訳に来てやったんだ。感謝しろ」

麗音は右京に小声で話しかけた。

「ずっと思ってたんですけど、杉下さんてメンタル、鋼《はがね》のようですよね。尊敬します」

「それはどうも」

「尊敬しますっていうのは、呆れ返ってるんですよ」

「承知しています」

ミウは遺体保管室でクリスと悲しい再会を果たすことになった。

「クリスに間違いないわ」

ミウの言葉を薫が通訳した。

「間違いないそうだ」

「そう。ありがとよ」伊丹が礼を述べた。「パスポート登録の指紋とも一致してるし、あくまで形式的な確認だ」

「クリスさんの死因は？」右京が興味を示す。

「警部殿にお教えする義理はありませんね」

「ミウが聞きたがってる」

薫がフォローしたが、芹沢は受けつけなかった。

「彼女、なにも言ってないじゃないですか」

キョトンとしているミウに、薫が現地語で訊いた。

「死因について詳しく聞きたいだろ？」

「もちろん。聞かせて」

薫はうなずき、伊丹と芹沢に言った。

「聞きたいってさ」

「後づけするんじゃねえよ」

顔をしかめる伊丹に、薫が要求する。

「国賓の要望だ。説明しろ。あ、おとなしくしているならば、右京さんも一緒に聞いていて構いません」

右京より上に立ち、薫は溜飲を下げた。

「遺体の発見現場は上千住《かみせんじゅ》ですが、発生現場はもっと上流と考えられます。頭部に損傷があり、硬膜下血腫が認められました」

麗音が説明する間、右京は死体検案書に目を走らせていた。説明を通訳していた薫が質問した。

「あ、ちょっと……硬膜下血腫は……ええっと……」

「Subdural hematoma」助け舟を出したのは右京だった。「失敬。余計なまねしました。

僕はおとなしくしていなくては。どうぞ」

右京にやり返されて薫はむかっ腹が立ったが、どうすることもできない。麗音はふたりの小競り合いを気にせず続けた。

「続けます。直接の死因は硬膜下血腫ではなく溺死《できし》です。しかし頭部損傷など、どういう状況でそうなったのかは不明なので、さらなる捜査の結果待ち。現状では事故と事件、どちらの可能性もあります」

右京が死体検案書から顔をあげた。

「死亡前、お酒を召し上がっていたようですねえ。ああ、独り言です。お気になさらず」

聞こえよがしに言うと、検案書を薫に渡してドアのほうへ向かう。

「どちらへ？」

「トイレへ」

薫が呆れていると、スマホの着信音が鳴った。薫は伊丹たちから距離を取って電話に出た。

「どうも亀山です。あ、そちらのお耳にも？　ええ……」

トイレに行ったはずの右京は、なぜか遺留品保管庫で、職員にクリスの遺留品を見せてもらっていた。

「携帯電話はお持ちじゃなかったんですかね?」

「いや、見てないですね」

職員が答えたとき、ドアがノックされ、薫が入ってきた。

「あ、すみません、こちらに……」薫が右京を見つけた。「ここでしたか。まったくもう」

「おトイレの帰り道、迷ってしまいましてね」

「はいはい」薫は聞き流す。「我々は戻ります。付いてきたければどうぞ。ただしおとなしくしてること」


その頃、内閣情報調査室の内閣情報官室では、社美彌子がスマホで会話をしていた。

「『妄想モンスター杉下右京』ですか。刺激的なタイトルですね。ええ、世論形成は我々の重要な任務のひとつですから、ご心配なく」


ホテルに戻った薫は、ロビーで里村と江威子から意外な打ち明け話を聞いて驚いていた。

「クリスが?」

里村がうなずく。

「まさかのアイシャさん自殺という幕切れで、このことは黙っていようと思っていたんですけど」

江威子が続けた。

「私たち、気になって、ミウさんとクリスさんおふたりに会いに来たんです。そしたらふたりともいなくて。でも、グランパとグランマが同じ宿だったはずなので探したら会えて、クリスさんが亡くなったことを聞きました」

「クリスがアイシャを殺そうとしてたって本当なんですか?」

信じられない思いで確認する薫に、里村が言った。

「そうしなきゃ、クリスさんとミウさんはグランパとグランマを、尾栗さんはご主人を、僕はフィアンセを、あなただって……」

「ええ、たしかにみんな、大事な人を失うかもしれなかった。そこでクリスがアイシャ殺害を買って出た?」

里村は椅子に腰かけてじっと話に耳を傾けていた右京を振り返った。

「あなたが戻ってらっしゃったとき、今まさにってときだったんです」

右京が立ち上がり、近づいてきた。

「急にあなたに『相談がある』と言われたのは、そういうことでしたか。ああ、黙ります」

「とにかくお耳に入れたほうがと思って」

情報を提供してくれた江威子と里村に、薫が頭を下げた。

「ご連絡ありがとうございました」

右京はそっとミウに近づき、英語で話しかけた。

「クリスさんの携帯電話なんですが……」

右京と薫とミウはクリスの客室に行き、携帯電話を探した。しかしどこにも見つからなかった。

「いやあ、見当たりませんね」

薫がミウに目で問うたが、ミウも首を横に振った。右京が背中で手を組んで言った。

「いったいどこへ行ってしまったのでしょう?」

特命係の小部屋に珍しく内村がやってきたとき、角田は無断で特命係のコーヒーを飲んでいた。角田は慌てて内村にもコーヒーを用意した。

「では私はこれで」

カップをデスクに置いてそそくさと帰ろうとする角田を、内村が引き止めた。

「まあ、いいじゃないか。杉下右京、どうやったらおとなしくさせられると思う?」

「は?」

「そもそもアレを止めることなど、不可能なのかもしらんな」

コーヒーを口に含んだ内村に、角田が見解を述べた。

「この世から事件がなくならない限りは無理かと」

「世界平和が訪れない限り不可能か……」

八

クリスの携帯電話は遺体が発見された川の中から見つかった。回収され、鑑識課に運ばれたスマホを前に、伊丹が益子に確認した。

「クリスのスマホで間違いないのか？」

「ああ、本人のだ」

「事故もしくは事件の発生現場が上千住の上流だったと？」

芹沢の質問に、益子が答える。

「ああ、そういう見立てだな。橋から川へ転落。その際スマホが服から落ちて川へ沈んだか、または橋からスマホを落としてしまって、拾おうとした拍子に転落したか」

「頭部の損傷は？」麗音が質問する。

「川は水深一メートルに満たないうえ、川底には石やコンクリートブロックが散乱している。転落の拍子にそれらで頭部を強打し、気を失ったまま流されるなか……」

麗音が益子の言葉を引き取った。

「溺死ですか」

伊丹がスマホをにらみつけた。

「しかしまだ事故か事件かは、はっきりしねえ」

「事故だ。事故で矛盾はない。迅速に処理したまえ」

中園から報告を受けた衣笠が断じた。

「は」中園が直立不動でお辞儀をする。

「できるだけ早く幕引きを図りたいというのが官邸の意向だ。アイシャの遺体共々、クリスの遺体も早々に返却して、サルウィンご一行様には一日も早くご帰国願う」

「しかし、さまざまな捜査に支障が出るのではないかと」

中園の反論を、衣笠がはねつける。

「構わん。捜査はできる範囲で」

「承知いたしました」

すごすご引き下がろうとする中園を、衣笠が止めた。

「ああ、あえて君ひとりだけ来てもらった意味はわかるよね？　内村くん、あれ以来ほら、こういうオトナの事情に刃向かおうとするだろ？　そんな内村くんを君がうまくコントロールしてくれたまえ」

衣笠からまんじゅうを渡された中園が胸を張る。

「お任せください！」

その頃内村は、特命係の小部屋で物思いにふけっていた。

「目指せ、世界平和……」


鑑識課では薫が益子にたてついていた。

「事故ってことで店じまいですか？」

「おたくさ、どういう立場でものを言ってんの？」

薫がサルウィン政府発行の身分証明書を取り出して開く。

「国賓ですけど、なにか？」

右京は勝手にクリスのスマホを調べていた。

「マイクロSDカードが入っていませんね、スロットに」

「別に必ず入れるもんでもないでしょう」

薫の言葉を右京が受けた。

「本体の記憶容量三十二ギガ。まあ、これで足りていたということでしょうかね」

その後、右京と薫は遺体発見現場を見下ろす橋に行ってみた。欄干の高さは右京の胸くらいまであった。

「誤ってここから落ちたということは考えづらいですねえ」

「ええ。欄干の高さ、これだけありますもんね」

右京がクリスの心情を汲み取ろうとする。

「クリスさんはどういう心持ちでお酒を召し上がっていたのでしょう？　アイシャさんの亡くなった夜ですからねえ。悲しみを紛らわすため？」

薫は別の意見を持っていた。

「うーん、自己嫌悪に陥ってかも。だってアイシャを殺そうとしたんですよ。そしたらあの結末。いたたまれませんよ」

「しかしホテル内ではなく、わざわざ外へ飲みに出かけた。気分的にひとりになりたかったっていうことでしょうかねえ」

「スマホに当該時刻、通話記録もなかったようだし、単独で出かけたってことですもんね」

「あるいは関係者ならば、電話で誘わずともホテルの部屋を直接訪ねて誘うことも可能ですねえ」

「たしかに。関係者か……」薫はなにかひらめいたようだった。「よし、ここは外圧の一手。国賓たる俺に任せてください！　曲がりなりにも警察官の立場の右京さんがいたら邪魔です。今度こそおとなしく！」

そう言い残すと、右京を置いて一目散に駆けていった。

薫はホテルに戻り、支配人に外圧をかけたのだった。

「よろしいんでしょうか？」

念を押す警備員に、支配人がうなずいた。

「こちら亀山さん。たってのご要望なので」

薫が身分証明書を警備員に見せる。

「国賓でーす！」

かくして薫はホテルの防犯カメラの映像を見せてもらうことに成功した。そして、発見した事実を右京に電話で伝えた。

「クリスさんがミウさんの部屋に？」

——ええ。ドアの下に封筒を差し込んで出かけました。

「クリスさんは単独で出かけたんですね？」

——ええ。

「しかしクリスさんのほうから出向いて誘ったということも考えられますから、録画映像だけでは、単独でずっと行動していたかどうかは依然として不明……」

――とにかく俺はミウになにを受け取ったか、確認してみます。

右京が電話を切って思案していると、背後から咳払《せきばら》いが聞こえた。サイバーセキュリティ対策本部の特別捜査官、土師太が特命係の小部屋にやってきたのだった。

「こんなの拾ったのでお知らせに。まもなく駅売店やコンビニで絶賛販売です！」

土師がタブレット端末に表示してみせたのは、タブロイド紙『夕刊トップ』の紙面だった。「警視庁の妄想モンスター杉下右京」という大きな見出しが躍り、ご丁寧に目線の入った右京の顔写真まで載っていた。

薫がホテルのロビーで待っていると、コンビニの袋を提《さ》げた美和子がやってきた。

「あ、薫ちゃん！」

「ああ、美和子。どこ行ってた？」

「ちょっと買い物……それより、これ見てよ！」

「なんだ？」

美和子が『夕刊トップ』を取り出して、右京が載っているページを開いた。

「ええっ⁉」薫が絶句した。

同じ頃、衆議院議員会館の事務所で、鑓鞍兵衛は片山雛子とともに同じ記事を読んでいた。

「警視庁の妄想モンスターだって！」

ひきつるような声で愉快そうに笑う鐙鞍に、雛子が言った。

「典型的な牽制記事ですよね。警察官を名指しで、こんな真っ向から喧嘩を売るような記事、『夕刊トップ』単独じゃできませんよ。仕掛けたのは官邸かしら？」

「あっちこっち摩擦を起こしながら生きてんだもの。仕方ないよね。今回だって政府の意向、完全無視でしょ？」

雛子が鐙鞍からタブロイド紙を受け取った。

「外務省の厩谷さんの差し金かもしれませんねえ」


その日の夕方、薫はホテルからタクシーに乗って出かけるミウを、別のタクシーで尾行した。

そして、ミウの訪問先がわかると、電話で右京に知らせた。

「いくら問い詰めてもなにも受け取ってないってミウが言うもんで……。だったらこっちも非常手段に打って出ようってことで尾行したんですよ。ふふっ、昔取った杵柄《きねづか》。そしたら外務省に……」

――なるほど。面会相手は想像つきますがね。

「なにかわかったら、また連絡します」

ミウの面会相手は右京の想像通り、厩谷であった。

ミウを執務室に招いた厩谷は思わず日本語で言った。

「恐ろしい姉弟《きょうだい》だな……君たちは」

ミウは射るような目で厩谷を見つめた。

「英語で言って」

片山雛子のスマホに右京から電話がかかってきた。

「妄想モンスターだなんて、失礼しちゃうわよね」

――その件はまた今度ゆっくり。

「オーケー。で、ご用件はなにかしら？」

薫が外務省の玄関で待っていると、やがてミウが出てきた。薫が英語で話しかける。

「ホテル、戻るだろ？　送るよ」

ミウはタクシーの中でも押し黙っていた。薫はホテルのロビーでもミウを問い詰めたが、クリスからなにを受け取ったかについてはやはり明らかにしなかった。やがて立ち上がり、「明日、帰国する。アイシャとクリスも一緒に」と言い残し、部屋に戻っていった。

「ミウのやつ、どうしても口を割らない……」

自分の部屋に戻った薫が愚痴《ぐち》ったが、期待した美和子からの反応がなかった。

「あれ？　美和子？　どこ行ったんだよ……」

部屋のどこにも美和子の姿はなく、ふと見るとテーブルの上にメモが残されていた。

──ちょっと出かけてくる。美和子
「どこ行くかぐらい書けよ！」

午前零時を過ぎても美和子は帰ってこなかった。

「なんなんだよ、いったい！」

寝ずに妻の帰りを待っていた薫がしびれを切らしたとき、スマホの着信音が鳴った。

「もしもし？」

相手は右京だった。

──ああ、亀山くんですか？　僕です。何度も電話を……。

「ええ、かけましたとも。億万回ね！」

──申し訳ない。それはそうと、君も存外俗物ですねえ。

「はあ⁉」

――とても立派な肖像画ですが、教室に掲げているというのは権威主義的すぎて鼻につきますよ。

――えっ？　なにを……右京さん、まさか……。

「ええ。サルウィンです。なんとか最終便に間に合いました」

そのとき右京はサルウィンにいた。薫が教えていた学校の教室で、薫の肖像画を前にしていたのだった。

薫が美和子のメモをつかみとる。

――ひょっとして美和子も？

「サルウィンは不案内ですからねえ」

――いや、なにも美和子と。サルウィン案内だったら俺が……。

「どうして俺じゃないのかと言ってます」

右京にスマホを渡され、美和子が電話に出た。

「ああ、もしもし、薫ちゃん？　私」

――おう！

「あのね、薫ちゃん。小舅みたいだから、右京さん辟易だって」

――えっ？

「おとなしくしてろ、おとなしくしてろって、鬼の首とったみたいに言ったんでしょ？　右京さん、傷ついたって」

――そりゃ立場上言ったけどさ……。

美和子がスマホを右京に返す。

「大いに傷つきました」

――それは悪うござんした。それよりなにしにサルウィンに？

「物見遊山で来たとでも？　手掛かりがないかと……。日本にいては埒《らち》が明かない気がしましてね」

美和子は学校の校長室で古いアルバムを見つけ、右京に見せた。なかに少女がふたり並んで写った写真があった。美和子が指で差して解説する。

「こっちがミウ、こっちがアイシャ。ふたりは子供の頃から切磋琢磨し合ってきました」

「よきライバルでもあったということでしょうかねえ？」

「ミウはずっとアイシャにライバル心を燃やしてたんだと思います。どこか嫉妬にも似た」

美和子の言葉に右京が引っかかりを覚えた。

「嫉妬？」

「どうしても歯が立たない相手っているじゃないですか。常に自分はナンバーツー。せめて相手も自分のことをライバル視してくれたなら、気持ち的には多少マシかもしれないけど、アイシャは聖女みたいな子だから、そういう感情を見せることはないんで……」

美和子が薫の肖像画に目をやる。

「あの肖像画、アイシャが描いたんですよ。卒業してから何年かぶりに訪ねてきて、描いてあげるって。よく描けてるし、薫ちゃん、よっぽど嬉しかったのか、さっそく教室に飾って、ずっとそのまま……」

「知らぬこととはいえ、失礼を言ってしまいましたね」

右京が珍しく素直に反省した。


朝になると、右京と美和子はサルウィンの〈日サ友好協会〉を訪ねた。現地の日本人スタッフがふたりを迎え入れた。事務室のテーブルの上には大量の資料が用意されていた。

「片山先生からお話は聞いています。協会創設以来、記録しているものです」

しばらく資料を検《あらた》めていた右京が気づいたことを口にした。

「第一人者の面目躍如。外務省の厩谷氏、サルウィンを訪れた回数が官僚としては断トツですねえ」

　そのとき美和子が提案した。

「そうだ。せっかくだから、アイシャの実家にも行ってみます？」

　アイシャの実家は首都の中心から少し離れた地域にあった。貧しい人々の居住区のようで、古びたみすぼらしい建物が多かった。

　美和子が目指す小さな家に右京を案内した。

「アイシャは母子家庭で育ってて、ずっと貧しい暮らしでした。そのお母さんも一年前に亡くなって……」

　と、ひとりの老人が玄関口に現れ、現地語でなにか言った。美和子がそれに答える。

「どうしました？」

　右京の質問に、美和子が戸惑いながら答える。

「『日本人か？』って訊くから、『そうだ』って言ったら、『一緒にいるのはアイシャの父親か？』って」

「はい？　アイシャさんの父親は日本人なのですか？」

「いいえ、初耳ですけど……。訊いたことあるんですよ、学校に通ってきてた頃、お父さんのこと。わからないって言ってました。お母さんに訊いても教えてくれないって」

「そうでしたか」右京が思案顔になる。「そのお母さまも一年前に他界……」

薫は都心のオープンカフェで土師と会っていた。テーブルの上には土師のタブレットが置かれ、画質の粗い映像が流れていた。土師が説明する。

「死亡したと推定される場所を中心に、付近の防犯カメラ映像をこっそり解析したところ、こんなの発見しました」

川沿いの遊歩道をふたりの人物が歩いていた。サルウィンの白い民族衣装を着た人物を土師が示す。

「こっちがクリス・ガルシアで間違いないと思います。もう一名は不明ですが……」

もうひとりはスーツ姿の男だった。表情ははっきりとしなかったが、薫はそれが厩谷だと確信した。

「いや、わかります」

「助かりました。調べろと言われても迷惑なので」

右京はアイシャの実家で、薫からの報告を受けた。

「なるほど。やはり単独行動ではなかったわけですね」

——ええ。ホテルを出たクリスは厩谷さんを訪ねて、一緒に飲んだようです。あ、今し方、店は特定しました。クリスは大の和食好きなので、行くとしたら和食の店だろうと踏んで徒歩圏内の界隈探したら、三軒目でビンゴ！

「短時間でお見事でした」

――右京さんが渡航前に仕込んでおいてくれたおかげですよ。

「土師くんが役に立ったようでなによりです」

――それはそうとふたり、祝杯あげてたそうですよ。

薫のひと言に右京が反応した。

「祝杯？　今、祝杯と言いましたか？」

――俺も女将に訊き返しました。少なくとも湿っぽさはみじんもなく、笑い声が絶えない陽気な席だったと。おめでたいことでもあったんだろうって思ったそうです。アイシャが死んだ夜ですよ。その死の責任の一端があるふたりがですよ。陽気に酒飲んでたって……。

腹の虫がおさまらないようすの薫に、右京が頼みごとをした。

「それは奇妙ですねえ。引き続き頼まれてくれますか？　少々難度の高いオーダーですが」

九

警視庁近くの公園で伊丹と薫が顔を突き合わせていた。そばには芹沢と麗音の姿もある。

「それが人にものを頼む態度かよ?」

ポケットに手を突っ込んだまま伊丹が言い放つ。薫は腕組みをしていた。

「どうしろってんだ?」

「土下座しろ。お願いするときゃ、土下座一択!」

伊丹の言葉を真に受けた薫は、顔を歪めて膝を突こうとした。

「てめえ! なにしやがんだ、コラ! プライドってもんがねえのか、このクソ亀が!」

「お前がしろって言うからしてんじゃねえか!」

「そもそもよ、お前ごときに頼まれて俺らが動けると思ってんのか? 刑事部長に直訴しろ。部長の命令がありゃ動ける」

長く特命係にいた薫は、保身に汲々とする内村の性格をよく知っていた。

「あの部長に話したところで時間の無駄だ!」

「そう思うなら諦めな」

伊丹がさっさと立ち去ると、麗音が言った。

「ものは試し! 直訴お勧めします」

「え?」

芹沢がにやりと笑う。

「先輩の知ってる内村部長は、もう死にました」

薫が頼れるのは角田しかいなかった。

「未遂とはいえ殺人案件。私も亀山から聞き、これは由々しき事態と部長のお耳に入れるよう取り計らいました次第で」

角田は内村に進言し、隣にいた薫に後押しするよう脇腹をつついた。

「まあ、相手が相手だけに荷が重すぎるかとは思いますが」

話を聞いた内村が突然立ち上がった。

「相手が誰であれ、正義を遂行するのに躊躇《ちゅうちょ》などいらん。頑張りたまえ」

「えっ？」薫は目を丸くしながら、深く腰を折った。「あ、これはご無礼申しました！」


サイバーセキュリティ対策本部の土師は、デスクで右京からの電話を受けていた。

――例の搭乗者名簿、もうひとつ調べものを……。

「ああ、もう！　僕は青木じゃないぞ！」

土師が喚《わめ》きながら立ち上がったので、周りの同僚たちが目を丸くした。サルウィンにいる右京は意に介するようすもなかった。

――承知していますよ。

監察医務院の遺体保管室には、サルウィンに運ぶため、棺に入れられたアイシャとクリスの遺体が安置されていた。

そこへ鑑識課の益子と部下たちが入ってきた。益子が身分証を掲げる。

「警視庁鑑識課の益子。空港運ぶ前に、アイシャさんにちょいと用事あるの」

衣笠は憤っていた。副総監室に中園を呼びつけて怒鳴りつける。

「どういうことだ⁉　説明したまえ！」

中園はしどろもどろだった。

「ですからその……殺人未遂案件の捜査が部長の号令のもと……」

「殺人未遂だと？　アイシャは自殺だろう」

「実はその前段階で、殺人未遂が発生していたと……」

「その被疑者が外務省の厩谷琢だというのか？」

中園は何度も首を縦に振った。

警視庁の取調室で、伊丹と芹沢が厩谷の取り調べをおこなっていた。そこに麗音がお茶を運んできたが、厩谷の前で派手に茶碗をひっくり返してしまった。茶を浴びた厩谷がびっくりして立ち上がる。

「き、君！」

「申し訳ありません！」

謝る麗音を芹沢が突き飛ばした。

「なにしてんだよ、この間抜け！」

麗音はそのはずみで廐谷に抱きつく格好になった。

「君も女性になんてまねするんだ！」

廐谷に叱られ、芹沢が頭を下げる。

「申し訳ありません！」

廐谷はスーツにかかったお茶を手で払った。

「出張前で忙しいんだよ！　私を取り調べるなんて後悔することになるよ」

圧力をかけてくる廐谷に、伊丹が頭を下げる。

「我々、しがない宮仕え。上層部《うえ》からの命令なもんで……」

「ご出張、場合によっては中止していただくことになるかも……」芹沢は机をふきながら廐谷の顔色をうかがうと、麗音に命じた。「新しいの持ってきなさい！」

「はい！」麗音が茶碗を持って出ていった。

「どうぞ、お座りください」

机をふき終わった芹沢に促された厩谷は、乱れた頭髪を手でなでつけながら着席した。

廊下に出た麗音は、厩谷に抱きついた際にまんまとむしり取った髪の毛を、指の間からつまみ上げ、ビニール袋に入れた。

美和子はサルウィンの刑務所で、受付の刑務官に金を握らせていた。

「生まれ変わったとはいえ、まだあちこちに腐敗が残ってます。これもそのひとつ」

右京は美和子の行為を黙認して言った。

「地獄の沙汰も金次第……」

薫はホテルの部屋で荷造りをしているミウに現地語で訊いた。

「君は、なにを企《たくら》んでるんだ？」

しかし、ミウは答えなかった。

厩谷はサルウィン行きの航空機に乗り込んだところだった。

「ええ。予定どおり出発します。木っ端連中の相手は疲れますよ」

機内でスマホで通話する厩谷をＣＡが注意したが、厩谷はすごい剣幕で怒鳴り散らした。

「うるさい、黙れ！　私を誰だと思ってる！」乗客が目を瞠るなか、厩谷は通話に戻った。「ええ。落ち着いたらまた連絡します」

電話を切った厩谷は、同じ飛行機にミウが乗っていることに気づいた。ふたりは視線を交わしたが、話はしなかった。

数時間後、サルウィンのホテルに到着した厩谷を右京が待ち構えていた。驚いて足を止めた厩谷に、右京が近づいていく。

「確認したいことがいくつか」

「確認事項ならば電話かメールで」

厩谷は取り合わずに歩きだそうとしたが、右京がかまわず疑問をぶつけた。

「クリスさん行方不明の連絡を受けたとき、あなたも一緒にいました。なのに、なぜ黙ってらしたんですか？　前夜、彼と一緒だったことを」

「迂闊なことを言って、妄想モンスターの餌食になるのは御免ですから」厩谷が皮肉で返す。「それにあなた方に言わなかっただけで、上にはちゃんと報告しています。事故だったようですね」

「さあ、どうでしょう」

「妄想力がうずきますか？　ご苦労さま」

立ち去ろうとする厩谷に、右京が左手の人差し指を立てる。

「ああ、もうひとつ。アイシャさんはあなたの娘だったのですね」厩谷が足を止めて振り返ると、右京は苦笑した。「いえ、現段階、僕の妄想ですが。あなた、アイシャさんへの殺人未遂容疑で調べられたとお思いですか？　その件のプライオリティは低いと申し上げたじゃありませんか」

「まさか……」

厩谷が取調室での茶番に気づき、頭に手をやった。

「親子関係の確たる証拠が欲しかったものですから」

「プライバシーの侵害だろう！」

鋭い声で責められても、右京はまったく動じなかった。

「忸怩《じくじ》たる思いですが、アイシャさんを死に追いやった卑劣な脅迫犯を捕まえるためです。ああ、さらなる僕の妄想をお聞きになりたいようでしたら、明日レナンジャウンにある学校の講堂までおいでください」

十

翌日、厩谷は指定された学校の講堂にやってきた。そこには右京だけでなく、薫の姿もあった。厩谷とアイシャの「DNA父子鑑定結果報告書」を持参してきたのだった。

薫に文書を突きつけられた厩谷は開き直った。

「ええ、そうです。ご指摘のとおり、アイシャは私の娘です。父子証明を持参で、わざわざサルウィンまでご苦労さま」

「ご心配なく。ここが俺の本拠地ですから」と薫。

と、余裕を見せる厩谷に、右京が質問をぶつけた。

「娘だということをいつお知りになりましたか？」

「はい？」

「おそらくこの一年以内。アイシャさんのお母さまは、彼女に父親について語らなかったといいます。そんなお母さまが父親について話すとしたら亡くなる直前しか……」

薫が右京の言葉を継ぐ。

「思い残すことなく旅立つために、アイシャに隠していた事実を打ち明けた。そうなんじゃないかって」

「あなたはアイシャさんからそれを聞いた。まさしく寝耳に水だったのではありませんかねえ」右京が推理力を働かせた。「あなたが過去に、アイシャさんのお母さまとニアミスしている記録が残っていました。ちょうど二十八年前、あなたはまだ外務省の新人職員。覚えておいでてでしょう？　サルウィンを訪れた際、政府主催のパーティーでホステス役、いわゆる給仕係をなさっていたのが、アイシャさんのお母さまだったのですよ」

「あなたはその席でアイシャの母親を見初めた……。なーんてロマンチックな話だったら、こんなことにはなっちゃいない」

　薫の言葉を受け、右京が攻め込んだ。

「ええ。あなたはアイシャさんのお母さまを陵辱したんです。通常、そんなことをしたら、ただじゃすみません」

「だけど、当時のサルウィンは腐り切っていた。あなたもこの国は金次第でどうにでもなるって驕り高ぶっていた」

　薫の話す内容は実感に満ちていた。右京がとどめを刺す。

「サルウィン政府高官に金を握らせ、おぞましい事実を闇に葬りました。そうですね？」

「妄想モンスター」

　厩谷は笑い飛ばそうとしたが、右京は証拠を用意していた。

「いいえ。拘束中の元政府高官から証言を取りました。あなたの支払ったお金と引き換えに、アイシャさんのお母さまに因果を含めたこと、よく覚えておいででしたよ」

　薫が続ける。

「それで済んだとばっかり思っていたでしょうが、そうじゃなかった。アイシャの母親はまさかの妊娠という事態に見舞われて、人知れずアイシャを産んで育てた。父親の存在を秘したまま」

「二十八年近く経って現れたアイシャさんは、あなたにとって強烈なしっぺ返しだったでしょうねえ。単なる隠し子騒動では済みませんから。アイシャさんはあなたになにか要求しましたか？」

右京のひと言で、厩谷の脳裏にあの日の〈迎賓楼〉の控えの間での会話がよみがえる。ミルクティーが飲みたいと言ってミウを外に出したアイシャは、厩谷に英語で「考えてもらえましたか」と迫ってきた。

厩谷は「今、それどころじゃなくなってるんだ……」と返したのだった。

厩谷が回想を終えたときもまだ右京の推理が続いていた。

「ひょっとしてアイシャさんの要求が殺害の強力な動機となった可能性も……」

「私は殺せと脅迫されて、アイシャを殺そうとしただけです。未遂ですがね」

白《しら》を切る厩谷を、薫が嘲笑した。

「追い詰められて、否定していた殺人未遂をここで認めますか」

右京は厩谷の供述を信じていなかった。

「いいえ、その未遂はいわば呼び水。なにしろあなたがアイシャを殺せと他の五人を脅迫した張本人ですからね。自分で脅迫しておいて、それに乗っかってひと芝居打っただけ。自作自演です」

「傍《そば》にそういう切迫した人間が六人もいることを印象づけて、アイシャを精神的に追い込むためにね」

「捨て身の計画ですが、それほどあなたは追い詰められていたということでしょう」

ドアの外では、右京と薫による波状攻撃の内容を美和子がミウに説明していた。

「厩谷さんが犯人？　脅迫者なの？」

驚くミウに美和子がうなずいてみせた。

「そういうことみたい」

ドアの内側では右京がさらに厩谷を追い詰めていた。

「人質となっていたあなたのお嬢さん。調べたところお嬢さんだけ、他の人質たちと比べて搭乗予約の受付日がずいぶん遅いんですよ」

「今回人質を取られて脅迫されてたのは、みんな、サルウィンにゆかりの連中で、親善使節団来日に関わってますから、予約の受付日は同日なんです。ところがお嬢さんだけ
……」

薫の説明を受け、右京が言った。

「今回の計画のために仕込んだからですね」

「想像だろう」

強がる厩谷に、右京が皮肉をぶつけた。

「いいえ、妄想ですよ。せっかくですからもうひとつ。アイシャさんが受け取った駄目押しともいえるメッセージ……」

薫が具体的に言い換える。

「『お前が生きてるとみんなが苦しむぞ』ってやつ」

「とどめともいえるあんな内容のメッセージを送れるのは、状況をしっかり把握できる立場、つまりよほど近くにいた人物に限られます」

「今となれば簡単な引き算。あなたほどの明快な動機を持った人物は他にいませんでしたからね」

薫が言ったとき、ミウと美和子が講堂に入ってきた。

「お聞きいただいていましたか」

右京が英語で訊くと、ミウは「アイシャの要求はひとつだけでした」と答え、スマホを右京に渡した。そこには現地語のメッセージが表示されていた。

「サルウィン語ですね。僕は歯が立ちません」

右京がミウのスマホを薫に渡す。ミウが英語で薫に言った。

「死んだあと、アイシャからクリスに送られてきたメッセージ」

その一言で、右京は即座に理解した。

「なるほど。ミウさんがクリスさんから受け取ったのは、そのメッセージを保存したマイクロSDカードだったのですね」

美和子が説明する。

「ドアの下から封筒に入れて差し込まれたって言ってました。そこにはアイシャの出生に関する告白と、母親の墓参りを厩谷さんに頼んでほしいって書いてあったって」

「墓参りを……」右京がつぶやいた。

美和子は厩谷に向き直った。

「アイシャのたったひとつの要求です。墓前でひと言、母に詫びてほしい。それですべて水に流すからって。サルウィンに来たとき、こっそりでいい。しっかりアテンドするって申し出ていたそうです」

右京がアイシャの気持ちを汲んだ。

「そして、その果たせなかった要求をクリスさんに託して、旅立ったということですか」

「アイシャのやつ、俺にも同じ要領で送ってきたよ」薫は英語でミウに言ったあと、日本語で厩谷にぶつけた。「犯人を必ず捕まえて、罪を償う機会をあげてくれって」

ミウが英語で訊く。

「厩谷さんが脅迫犯だったってことは、彼はアイシャのその願いを拒絶したってことなのね」

「やはり彼の、迫真のお芝居を信じていたようですね。もっとも、そうでなければ、厩谷さんと取り引きしようなどと思わないでしょうが」

右京は日本語で言ったので、ミウは困惑した。右京はクリスのやったこともわかっていた。

「クリスさんは、アイシャさんの告白を切り札に今後のサルウィンへの協力を要請した。そうですね？　政府開発援助等、あなたの口利きでサルウィンの役に立つことが山ほどありますからね」

「その話がまとまったから、祝杯あげてたんですよね？」と薫。「アイシャの死んだ夜だってのに。それで筋が通る」

「しかし、あなたにとってクリスさんは恐喝者に等しかった」

右京は冷静だったが、薫はすっかり熱くなっていた。

「実際、恐喝ですよ。アイシャはそんなことをさせるためにクリスに秘密を打ち明けたわけじゃない！」

ふたりの話は美和子が同時通訳していたので、ミウも事情を理解したようだった。

右京が厩谷の罪を暴く。

「いずれにしても、握手するふりして油断させてクリスさんを殺した。後顧の憂いを排除するために。ええ、事故などではありません。あなたが殺したんですよ」

実際に起こったのはこういうことだった。クリスはスマホのメッセージを橋の上で消したが、厩谷はそのスマホを奪い、マイクロSDカードが入っていないかどうか確認した上でスマホを川に放り投げたのだ。そして、川に入ってスマホを探しはじめたクリスを石で殴打したのだった。

薫は今やミウの演じた役割も知っていた。

「ところが一難去ってまた一難。新たな恐喝者が。アイシャの気持ちを踏みにじって……」

厩谷は英語でミウに話しかけた。

「この人たち、妄想する怪物なんだ。信じちゃいけない」

「厩谷さんをどうするつもり？」

ミウの質問に、右京が答える。

「もちろんただちに帰国していただきます」

「それは無理。彼はゲスト。サルウィン政府が招待したの。国王陛下への謁見も予定されてる」

「ミウ！」

諭そうとする薫を無視して、ミウが厩谷に向き合った。

「行きましょう。新たにお部屋を準備します」

「ご苦労さま」

不敵な笑みを浮かべて去っていく厩谷の背中に、右京が語りかける。

「きっと後悔しますよ。一緒に帰国しなかったことを」

聞く耳を持たない厩谷は、現地語で「良い旅を」と言い残し、ミウの後に従った。


その夜、薫は学校の教室でアイシャが描いてくれた肖像画を眺めていた。

「開花したのは一輪だけ。それももう散った。なんのために俺たち……やってきたこと、無駄だったのか……」

弱気になる薫を、右京が強い口調で叱咤《しった》した。

「無駄だったなどと思ってはいけません！　思った瞬間、すべてが無意味になってしまいますから」


内閣情報調査室の内閣情報官室には主の社美彌子の他に鐙鞍兵衛の姿があった。

「妄想モンスター杉下右京……。記事の仕掛け人が鐙鞍先生だとは、誰も気づいていませんね」

美彌子の言葉に、鐙鞍が応じた。

「厩谷くんの仕業と思われてるみたいね」

「どうして急に杉下さんを牽制しようと？」

「彼とはずっと友好関係でいたいんだ。けどこの世界、きれいごとだけじゃない。万が一、彼が牙を剝《む》いてきたときのためにね、少しずつ彼の信用を毀損《きそん》しておこうかと」

鑑鞍はまったく腹の読めない男だった。


サルウィンの新政府本部で、現地の若いスタッフがミウに訊いた。

「不慮の事故ということで？」

ミウが険しい顔で言った。

「方法は任せる。我が国は大事なゲストの死を悼んで、追悼式典は大々的にするわ。だって、彼はサルウィンの功労者……。国王陛下との謁見日より前に済ませて」

「わかりました」

スタッフが居住まいを正すと、ミウは自嘲するように言った。

「私はアイシャみたいに慈悲深くない。ああ、それから、もうひとつ……」


ホテルの豪華な部屋でマッサージを受けていた厩谷のスマホに、片山雛子から電話がかかってきた。

「これは片山先生。どうしました？」

――進むも地獄でしょうけど、日本のほうがまだ辛《かろ》うじて民主的ですよ。帰国を強くお勧めします。

「ご忠告どうも」

サルウィン新政府の若いスタッフたちが、薫と美和子のところへやってきて、国外退去処分の通告書を掲げた。薫は怒りが収まらなかった。

「俺たちにサルウィンを出てけっていうのか⁉」

「ペルソナ・ノン・グラータ……。まるで外交官扱いね」

「国外退去処分がふさわしいような好ましからざる人物」を意味する外交用語をつぶやいて、美和子は苦笑した。

日本に帰国した右京は、内閣情報調査室の美彌子に呼ばれ、薫たちの処分について知らされた。

「好ましからざる人物として国外退去処分ですか……」

「わざわざ日本政府に通告が来たそうよ」

「ふたりに対する、精いっぱいの敬意でしょうかねえ」

薫が見納めに学校の教室を訪れると、肖像画の前にミウがいた。薫の心中に複雑な思いが渦巻いたが、あえてなにも語らなかった。ミウのほうも口を開くことはなかった。

薫は壁から肖像画を取り外すと、無言のまま教室から立ち去った。ミウは悲しげな目で薫を見送った。

数日後、帰国した薫は伊丹に呼び出され、桜田門近くの公園にいた。

「気安く呼び出すんじゃねえよ。こっちはこれから家探しやらなんやかんやで忙しいんだ。なんの用だ？」

食ってかかる薫に、伊丹が訊いた。

「仕事どうすんだよ？」

「てめえの知ったことか！」

「警視庁、戻りたくねえか？」

意外な提案に、薫は面食らった。

「えっ？」

「出戻りはそう簡単じゃないんだけどな。事と次第によっちゃあ、力になってやってもいいぞ」

「お前にどんな力があるっていうんだよ」

「昔の俺と思うなよ。その気になりゃ、てめえのひとりやふたり、ねじ込んでやる」

薫はしばし考えてから言った。

「条件は？」

「股くぐれ」

「あ？」

「俺さまの股くぐれ！」

伊丹が腕組みをして両足を広げ、仁王立ちした。ややあって薫が手を突こうとした。驚いたのは伊丹のほうだった。

「おい！　てめえ、なにしやがんだよ！　プライドってもんがねえのかよ！　何回も言わせんな、この出戻り亀！」

「お前がしろって言うからしてるんじゃねえかよ！」

「お前が真剣だってことはわかった。なんとかしてやる。でも親切だなんて思うなよ。俺がそうする理由はただひとつ！　警視庁に戻ったお前をいびり倒して、引きこもり亀にすることだ！　まあ、楽しみに待ってろ」

意気揚々と立ち去る伊丹の背中に、薫が罵声《ばせい》を浴びせた。

「返り討ちに遭って泣きごと言うんじゃねえぞ、馬鹿野郎！」

数日後、薫が警視庁に登庁するのを見て、麗音が芹沢に訊いた。

「どうやってねじ込んだんですか？」

「謎。わからない」

ふたりの会話が聞こえたのか、伊丹が不敵な笑みを浮かべた。

「お願いするときゃ土下座一択」が信条の伊丹は、甲斐峯秋の前で土下座して頼み込んだのだが、それは峯秋と伊丹だけの秘密だった。


そして、薫が特命係の小部屋に入ってきた。

「おはようございます。本日付で特命係に配属になりました亀山薫です。出戻りです。よろしくお願いします！」

「申し上げておきますが、嘱託職員に捜査権はありませんので」

「そもそも特命係に捜査権ないでしょ？」

「わかっていれば結構。では改めて……よろしくどうぞ」

右京が右手を差し出した。薫はその手をしっかりと握り返した。

その夜、家庭料理〈こてまり〉で薫と美和子のささやかな歓迎会が開かれた。

「薫ちゃんのこと、いじめないでくださいね。本人平気な顔してますけど、今回のことで心はズタボロなんですから」

美和子が右京に酌をすると、薫は強がってみせた。

「余計なこと、言わなくていいよ！　全然こたえてませんから。たとえいじめられたってへっちゃらです」

「そもそも僕は誰もいじめたりしませんがねえ」

右京が曖昧《あいまい》に笑いながら猪口を口に運ぶ。

小手鞠が身を乗り出して、美和子に訊いた。

「奥さまは、お仕事はなさるの？」

「ああ、もちろん。なんか探しますよ」

「じゃあ見つかるまで、うちでバイトなさらない？」

「えっ？　私、実はちょっと料理には自信があるんですよ」

「あら！　じゃあなおさらお願いしたいわ」

「私の得意料理があります。美和子スペシャルっていう……」

意気投合するふたりを見て、右京と薫は顔を見合わせた。

「亀山くん、あれはまずいですね」

「あれはまずいですよ！」

美和子の料理の腕前を知っているふたりは絶望的な気分になるのだった。

第二話
逃亡者 亀山薫

一

亀山薫は肩で息をしていた。右手には血のついたナイフが握られており、足元には男の死体が転がっていた。そこは〈リオネーレ〉という輸入雑貨店だったが、照明がついていないので窓明かりの下では一見、雑然とした倉庫のようにも見えた。

そのとき宅配便の女性配達員の元気な声が聞こえた。

「すみません。荷物のお届けですが……」

「⁉……」

薫は応じなかったが、シャッターが半分開いているのを見て、配達員は店内に入ってきた。

「どなたか、いらっしゃいませんか？」

配達員は立ち尽くす薫を見て荷物を渡せる相手が見つかったことに安心したようすだったが、薫の足元に目を転じると思わず大声で叫び、荷物を落としてしまった。

「キャーッ！」

薫は一瞬ためらった後、裏口から走り去った。

配達員から通報を受け、警視庁捜査一課の刑事と鑑識捜査員たちが〈リオネーレ〉へやってきた。

「被害者は須賀都志也《すがとしや》さん、四十二歳。この輸入雑貨店の店長です」

芹沢慶二が遺体の身元を先輩の伊丹憲一に告げると、鑑識課の益子桑栄は遺体を検分した結果を伝えた。

「死因は腹部を鋭利な刃物で刺されたことによる失血死。死亡推定時刻は午前九時から十一時の間ってとこかな」

「凶器は？」伊丹が訊《き》く。

「おそらく刃渡り十センチほどの小さいナイフだと思うが、まだ見つかっていない」

「店の売上金が手つかずだったので、強盗の線は薄いかと」

芹沢の報告を聞き、伊丹は後輩の出雲麗音に質問した。

「おい、目撃者はどう言ってるんだ？」

「商品の荷物を届けようと店内に入ったところ、死体の前に男が立っていて、すぐに店の裏口から逃げ出したそうです」

「その男の特徴は？」


杉下右京は特命係の小部屋で手慣れた手つきで優雅に紅茶を淹《い》れていた。そこへ組織犯罪対策部薬物銃器対策課長の角田六郎がマイカップを持参してコーヒーの無心に来た。

「暇か?」

「はい」

角田はコーヒーサーバーが空であることに気づきがっかりした声で言った。

「なんだよ、コーヒー作ってないの?」

「あいにく亀山くんがお休みなものですから」

「ああ、あいつ、昨日も休んでなかった?」

「しばらく休暇を取りたいと申し出がありました」

「復帰したばかりだってのに自由気ままだね。南国気分が抜けてないんじゃないの?」

そこへ伊丹たち捜査一課の三人が険しい表情でやってきた。

「失礼」

伊丹はまっすぐ薫のデスクへ行き、登庁していないことを知って顔をしかめた。

「おや、これは皆さんおそろいで」

三人を迎える右京に、伊丹が訊いた。

「警部殿、亀山はどちらに?」

「昨日から休暇中ですが。それがなにか?」

「亀山に殺人容疑がかかってます」

伊丹の口から出た言葉は右京の想定外だった。

「はい？」

「池袋で輸入雑貨店の店長が殺害されたんですが……」

芹沢の説明を、麗音が継いだ。

「現場近くの路地裏で血痕が付着したフライトジャケットが見つかったんです。ポケットから、凶器と見られるナイフが出てきました」

「目撃者によると、亀山先輩に似た男が現場から逃走してまして、まさかとは思ったんですが、確認したところ……」

伊丹と同期の薫を、芹沢は先輩と呼んだ。芹沢が薫の写真を見せると、目撃者の配達員は、「そうです、この人！」と断じたという。

「亀山くんが？」右京は半信半疑だった。

「おいおい……」角田は困惑していた。

伊丹が右京に質問した。

「あいつはなんで休暇を？」

「僕には野暮用があると」

「野暮用？」

と、そのとき右京のスマホに着信があった。非通知の電話だったが、右京は出た。

「杉下です」

――俺です、亀山です。

相手が薫だとわかり、右京は通話をスピーカーホンに切り替えた。

「亀山くん、今どちらですか？」

――すみません、それはちょっと……。

伊丹が割り込む。

「亀山！　てめえ、なにしでかした？」

――伊丹か？

「須賀都志也さんを殺したのはお前なのか？」

――違う。俺じゃねえ！

「だったら、どうして現場から逃げた？」

――それは……。

薫が言いよどむ。

「おい、聞いてるのか⁉」伊丹が怒鳴った。

――右京さん！

「君、いつまで休暇を取るつもりですか？　亀山くん！」

――いや、こうするのが一番なんです。

「はい?」

――すみません、右京さん。あとはよろしくお願いします。

薫は一方的に電話を切ってしまった。右京たちには知る由《よし》もなかったが、そのとき薫が通話していた電話ボックスの近くを警察官が巡回していたのだった。

薫の口にした言葉を、角田が気にした。

「『こうするのが一番』って……いったいどういうことだ?」

捜査本部は池袋中央署に置かれた。中園照生参事官や前島正造《まえじましようぞう》署長が居並ぶなか、スクリーンを背に伊丹が説明した。

「凶器のナイフから、亀山薫の指紋が検出されました。それと今鑑定中ですが、フライトジャケットも亀山のもので間違いないと思われます」

スクリーンにはそれらの証拠の品が映し出されていた。

「亀山が……」中園が苦々しい顔になる。

芹沢が挙手し、発言した。

「被害者の須賀都志也には、覚醒剤《かくせいざい》売買の容疑がかかった前歴がありました。今回、自宅からもかなりの量の覚醒剤が押収されています」

「須賀都志也は売人だったのか……」

そうつぶやく中園に、前島が提案した。

「被疑者を緊急手配して、公開捜査にしたほうがよろしいのでは?」

「しかし、今の段階でことを公にするわけには……。携帯の位置情報どうなってる?」

起立して答えたのは麗音だった。

「電源が切られているようで、特定できていません」

伊丹が情報を提供した。

「参事官、事件発生後、亀山は特命係の杉下警部に電話をかけてきています」

「なんだと?」

伊丹のもたらした情報は中園だけでなく、池袋中央署の刑事たちも驚かせた。なかでも目つきの鋭い痩身の刑事は不愉快そうに眉を吊り上げていた。

「その電話で亀山は『殺したのは自分ではない。こうするのが一番なんだ』と、そう言ってます」

「はあ? どういう意味だ、それ? だいたい『自分はやってない』『自分は殺してない』、そんなのは犯人の常套句《じょうとうく》だろうが」

「ですが……」

「お前、同期だからって亀山かばってるのか?」

「いえ、そういうつもりはありませんが」

「ともかくだ。マスコミに嗅ぎつけられる前に、一刻も早く亀山を見つけ出して身柄を押さえろ!」

中園が号令をかけ、その場の捜査員たちは「はい!」と声をそろえた。

右京は現場の〈リオネーレ〉を訪ねていた。装飾品やインテリア小物、布製品などが雑然と陳列された店内をひとしきり見て回ると、近くにいた鑑識員に訊いた。

「凶器はこちらで売られていたナイフだったそうですね」

「ええ、そちらの」

ナイフ類の横には指輪などのアクセサリーが、小さめの皿などに載せられて並んでいた。続いて奥の作業台に目を走らせる。須賀のデスクの上にはペンチやドライバーなどの工具類が置かれ、背後の棚にはギターが飾られていた。

そのとき右京のスマホが振動した。薫の妻の美和子からだった。

右京が薫の住むマンションへ向かうと、建物の前で伊丹たちと出くわした。伊丹が顔を歪める。

「あ、警部殿! 亀山の捜査なら我々に任せてもらえませんかね」

「そうしたいのはやまやまなんですが、上司としては、黙って成り行きを見ているわけにもいきませんからねえ」

そう言うなり右京はマンションに入っていった。

「あ、ちょっと、警部殿！」

捜査一課の三人も後に続いた。


薫の部屋のリビングで、麗音が美和子に須賀の写真を見せた。

「被害者に心当たりはないんですね？」

「知りません」美和子が首を横に振る。「須賀都志也なんて人は。でも皆さん、本当に薫ちゃんが犯人だと思ってるんですか？　伊丹さん、薫ちゃんの性格、よく知ってるでしょ。薫ちゃん、人に刺されるようなことはあっても、人を刺すなんてことは……」

「そうは言ってもなあ。いや、現場の状況や凶器の指紋からすると……ねえ」

芹沢に話を振られ、伊丹が言った。

「亀山が犯人だと疑われても当然なんだよ」

背後から右京が口をはさむ。

「おそらく亀山くんは犯人ではないと思いますよ。亀山くんは何者かに罪を着せられた可能性があります」

「どういうことですか、右京さん」

美和子が望みを託すような視線を右京に向けた。

「凶器のナイフからは、亀山くんと被害者の右手の指紋が検出されたんでしたねえ？」

確認する右京に、芹沢が答える。

「ええ、そのとおりです」

「しかし、被害者の須賀さんは左利きでした。店にあった工具が、作業台の左側に並べられていたのが気になりましてねえ。それに、須賀さんが弾いていたと思われるギターはレフティモデル。左利き用でした。しかし、凶器に付着していたのは須賀さんの右手の指紋だけ。つまり、真犯人は凶器の指紋を拭き取ったあとに、須賀さんと亀山くんの指紋を付けたんですよ。須賀さんが左利きだとは知らなかったのでしょうねえ」

伊丹が右京に質問した。

「犯人じゃないとしたら、亀山はなんで逃げてるんですか？」

「なにか目的があるのだと思います」

「目的？」

「角田課長によれば、亀山くんは課長にここ数年の池袋周辺での覚醒剤取締法違反の前科者や前歴者のリストアップを頼んでいたようですよ。そのリストの中には今回の被害者、須賀さんの名前もあったそうです」

「えっ？」伊丹は初耳だった。

「亀山くんはそのリストを使って、なにかを調べていたとも考えられますが？」

　右京に水を向けられ、美和子が言った。

「どうなんでしょう。でも、塩見《しおみ》さんという人のことは調べてました」

「塩見さん？」

「はい。薫ちゃん、運転免許試験場にいたことがあったじゃないですか。そのときにお世話になった先輩だって。現場に戻れなくて腐ってるときによく愚痴《ぐち》聞いてくれた恩人で、その方がいなかったら、警察辞めてたかもなんて言ってました。薫ちゃん、日本に戻ってきたことを塩見さんに伝えようと思ってたんですよ。だけど……四年前に事故で亡くなったとかって」

「事故？」右京が興味を示す。「それはどのような？」

「ごめんなさい、ちょっと詳しくは……」

「警部殿、その塩見って人の事故と今回の事件、なにか関係があるとでも？」

　伊丹が訊くと、右京は「さあ、それはどうでしょうねえ」とはぐらかし、独り決めした。「しかし、一課の皆さんがそこまで手が回らないというのであれば、致し方ありません。この件は僕のほうで調べてみます」

　いつものこととはいえ、捜査一課の三人は呆れるばかりだった。

二

その日の夕方、亀山薫は地味なパーカーのフードを被《かぶ》り、しゃがんだ姿勢で道をはさんだ植え込みの陰から池袋中央署のようすをうかがっていた。しばらくすると、組織犯罪対策課の刑事数名が署の入口から姿を現した。刑事たちをまとめているのは目つきが鋭く痩身の羽柴亮平《はしばりようへい》だった。

薫は立ち上がり、フードを脱いだ。羽柴が薫の姿を認めた。

「亀山だ！」

羽柴は一緒にいた刑事たちとともに、一斉に薫を追いかける。

「待て！」

そう言われて立ち止まるはずもない。薫は路地裏に逃げ込むと、荒い息をつきながら、運転免許試験場時代のある場面を回想した。場所は居酒屋で、薫はそのとき塩見耕太郎《こうたろう》を相手にくだを巻いていた。

「あーあ。いつになったら捜査現場に戻れるんですかね、俺……。いや、運転免許試験場だって、やり甲斐のある仕事だとは思ってますよ。思ってますけど、やっぱり俺は事件の捜査がしたいんですよね。このままだったら、いっそのこと警察辞めちゃおうかな……」

弱気になった薫を、塩見がけしかけた。

「おお、そうか。本気でそう思ってるなら辞めちまえ」

「いや、別に本気ってわけじゃないんですけど……」

「それなら腐らずに目の前の仕事を精いっぱいやるしかないだろ。愚痴なら、俺がいつでも聞いてやる」

そう言いながら塩見は薫のグラスにビールを注《つ》いだ。

「いや、でも塩見さんも昔は捜査一課のバリバリの刑事だったんでしょ？ 戻りたいと思わないんですか？」

「俺はもう未練はない。今は家族でゆっくり過ごす時間を大事にしたいんだ。これ、息子。男前だろ？」

塩見が差し出した携帯電話の待ち受け画面には、男の子と女性が写っていた。薫が茶化す。

「ああ、本当だ。いやあ、よかったですね、奥さんに似て」

「なんだと？ ちょっと返せ！ どう見ても俺似だろうよ」

「どのへんがですか？」

薫は楽しかったひとときの思い出を振り払うように、天を仰いだ。

塩見家のリビングの棚には写真立てが並び、親子の写真が飾られていた。塩見が待ち受けにしていた写真も、そのうちの一枚だった。ネックレスをつけ、大きくなった息子とともに笑顔で写る塩見の妻、恭子《きょうこ》の写真もあった。写真を眺めていた右京を、恭子がテーブルへいざなった。

「どうぞこちらへ」

右京はお茶の置かれたテーブルの前に座った。

「突然押しかけまして申し訳ありません」

「亀山さん、主人が亡くなったと知って、とてもショックを受けてました」

「失礼ですが、ご主人はどのような事故で？」

「四年前、非常階段の踊り場から……。事故を目撃した警察署の方によると、スマホを落として身を乗り出し、誤って転落したそうです」

「事故は署内であったのですか？」

「ええ。池袋中央署です。当時、主人はそこで会計課の課長をしておりまして」

「池袋中央署……なるほど」

そこへひとりの若者が「ただいま」と帰ってきた。

「おかえり。息子の優馬《ゆうま》です」

「警視庁の杉下です。お邪魔しております」

優馬は右京に会釈をした。

「こんばんは」

「お父さんのことで、ちょっとお話があるんだって」

「そうなんだ。じゃあ失礼します」

優馬は軽くお辞儀をし、自室に入っていった。ハートがあしらわれたバッジが優馬のリュックについているのを、右京は見逃さなかった。


その夜、中園は池袋中央署に置かれた捜査本部で、捜査員たちに発破《はっぱ》をかけていた。

「見つからないで、済む話じゃないんだぞ！　現に亀山はこの近くに姿を現してるんだ。防犯カメラ等徹底的に洗い出せ！　いいな？」

捜査員たちが出ていくと、中園は独り言《ご》ちた。

「それにしても、なぜ亀山は署の近くに現れたんだ？」

そこへ署長の前島が精悍《せいかん》な風貌の男を伴って入ってきた。

「参事官、ちょっとお話が」

その男は夕方薫の前に現れた刑事だった。

「池袋中央署組織犯罪対策課の羽柴です」

「彼が言うには、捜査本部に亀山薫の協力者がいるのではないかと」

前島の話を聞き、中園の顔がくもった。

「協力者?」

「もちろん臆測です。ただ、捜査一課の伊丹刑事は被疑者と同期だとか」

羽柴がほのめかすと、中園が苦笑した。

「ああ、奴らは同期といっても犬猿の仲で。寄ると触るといがみ合っていて……」

「そうは言っても、伊丹刑事が捜査に私情を挟まないとは言い切れない。違いますか?」

「おい、羽柴」前島が部下をたしなめた。

その夜、薫は羽柴を尾行した。遠くからしばらく観察していると、羽柴は人気《ひとけ》のない跨線橋《こせんきょう》でひとりの男と落ち合った。ふたりは短い会話を交わし、羽柴は男の肩を叩いて立ち去った。羽柴と反対方向に歩きはじめた男を、薫が追った。

翌朝、池袋中央署の非常階段下の喫煙所で羽柴が煙草を取り出したところへ、右京が現れた。

「羽柴さんですね?」

「あなたは?」

「警視庁特命係の杉下と申します」

「特命係……」

羽柴の頬がかすかに引きつった。

「ええ。亀山薫の上司です。あなたに、四年前の塩見耕太郎さんの事故についてお聞きしたいことが」

「……塩見さんの？」

「事故を目撃していたのはあなただと聞きました」

「ええ、そうですけど」

「事故当時、あなたはこちらで煙草を吸っていたそうですね。そして、六階の踊り場から塩見さんが転落するのを目撃した」

羽柴が六階の踊り場を見上げた。

「ええ。塩見さん、スマホを落としたんですよ。それで身を乗り出して……」

「つまり、あなたは塩見さんがスマホを落とすところから見ていたということになりますね」

「そうですよ。それがなんだっていうんです？　今さら四年前のことを何度も何度も……」

羽柴の言葉遣いを右京が気にした。

「何度も何度も……。ひょっとして亀山くんも来ましたか？」

「ええ、来ましたよ」羽柴が認めた。「塩見さんは本当に事故で死んだのかってしつこく訊かれました。塩見さんの息子が本当は事故死じゃなかったんじゃないかと疑っているようで」

「塩見さんの息子さんが、父親の死に疑念を持っていたということですか？」

羽柴は鼻で笑った。

「しょせんは子供の妄想ですよ。あの人、そんな話を真に受けて、今度は人を殺して逃亡だ。あなたも災難ですね、あんな部下を持って」

羽柴は煙草を消すと、足早に去っていった。

その頃、薫は跨線橋で羽柴と会っていた男の尾行を続けていた。男はマンションに入ろうとするところだった。至近距離でようすをうかがっていると、スマホの着信音が鳴り、男が出た。

「おう、冨樫《とがし》だ。うん？　そいつは悪かったな。昨日はひと晩中引き回されてよ。ああ、今帰りだ」

通話の相手や内容はわからなかったが、薫は男の名前を知ることができた。

「……冨樫か」

「亀山が誰かにはめられただと？」

池袋中央署の捜査本部で、中園は伊丹の訴えを聞いていた。

「はい。何者かが亀山に罪を着せようと偽装工作した可能性があります」

「偽装工作？」

「ええ。凶器の指紋もそうですし、それが現場近くに捨てられているというのもどうにも。やはり亀山の犯行だと決めつけるのは……」

中園の頭に、羽柴のひと言が浮かんだ。

「伊丹、お前この捜査から外れろ」

「どういうことですか、参事官」

「今はとにかく亀山の居所だ。お前のように私情を挟む者がいると、捜査に支障をきたす恐れがある」

「いや、待ってください！」

「今後いっさいお前は関わるな。いいな！」

参事官から強く言われ、伊丹は黙るしかなかった。

警視庁に戻ろうとする伊丹のスマホが鳴った。電話をかけてきたのは右京だった。

――どうも。

「どうも、じゃないでしょ」

――芹沢さんから聞きました。今回の捜査から外されたそうですね。

「ええ、私情を挟んでるなんて納得いかない理由でね。出戻り亀のせいで、散々な目に遭ってますよ」

――それはお気の毒に。

「慰めの電話なら、もう切りますよ」

――調べてもらいたいことがあります。伊丹さんが私情を挟んでいないことを証明するためにも。

「はあ?」

電話を切った右京はとあるビルを訪ね、モップ掛けをしている清掃スタッフに声をかけた。

「千石《せんごく》佐織《さおり》さんですね?」

「はい」佐織が怪訝《けげん》そうに顔をあげた。

「探しました。少しお時間よろしいでしょうか?」

ビル裏の敷地に出たところで、右京が話を切り出した。

「以前は池袋中央署に勤務されていたそうですねえ」

「ええ。四年ほど前に辞めましたけど」

「塩見さんと同じ会計課にいらっしゃった」

「え？」

「あなたは、塩見さんは事故ではなくて、殺されたのではないか、と話していたそうですね」

「いきなりなんの話ですか」

「塩見さんの息子さんの優馬くんから話を聞きました。あなたのことを覚えていたんです」

ここに来る前、右京は公務員試験予備校に通う優馬を訪ね、話をしてきたのだった。

「父親は事故死じゃなかったのではないか、亀山くんにそう言ったそうですね？」

右京が訊くと、優馬はこう答えた。

「……はい。父の葬式のとき、警察署の人が話してるのを聞いたんです。本当は殺されたんじゃないかって」

その警察署の人というのが佐織だったという。しかし、佐織は否定した。

「……人違いです。私じゃありません」

佐織の目は泳いでおり、その言葉が嘘であることが右京には一目瞭然だった。

「優馬くんは警察官を目指して、公務員試験の予備校に通っています。警察官だった父親のことを尊敬しているそうです。ただ、その一方で父親の死の真相が今も心に引っかかっていると。なぜ、事故ではないとあなたは思ったのでしょう？　話していただけませんか？」

するとついに佐織が重い口を開いた。

「四年前、うちの署で覚醒剤の紛失事件があったんですよ」

「覚醒剤の紛失……」

「押収物の管理は会計課がおこなうんですが、暴力団から押収した覚醒剤の一部が、会計課の保管庫から消えていて。最初に気づいたのは私と塩見課長です。管理責任者だった課長はすぐ上に報告しました。でも、事件は表沙汰にはならなくて……」

「署の体面のために隠蔽《いんぺい》された……そう考えられますね。しかし、保管庫から忽然《こつぜん》と覚醒剤が消えるはずはありません。誰かが盗んだとしか」

佐織はうなずいた。

「塩見さんは責任感の強い人だったから、自分で犯人を捜してたかもしれません。だから私、覚醒剤を盗んだ犯人が口封じのために塩見さんを殺したんじゃないかと思って……」

右京が事情を理解した。

「それで、葬儀の際にそのような発言を」

「それがいつの間にか署長の耳にも入ったみたいで、おかげで署内に居づらくなって……警察を辞めました」

「そうでしたか」右京が左手の人差し指を立てた。「最後にひとつだけ。最近その話を誰かにしましたか？」

「亀山さんという方が訪ねてきて、その人には」

三

捜査から外された伊丹は、特命係の小部屋に来て、右京に自分の推理を語っていた。

「覚醒剤を盗んだのは羽柴かもしれませんよ。組織犯罪対策課の刑事ですからね。盗んだ覚醒剤を横流しできるツテもあります。それに警部殿に言われて羽柴をいろいろと探ってみたら、六年前に悪性の腫瘍で小学生の息子を亡くし、妻とは離婚したことがわかりました。もしかしたら自棄《やけ》になって、金欲しさに覚醒剤を盗んだってことも。そもそも、塩見さんの事故の目撃証言も嘘っぱちで、羽柴が塩見さんを突き落としたって可能性もあります」

右京は薫の考えを読んだ。

「四年前に盗まれた覚醒剤を買い取った人物は誰か。それがわかれば、塩見さんの死の真相の糸口もつかめる。亀山くんはそう思ったのでしょうね」

そこへ、角田が飛び込んできた。

「おい！ 今、亀山から電話があった」

「なんですって⁉」伊丹が驚く。

「足立区三善《みよし》に住む冨樫って男のことを教えてくれって」

「冨樫？ どういった人物ですか？」

右京の質問に、角田が答えた。

「冨樫昌孝《まさたか》。暴力団の息のかかった、池袋あたりの売人の元締だ」

冨樫がマンションから出てきたところへ、薫が姿を現した。

「冨樫だな？」

「お前は！」

「お友達から俺のこと、聞いてるみたいだな」

冨樫の顔に恐怖の色が浮かんだ。

「須賀を殺したのはあんたなのか⁉」

「お前、売人の元締だろ？ お前と須賀は四年前、池袋中央署の刑事から覚醒剤を買い取った。違うか？」

「知るかよ！」

冨樫がいきなり殴りかかってきた。不意を突かれた薫がよろけた隙に、冨樫は猛然と逃げ出した。薫がそれを追う。工事現場に逃げ込んだ冨樫は鉄パイプを振り回して暴れたが、薫はそれを脱いだパーカーで受け止め、最終的に取り押さえた。

「お前らに覚醒剤売ったのは誰だ？　羽柴なんだろ！」

「知らねえよ！」

怒りに我を忘れた薫は、冨樫を乱暴に小突き回し、尋問した。

「しらばっくれんなよ。昨夜、羽柴と会ってただろ！」

「口止めされてたんだよ」冨樫が認めた。「四年前のことを嗅ぎ回ってる男がいるけど、なにも話すなって」

「ってことは、覚醒剤を売ったのは羽柴なんだな？」

「俺は知らねえって！」

「あっ、そう。あっ、そう！」

薫がさらに乱暴に締め上げると、冨樫は音を上げて口を割った。

「俺は手術費用を工面したい奴が警察にいるって須賀から聞いただけだ」

「手術費用⁉」

「子供が病気だから、手術を受けさせたいって。俺は金を用意しただけで、そいつには会ってねえんだよ！」

「それ本当か？」「手術って」薫の拘束が緩む。

「本当だよ！」

「亀山！」

そこへ伊丹が走ってきた。後ろには右京の姿もあった。

薫は冨樫を突き飛ばすと、その場から逃げ出した。伊丹を振り切った薫が荒い息をついていると、薫の行動を見切って先回りした右京が近づいてきた。

「亀山くん……」

「冨樫のこと、角田課長に聞いたんですね？」

「ええ」右京がうなずく。「君は羽柴さんが覚醒剤を横流しした証拠をつかもうとしていたんですね。そのためにリストアップされた前歴者に接触し、売人の須賀都志也に行き着いた」

「はい。でも須賀を殺したのは俺じゃないんです。一度問い詰めに行ったけど埒《らち》が明かなくて、次の日も行ってみたら殺されてて……」

驚愕《きょうがく》した薫が屈《かが》んで須賀の遺体を検《あらた》めていると、何者かに背後から後頭部を殴りつけられた。意識を取り戻したときには、薫は須賀の遺体に重なるように倒れており、愛用のフライトジャケットには須賀の血がべったり付着していた。ポケットになにか入っているのに気づき、取り出してみると、血まみれのナイフだった。

「……すぐに誰かが俺に罪をなすりつけたんだってわかったんです。思い当たるのは羽柴しかいなかった」

「君が逃亡したのは、優馬くんとの約束があったからですか？」

「えっ」

「優馬くんから聞きました」

優馬を訪ねた薫は、父親の死に関する疑念を聞き、自分が調べて必ず真相を突き止めると約束したという。

「自分の手で塩見さんの死の真相を明らかにしたかったんです。それに……」

右京には薫の考えがわかっていた。

「自分が逃亡すれば、必ず羽柴は動く。そう読んだんですね？」

「そうです。そしたら案の定……」

「君の思惑どおりに、冨樫という人物があぶり出された」

「俺にはひとつだけ、確かめなきゃいけないことがあるんです。右京さん、お願いです。最後までやらせてください！」

薫が頭を下げて走り去ったところへ、ようやく伊丹が駆けつけてきた。

「亀山！」――伊丹が右京に訊いた。「追わなくていいんですか？」

右京は黙したままその場を動かなかった。

警視庁の取調室で、伊丹は冨樫を取り調べた。

「そいつは、子供の手術費用のために覚醒剤を盗み出したっていうのか？」

伊丹が確認すると、冨樫は認めた。

「ああ、そう聞いた」

取り調べの場には右京も同席していた。


右京が公務員試験予備校で待っていると、優馬がやってきた。右京は優馬がリュックにつけているハートのバッジが気になっていたのだった。

「このバッジですか？　これはボランティアのバッジです。ドナー登録を呼びかけるボランティアをやってて」

「やはりそうでしたか」

右京がうなずくと、優馬は言った。

「僕も肺高血圧症って病気を発症して、肺の移植手術を受けたことがあるんで」

「ひょっとしてその手術を受けたのは四年前ではありませんか？」

「はい。国内でドナーが見つからなかったんで、アメリカで手術をしました」

「アメリカで……。そうですか」

右京はなにやら納得したようだった。

その後、右京は警視庁に戻り、鑑識課を訪れた。須賀の殺害現場の遺留品の写真をためつすがめつ眺める右京に、益子が焦《じ》れた。

「杉下さん、もういいかい？」

「益子さん、最後にひとつだけ」右京は左手の人差し指を立て、その指を一枚の写真に向けた。「これ、なんでしょう？」

「ああ、これは……遺体の下に落ちてたもんだな」

益子が証拠品袋に入った実物を取り上げた。それはなにかのパーツのようで、長さ一・五センチくらいの細長く透きとおった物体だった。右京は同じものを〈リオネーレ〉に陳列してあったアクセサリーの小皿の中で見たのを覚えていた。

「そういうことでしたか……」

四

薫は塩見家を訪ね、恭子に話しかけていた。

「優馬くんから聞きました。四年前、優馬くんはアメリカで肺の移植手術をしたそうですね。費用は高額だったはずです。失礼ですが、お金はどのように工面したんでしょうか？」

口を開こうとしない恭子を、薫が促す。

「恭子さん……」

「夫が用意しました」

「先日殺された須賀都志也という男はこれも四年前、警察官から覚醒剤を買い取った売人でした。そのことは？」

「知りませんでした」

恭子が表情を変えずに否定したとき、「本当にご存じないのでしょうか？」という声とともに右京が入ってきた。

「失礼します」

薫は意表を突かれたようだった。

「右京さん！」

右京がスーツの内ポケットから、鑑識課で借りてきた証拠品袋を取り出した。

「これは被害者の雑貨店で見つけたものです」そして、リビングの棚に飾られた恭子と優馬の写真を示す。「あなたのネックレスのものですよね？　なにがあったのか、話していただけますか？」

恭子は黙ったままだったが、薫にはすでにわかっていた。

「覚醒剤を横流ししたのは塩見さんだったんですね」

恭子はうつむいたまま告白した。

「須賀という男はそのことで強請《ゆす》ってきたんです……」

事件の前の日、須賀から突然電話がかかってきたという。

──百万でいい。明日、店に持ってきてよ。

「なんですか突然……」

恭子が難色を示すと、須賀はこう言った。

──なんか、俺に探りを入れてる妙な男が店に来てさ。ヤバいことになる前に金を用意しとこうと思って。

「いったい、なんの話ですか」

──息子さん、なにも知らないんだよね？　いいの？　あんたの夫がしたことバラしても。

そう脅され、恭子は翌日、金を用意して〈リオネーレ〉へ行った。そこで須賀は金を受け取るなり、「また必要になったら連絡しますね」と笑った。

「待ってください。話が違います」

恭子はこれで終わりにしようとしたが、須賀は開き直った。

「誰のおかげで息子の手術ができたと思ってるわけ？　俺のおかげであんたの夫は金が

手に入ったんだよ？　あんたが金を用意できなくなったら、息子から搾り取ってやってもいいんだけどね」

「やめて、優馬はなにも知らないんです！」

恭子は、優馬だけには事実を知らせたくなかった。それでとっさに陳列棚のナイフをつかんだ。須賀が抵抗し、ふたりは揉《も》み合う格好になった。気がついたときには、恭子の持ったナイフが須賀の腹部に突き刺さっていた。須賀は倒れる際に、恭子のネックレスに手をかけた。そのときにネックレスは引きちぎられてしまったのだ。恭子が床に散らばったパーツを集めていると、間が悪いことに、薫がやってきた。

「……私が捕まったら、優馬を独りぼっちにしてしまう。なんとかしなきゃ、なんとかってことだけで頭がいっぱいで、亀山さんを……。すみませんでした、亀山さん。息子の将来を……夫の秘密を守りたい一心で……」

恭子は床に膝をつき、泣き崩れた。


その夜、右京と薫は池袋中央署の一室で、羽柴と対峙していた。

「塩見さんは本当に事故で死んだのか？　本当は自ら命を絶ったんじゃないのか？　優馬くんは自分の父親が殺されたんじゃないかって、ずっと悩んでる。彼に真実を伝えたいんだ」

薫が問い詰めると、羽柴は探るように訊き返した。

「……それが残酷な真実だったとしてもか？」

「ああ」

薫はうなずき、右京も訊いた。

「四年前になにがあったのですか？」

「お互いに子供が重い病気だったから、塩見さんとはよく子供の話をしてました。俺の子供が死んだときも、塩見さん、俺のことをずっと気にかけてくれてましたし。優馬くんの病状が悪化したのは四年前でした。助かる道は海外での移植手術しかないって。そんなときに署内で覚醒剤の紛失があったっていう噂を耳にして……」

右京が先を読む。

「あなたは塩見さんの犯行だと直感した」

「問い詰めたら……認めたんです」

羽柴の耳の奥にはそのときひざまずきながら懸命に哀願していた塩見の声が、今も残っていた。

——頼む！　見逃してくれ！　優馬を救うにはこれしかないんだ。手術を受けさせてやらないと優馬は……。

右京には羽柴の役回りも推測できていた。

「覚醒剤を売りさばくために売人の須賀を紹介したのは、あなたですね?」

「塩見さんに頼まれて……」

「自殺したのは自分の過ちを責めてのことか……」

薫の見立てを、羽柴は否定した。

「いや、きっと塩見さんは最初から覚悟してたんですよ。自分の手でけじめをつけるって」

羽柴の脳裏に、塩見が踊り場から飛び降りたときの衝撃がよみがえった。

「なんで事故だなんて証言を」

薫の口調には責めるようなトーンが混じっていた。

「優馬くんを傷つけないために、でしょうか?」

右京の推理は当たっていた。

「自殺だと処理されたら、優馬くんに知られるかもしれないと思ったんです。自分の手術費用のために、父親が犯罪に手を染めたことを……」

「間違ってる。それは違うよ! どうして塩見さんに手を貸したんだ⁉」

非難する薫に、羽柴が反論した。

「あんただったら止めたのか? 優馬くんの手術を止められたのか? 俺は息子を、塩見さんのように救ってやれなかった。命をかけて金をかき集めるなんて、これっぽっちも考えなかった……。それが父親としては正しかったのか？　もっと金さえあったら、息子は助かったかもしれないのに……」

「だとしても俺なら止めるよ！」薫は羽柴の目を正面から見て言った。「つらいけど……止めなきゃいけないんだよ、全力で！」

右京が羽柴の前に立つ。

「本当に他に方法はありませんでしたかねえ。しかし、それ以前に、あなた方は警察官として、最もやってはいけないことをやってしまったんですよ。わかっていますか？　残念です」

歯を食いしばる羽柴の目から、ひと筋の涙が流れた。

後日、都内の公園に薫と優馬の姿があった。

「なにがあっても、俺にとってお父さんが恩人であることは変わらないんだ。お父さんに対する感謝の気持ちもな」

薫の言葉を優馬は真摯《しんし》に受け止めた。

「ありがとうございます」

「なんだか……ごめんな」

「……いいえ」

そう答えたものの、優馬の口からはすすり泣きが漏れた。薫は優馬の肩に手を回し、そっと抱き寄せた。


その夜、右京と薫は家庭料理〈こてまり〉のカウンター席に座っていた。

「俺のしたことって、結果的に優馬くんにつらい思いをさせただけですよね。これで本当によかったんでしょうか？」

そう打ち明ける薫に、右京が言った。

「少なくとも真実は明らかになりました。不都合な真実を隠し通すことが真の愛情とは思えませんからね」

「はい」薫が吹っ切れたようにうなずく。「でも……信じてました」

「はい？」

「一を聞いて十を知る人ですから、右京さんなら俺の思いを汲み取って、真相を突き止めてくれるって」

「君、少しは君に振り回されたこっちの身にもなってくださいね」

「あっ」薫が徳利《とっくり》を手に取った。「あっどうぞ。これどうぞ」

「はいはい」

そこへ美和子が入ってきた。

「こんばんは」

女将《おかみ》の小手鞠こと、小出茉梨が「いらっしゃいませ」と迎えた。

「ああ、右京さん！　今度のこと、薫ちゃんが迷惑をかけて、本当に申し訳ありませんでした。成り代わりまして謝ります。このとおりです！」頭を下げるのを横目で見ている薫を、美和子はぴしゃりと叩いた。「ちょっと、薫ちゃんも！」

「どうもすみませんでした」

深く腰を折った薫に、小手鞠が言った。

「美和子さん、亀山さんのこと、本当に心配してたんですからね」

「反省してます」薫が美和子にも頭を下げる。

「小手鞠さん」美和子が女将にオーダーする。「右京さんに一番いいお酒、お願いします」

「かしこまりました」

「薫ちゃんの奢《おご》りね」

「え、ちょっと待ってよ！　今回の件で俺減給なんだぞ」

右京が正確を期す。

「プラス三日間の謹慎《しゃく》ですよ。ではお言葉に甘えて」

小手鞠が右京に酌をすると、薫も自分の猪口《ちょこ》を掲げた。

「俺もひと口……」

「こりゃ！」美和子が薫の手をはたく。「君はお預け！」

右京はそのようすを見て微笑《ほほえ》んだ。

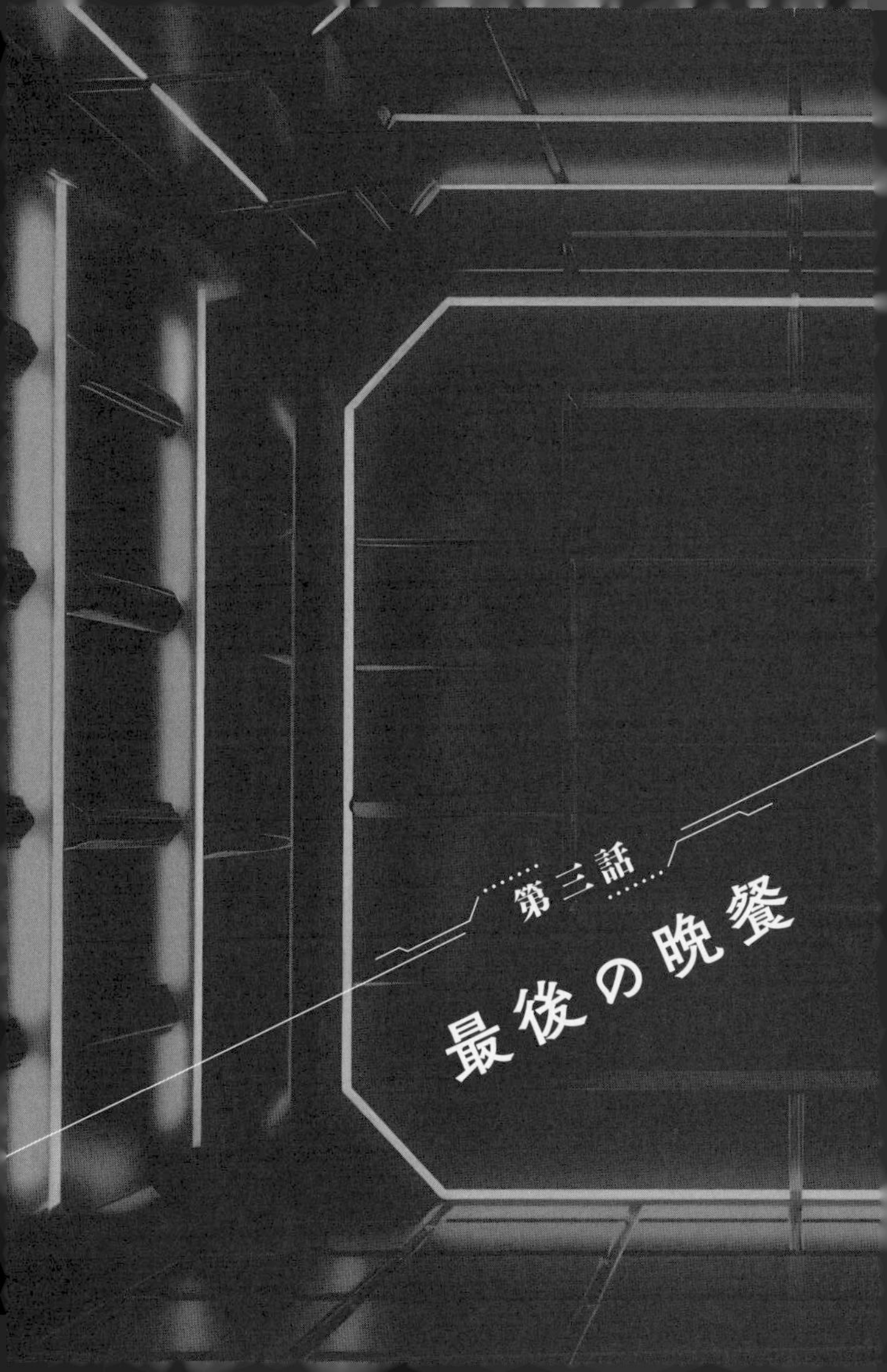

第三話
最後の晩餐

一

堂島志郎《どうじましろう》は封をした遺書をリビングのテーブルに置くと、梁《はり》を見つめてため息をついた。準備はできた。あとはロープを梁に通して、先端の輪っかに首を……。

虚《うつ》ろな目でロープを眺めていると、ふいに腹が鳴った。時刻は十九時を回ったところ。いつも夕食をとっている時間だった。どんなときも正直な身体に、堂島は苦笑するしかなかった。

十数分後、堂島は重い足取りで繁華街を歩いていた。行きつけのバー〈City Lights〉に着いてドアを開ける。ドアベルの音色に、カウンターの内側でグラスを磨いていた若きマスター、ミツルが顔をあげた。

「いらっしゃい」常連客の姿を認めて、ミツルが笑みを浮かべた。「いつものでいいですか？」

先客はいなかった。

堂島は力なくスツールに腰を落ち着けると、「いや、酒はいいよ。カレーをもらえるかな」とオーダーした。

「あ……すみません。今日、カレーないんですよ」

ミツルが申し訳なさそうに答えると、ただでさえ元気のない堂島の表情がさらに曇った。

「ない？」

そのときドアベルが鳴り、新しい客が入ってきた。

「いらっしゃいませ。おひとりですか？」

ミツルに迎えられたのは、警視庁特命係の警部、杉下右京だった。「ええ。こちら、よろしいですか？」

「ええ、どうぞ」

右京はマスターに断ってから、堂島の隣のスツールに腰かけた。

堂島は新しい客に目もくれず、乞うようにミツルに言った。

「頼むよ。今夜はどうしてもあのカレーが食べたいんだよ」

「そんなこと言われても……」

堂島が分厚い財布を取り出す。

「金なら出すよ。今から作れないかな？」

「いや、困りますよ。他にお客さんもいますし……」

「そうだよね」堂島が初めて右京に目を向けた。「ごめん。忘れてくれ」

堂島がオーダーを取り下げたとき、右京がカウンターに身を乗り出した。

「カレーですか……。いや、実は僕もカレーには目がないんですよ。それほどの一品ならばぜひ食べてみたいのですが」

「いや、でも材料がないんで……」

迷惑顔のミツルに、右京が思わぬ提案をする。

「では、我々が材料を買ってくるというのはいかがでしょう?」

水を向けられた堂島は、困惑しながら答えた。

「え?　ええ。あなたがよろしければ……」

「わかりましたよ」

客ふたりに求められ、ミツルはしぶしぶ応じた。

右京の相棒の亀山薫は、そのとき六本木の高級クラブ〈CLUB GENESICA〉にいて、妻の美和子に電話をかけていた。

「いや、急な仕事でさ。すぐに行けそうにないんだよ」

──仕事じゃしょうがないけどさ。今夜中には来られるんでしょ?　せっかく新作料理用意して待ってるんだからね。

「ああ、どうかな。どのくらいかかるか、わからないんだよね」

薫が答えたとき、新しい客を迎えるホステスの黄色い声が響いた。薫は慌てて送話口を手で覆ったが、美和子は聞きつけていた。

——うん？　なに？　今のかわいい声は。

「だから仕事だって！　忙しいから切るぞ」


そのとき亀山美和子は家庭料理〈こてまり〉の厨房にいた。

「う〜ん？」

いきなり電話を切られた美和子が首をひねっていると、電話の受け答えを聞くともなしに聞いていた女将《おかみ》の小手鞠こと小出茉梨が言った。

「急なお仕事みたいですね。杉下さんもご一緒？」

「そうみたいなんですけどね。なんの仕事してんだか……」

美和子の前では鍋がぐつぐつ煮立っていた。鍋の中をのぞいて、なんとも奇妙な色の液体が煮えているのを目にした小手鞠の頬が、思わず引きつった。


「この男性、ご存じありませんか？」

電話を切った薫は、クラブのママとホステスにスマホで男の写真を見せた。

ママの永沢輝子《ながさわてるこ》が写真を見るなり答えた。

「堂島さんなら、よくお見えになりますよ」

写真の人物は堂島志郎で、先ほど彼の自宅の前で薫が撮った写真だった。

ベテランホステスの美咲《みさき》も堂島のことを知っていた。

「堂島さん、なにかやったんですか？」

薫が正直に答える。

「俺もそれを知りたいんですよ」

右京と堂島は、ミツルからメモを渡され、買い物に出た。バーを出たところで、堂島が言った。

「あの……期待させておいてなんですが、味は普通ですよ」

「おやおや」

「でも、なぜか不意に食べたくなるんですよ、ここのカレー」

「絶品というわけでもないのに、ふと食べたくなる。誰しもそんな特別な一品があるものです」

「まあ。特別ってほどでは……」

「もし最後の晩餐に一皿だけ選ぶとしたら、そういった料理かもしれませんねえ。あ、参りましょうか」

右京の言葉に、堂島は少し動揺していた。

「はい……」

二

その一時間ほど前——。

右京と薫が仕事を終えて、警視庁の建物を出たとき、薫のスマホが振動した。美和子からのメッセージが着信したのだ。

——早く来ーい！　もうすぐできるぞ！

メッセージを読んだ薫が、右京に言った。

「美和子の奴、小手鞠さんの料理に創作意欲を刺激されているらしくて。妙に張り切っちゃってるんですよ」

右京も美和子の絶望的な料理の腕前は承知していた。

「あの独創的なセンスは健在なのでしょうねえ」

「そりゃあもう、長い異国暮らしで磨きがかかってます」

「食欲は湧きませんが、好奇心はそそられますね」

「待たせちゃってるんで、ちょっと急ぎましょうか。タクシー拾います」

通りかかったタクシーを手をあげて止め、先に後部座席に乗り込んだ薫が、車内のシートの下でマフラーのような物を見つけた。

「あれ？　なんだ、これ？　忘れ物だ。運転手さん、これ落ちてましたよ」

薫がマフラーを取り上げると、運転手が振り返った。

「すみません。いやあ、さっき乗せたお客さんのだな、これ」

薫に続いて乗り込んだ右京がマフラーの汚れに気づいた。

「亀山くん、ちょっと……これ、血液に見えますね」

「えっ？　ああ……本当だ。しかもこれ結構な量ですよ」

「ちょっと……すみません」右京が運転手に警察手帳を掲げて見せた。「直前に乗った方、どんなごようすでした？」

後部座席のふたりが警察官と知った運転手は協力を惜しまなかった。

「どんなって……青山あたりで乗車されたお客さんで、身なりのいい男の人でしたけどね」

薫が質問する。

「その人、けがしてました？　上着が血で汚れてた、とか」

「いえ、そんなふうには。上着は着てなかったと思います」

「着てない？　上着にも血がついちゃって、脱ぎ捨てたんですかね？　もしこれが返り血だとすると、相手は相当なけがっすよ……」

「その乗客はどちらまで？」

今度は右京が訊《き》いた。

「麻布のほうの住宅街です。あ、途中でロープを買いたいって言うんで、店に寄りました」

「ロープですか……」

薫が客の行動の理由を推し量る。

「誰かを殺しちゃった男が、自分も死のうと首吊り用のロープを買った……ってのは考えすぎですかね？」

「いや、推測の域は出ませんが、その可能性もないとは言えませんねえ。運転手さん、その方の降りた場所まで行ってもらえますか？」

「はい。ただちに急行いたします！」

運転手がタクシーを発進させた。


「まだ見つからねえのか……」

五反田署に置かれた捜査本部で、警視庁捜査一課の刑事、伊丹憲一は苛立ちを露《あら》わにしていた。

「ピリついてますね」

伊丹の後輩の出雲麗音が、同僚の芹沢慶二に耳打ちする。

「せっかく潜伏先がわかったのに、寸前で逃げられちまったからな」

芹沢が小声で答えたとき、伊丹のスマホの着信音が鳴った。不機嫌な口調を隠しもせずに電話に出る。

「なんの用だよ？　今忙しいんだ」

相手は警視庁の同期の薫だった。

――ちょっと教えてほしいんだけどさ、今日、青山近辺でなんか事件の報告あがってないか？　傷害か殺しか……とにかく、なんか血の流れる事件。

「知るか！　くだらねえ電話よこすんじゃねえよ、バカ亀！」

伊丹は怒鳴りつけると電話を切った。

薫はまだタクシーの中だった。

「伊丹の野郎、なにイラついてんだ」

「一課は朝から慌ただしかったですからねえ。先月から追っていた強盗殺人事件の被疑者の居所がわかったとかで」

右京の言葉で、薫も状況を察することができた。

「はは〜ん、あのようすからすると空振りだったな」

まもなく、タクシーは麻布の高級住宅街にある一軒の邸宅前で停まった。

「ここです。あの家です」

運転手のひと言に右京が邸宅のガレージに目を走らせる。古い椅子が数脚積まれ、潰した段ボールが立てかけられていた。

すると門から男が出てきた。運転手が緊迫した声で告げた。ハイネックのセーターの上からジャケットを着ており、足取りは重かった。

「あ、あの人！　さっき乗せた客です」

ふたりはタクシーを降り、薫が右京の指示を仰ぐ。

「どうします？　声かけますか？」

「いや……」

「尾行しますか？」

「ええ。君は周辺の聞き込みを」

「わかりました」

薫が聞き込みに回ると、右京は尾行を開始した。

しばらく後をつけていると、六本木に出た。ホステス風の女性が男に近づいて声をかけた。

「お久しぶりです！」

「ああ……君か」男の反応は薄かった。

「最近ずっと来てくれないから」

「また今度行くよ」

「絶対ね。ママも寂しがってるから」

「うん」

男は上の空で返事をし、再び歩きはじめた。近くに立ち止まって会話に耳を澄ませていた右京は、女性が〈CLUB GENESICA〉という店に入るのを見届けてから、男の尾行を再開した。しばらくして薫から電話がかかってきた。

――近所の人から話を聞きました。住んでいるのは堂島志郎という男性。かつては資産家のご夫婦が住んでいたそうなんですが、今は亡くなって息子の堂島さんが長いこと、ひとりで暮らしています。ずっと独身で、どうやら仕事もしてないみたいです。

「仕事をしていない？」

――ええ。相当な遺産を相続したんでしょうねえ。悠々自適な独身貴族。

「しかし最近なにか変化があったのではありませんかねえ？」

右京の指摘は図星だった。

――ええ。ここ一カ月ほど、二十代くらいの若い女性が頻繁に出入りしてたみたいです。なんでわかったんですか？

「ガレージに、家具を入れ替えたような形跡がありました。最近新しく購入された椅子は、段ボールに印刷されたロゴマークから察するにモダンなインテリアの有名ブランドです。なにか生活を一新するような変化があったのではないかと……」

上司の相変わらずの鋭い観察力と洞察力に、薫が舌を巻く。

——なるほど。若い彼女と新生活をはじめようとした……でも、そんな幸せそうな人が自殺なんてしてしまいますかね？

「手にするはずだった幸せが失われたとすれば、絶望もするでしょうね」

——あ、じゃあ被害者はその若い女性？

通話しながら尾行を続けていた右京は、堂島志郎という名だと判明した男が〈City Lights〉というバーに入っていくのを確認した。

「バーに入りました」

——バー？　死ぬ前にやけ酒ですかね。

「慎重に接触してみます」

——ああ、俺はどうしましょう？

「六本木の〈CLUB GENESICA〉で話を聞いてみてください。堂島さんの近況を知る人物がいれば、なにかわかるかもしれません」

——わかりました！

通話を終えて、右京も〈City Lights〉へ入ったのだった。

三

右京と堂島はスーパーで、ミツルに渡されたメモに従って、食材を買いそろえていた。

「ちょっと独特の風味を感じるんですよ。どこか懐かしい味がするというか……」

堂島がミツルのカレーについて語る。

「隠し味でもあるんでしょうか？」

「あるんです。でも教えてくれないんです。教えたら隠し味じゃなくなるって」

「たしかに」

右京が同意したとき、スマホが振動した。

「ちょっと失礼。仕事の電話が」

そう断って堂島から距離を取り、薫からの電話に出る。

「なにかわかりましたか？」

――その堂島って人、どうにもいけ好かない感じですよ。

「というと？」

――金に物を言わせて女を泣かせてきた遊び人。事件は女性絡みのトラブルの可能性大ですね。

「堂島さんが親しくしていた女性、ご存じないですか？」

薫が輝子と美咲に訊くと、美咲は「輝子ママが一番仲いいんじゃない？」と答え、輝子は「まあ、付き合いは長いけど……。昔からの馴染みのお客さんですから」と受け流した。

「もっと若い、二十代ぐらいの女性っていません？」

薫が重ねて質問すると、輝子は「たくさんいますよ。堂島さんとお付き合いしていた子なら、うちにも何人か」と返した。

若い女性というだけでは絞れないと悟った薫は質問を変えた。

「もっと特別な相手は知りません？　たとえば、一緒に暮らそうとしてたとか」

これに対して、美咲からは「そんな人いたかなあ。あの人、典型的な遊び人って感じだから」と、輝子からは「軽いお付き合いには積極的だけど、深い関係にはなろうとしない。駄目ね……ああいう男の人に恋しちゃ」と辛辣《しんらつ》な答えが返ってきた。

薫があきらめかけたとき、美咲があることを思い出した。二週間くらい前、輝子と美咲が客に挨拶しながら送り出していると、堂島が二十代くらいの女性と連れ立って、道路を挟んだ向こうの歩道を歩いていた。堂島はブランドショップの紙バッグをいくつも提《さ》げ、仲睦《なかむつ》まじく女性と談笑していたという。

「あんなふうに浮かれている堂島さん、初めて見ましたよ」

美咲の言葉を念頭に置いて、薫が電話の向こうの右京に告げた。

「ここ一カ月ほど店にも来てないし、店の女の子とも連絡が途絶えてたらしいです。やっぱり最近会ってたその女性と特別な関係だったのは間違いないですね。ただ、それがいったいどこの誰なのか……」

――仕方ありませんねえ。ああ、君、タクシー乗車地点の青山方面に向かってください。怪しまれますので、以降連絡はメールで。

「青山のどの辺に向か……」

薫は上司の意向を確認しようとしたが、電話は一方的に切られてしまった。薫はつながっていないスマホに向かって宣言した。

「はい。大雑把に青山方面に向かいまーす」

買い物を終えた右京は〈City Lights〉に戻りながら、堂島に訊いた。

「今日はお仕事帰りですか?」

「いえ、仕事はしてないので」

「ほう」まるで初耳のように右京が驚いた声をあげる。

「親が金持ちだったんです」

「なるほど。煩《わずら》わしい電話に悩まされることもない。うらやましい限りです」

右京がさりげなくスーパーでの長電話を詫びる。

「そちらはお忙しそうですね。仕事はなにを？」

「しがないサラリーマンですよ。手のかかる部下を持つと気が休まりません」

「僕なんか、毎日なにもせず遊んでるだけですから。そんなふうに部下に頼られているほうが、よっぽど羨ましいです。あ、嫌味っぽく聞こえたらすみません」

「いえいえ、物事は捉え方次第、ということでしょうねえ。頼りない部下でもいるだけよしとしましょう」

「なにがあったんですか？」

「会社の近くで事件があったんですよ。それで警察が聞き込みに来たらしくて、刑事相手になにを話せばいいのかと。いや、さすがにそれぐらいは自分で……」

相手の反応を確かめながら右京が作り話をしていると、堂島が真剣な顔で振り返った。

「どこですか？」

「はい？」

「会社はどちらに？」

「青山のほうですが」

「あ……青山？」

明らかに動揺している堂島に、右京が攻め込んだ。

「なにか心当たりが？」

「えっ？　あ、いえいえ」

「なにが起きたかではなく、どこでとお聞きになられたので、事件に心当たりがあるのかと……」

「いや、別に深い意味は。あの……なにがあったんですか？」

堂島が「なに」を強調して聞き返した。

「ひったくりだそうですよ。怖いですねえ」

「ああ……」

「あの……今日、青山にいらっしゃいました？」

右京がなにも知らないような顔で訊く。

「えっ？　ええまあ」

堂島が曖昧《あいまい》に認めると、右京は目を輝かせた。

「やっぱり！　お顔を見かけたような気がしていたんですよ。どこでしたかね、あれは……」

「駅前の〈ORIENTAL GRACE Coffee〉」

「そう、オリエンタル！　オリエンタルでした。そうです。うん、すっきりしました」

右京と堂島が〈City Lights〉に戻ると、レジ袋を受け取りながら、ミツルが謝った。

「すみませんね、お客さんにこんなことさせちゃって」

「でも、なんで今日はカレーないの？　珍しいよね」

詰問口調の堂島に、ミツルが言い返す。

「裏メニューですから、ない日もありますよ」

「いつもあったと思うけど」

「堂島さんが来る日を狙って作ってたんですよ。最近、お見えにならなかったんで油断してました」

「あ、そうだったんだ」

ふたりのやりとりを聞いていた右京が割り込んだ。

「こちらの店、よく通われてるんですね」

「ええ、近所なので。といっても、まだ半年くらいですが」

ミツルが言い添える。

「オープンしたのがその頃ですからね」

「最近お見えにならなかったのは、なにか生活に変化でも？」

右京がかまをかけると、堂島ははぐらかした。

「いや、別に……。それより早くカレー食べたいんだけど」

「はいはい。すぐ作ります」

右京からメールをもらった薫はさっそく〈ORIENTAL GRACE Coffee〉に向かった。対応したのは女性と男性、ふたりの若い店員だった。フライトジャケットを着ている薫は警察官には見えず、警察手帳を見た女性店員は訝《いぶか》しげな顔になった。

「特命係？」

「そう。特別な命令が出たときに出動するのね。だからあんまり人に言わないでね。ねっ？」適当な説明を口にして、ふたりにスマホで堂島の写真を見せる。「今日の日中、この人を見ませんでした？　若い女性と一緒だったと思うんだけど」

ふたりが顔を見合わせ、男性店員のほうが答えた。

「ああ、覚えてます。でも一緒にいたのは男性でしたよ」

薫は店内の防犯カメラの映像を見せてもらうことにした。堂島は薫たちがタクシーの中で見つけたマフラーを巻き、上着を着て、店員が言ったように、若い男と向かい合って座っていた。相手の男は金髪だった。しばらくすると、堂島と若い男は口論をはじめたようだった。音声は入っていなかったが、憤る男を堂島がなだめているように見えた。

「言い争ってますね」

「はい。だから覚えていたんです」

そのとき近くにいた男性店員によると、堂島は「頼む。ユキと別れてくれ！　彼女もそれを望んでるんだ」と頼み込んでいたという。

映像では堂島がふくらんだかばんを男に渡したところだった。

「かばんを渡しましたね。中身は……金？」

「いや、そこまでは知りませんよ」

「ですよね。ユキという女性を巡る三角関係か？」薫が独りでぶつぶつ言っていると、映像の中で若い男が立ち上がり、ポケットから小銭を取り出した。そのときに丸めた紙片が床に落ちた。

「あ、なんか落としてるな。これ、どうしました？」

「あ、ゴミ袋に……」

薫はゴミ袋をあさり、男が落としたと思われる紙片を見つけ出した。広げるとリサイクルショップの出張買取伝票で、買取先の住所と名前が印字してあった。

「西村由季《にしむらゆき》！　これだ！　住所は……早稲田か」

四

右京が〈City Lights〉のスツールに腰を下ろし、スマホで薫の送ってきた防犯カメラの映像を見ていると、堂島が横からウイスキーのグラスを差し出した。

「どうぞ」

「恐縮です。しかし、ボトルを渡して適当にやっててくれとは、おおらかですねえ」

「ミツルくんですか？」

「ミツルくん……ええ、バーテンダーの彼」

そのミツルは奥の厨房でカレー作りの最中だった。

「そういうとこあるんですよ」堂島が薄く笑う。「この前も、部屋の鍵をかけずに外出して、空き巣に入られたとか」

「おやおや」

「楽天的というか、能天気というか。まあ、あの緩い人柄のおかげで妙に居心地はいいんですけど」

「ええ、僕も名前に惹かれて入ったのですが、正解でした」

「もしかしてお好きですか、チャップリン」

堂島に訊かれ、右京が驚く。

「おや、あなたも？」

右京は壁に貼ってあるポスターを振り返った。

「『City Lights』。邦題は『街の灯』。チャップリンが監督・主演したサイレント映画の傑作ですねえ」

「僕も最初は店名に惹かれて入ったんです。『街の灯』は一番好きな映画ですから。ラストシーンのあの悲しい三枚の字幕。切なくて何度見ても涙してしまう」

「笑いと涙の同居する、社会風刺も込めた愛の物語。チャップリン映画のすべてが詰まっている」

「おっしゃるとおり。嬉しいですね、同好の士に出会えるのは」

意気投合したふたりは、「チャップリンに」と乾杯した。

早稲田のアパートを訪ねた薫は、部屋番号を確認してからノックした。すると勢いよくドアが開き、「やっと来たか」と待ちわびたような声とともに中年男性が出てきた。

「あんた誰？」

びっくりしたような顔の男に、薫も訊き返す。

「いや、そっちこそ誰？」

「俺？　俺はここの大家だよ」

薫は身分を明かし、部屋に入れてもらった。片付けの途中らしく部屋の中は大いに散らかっていた。

「本当は今日、退去予定だったんだよ。昼過ぎに鍵返してもらうはずだったんだけど、来なくてさあ。連絡もつかないし、困ってたんだ」

ぼやく大家に、薫が確認する。

「住んでたのは、西村由季って人ですよね？」

「そうだよ。いつの間にか、柄の悪い金髪の兄ちゃんが転がり込んでたみたいだけど」

薫の脳裏にカフェの防犯カメラの映像が浮かぶ。

「同棲してたってことですか？」

「さあね。でも別れたんじゃないの？　急に退去だなんて。よっぽど急いでたんだろうね。残った荷物は勝手に処分してくれ、だって。まあ、金もらってるからいいんだけどさ」

薫は室内を見回し、玄関先に置かれたスーツケースに目をつけた。

「大家さん、これも処分ですか？」

「いやいや、それはたぶん手荷物だね。身ひとつでどこかに引っ越すつもりだったんだろ」

薫がスーツケースを横に倒し、ファスナーを開けた。

「ちょちょちょ……勝手に開けちゃっていいのかい？」

「緊急事態なんでお構いなく」

大家の言葉に慣れたようすで返し、スーツケースを開けた薫は「由季へ」と表書きされた封筒を見つけた。封は切られており、ためらわずに封筒から中身を取り出す。出てきたのは手紙と古い婚姻届だった。婚姻届の「夫になる人」欄には「堂島志郎」の名前が記入され、「妻になる人」欄には知らない名前が記されていた。

「久保《く ぼ》早苗《さ なえ》……誰だ？」

薫は首をかしげながら、手紙を開いた。手紙は、母を名乗る女性が、娘の由季に宛てて書いたもののようだった。

――あなたはこの手紙を読まないかもしれない。父親のこと、あなたはなにも聞こうとしなかったから。私たち親子ふたりで幸せならそれでいいと思ってのことでしょうね。でも私がいなくなれば、事実を知る人がいなくなってしまう。だからここに記しておきます。あなたの実の父親は、堂島志郎という方です。

手紙を一読した薫がつぶやく。

「堂島さんが由季さんの父親⁉　親子だったのか！」

バー〈City Lights〉の店内で、右京は薫がスマホで撮影して送ってきた、早苗の手紙をこっそり読んでいた。

――三十年前、私たちは少しの間だけど一緒に暮らして、結婚の約束をしました。彼の家庭の事情で別れることになったけど、幸せな日々でした。だから別れた後、あなたを身籠もっていることに気づいたとき、彼には知らせませんでした。別れて以来会っていないので、自分の子供がいることも知らないでしょう。

由季の部屋で手紙を読み終えた薫は、大家がぽかんと見つめているのもかまわず、独り言《ご》ちた。

「家具を買い替えてたのは、娘と一緒に暮らすため。男に別れを迫ってたのは、娘を思う親心ってことか……」

〈City Lights〉で右京が手紙を読み終え、「由季へ」という封筒の宛名を確認していると、堂島のスマホに着信があった。スツールに座ったまま、堂島が電話に出た。

「もしもし？　久しぶりだね。君から電話なんてどうした？　なに⁉」

相手の言葉に驚いたようすの堂島は、右京の耳を気にして、トイレに立った。右京もそっとスツールから立って、トイレの前まで移動した。ドア越しに堂島の声が聞こえてきた。

「刑事が僕を⁉　なにを聞かれたんだ？　えっ？　今、早稲田のアパート？　いや、知らない。なんでそんなところに……」

——誰かに尾行されていませんか？

「尾行？」

由季の部屋で右京からのメッセージを受け取った薫は、窓からそっと外をのぞき、こちらを見上げている人影に気づいた。

「すみません」

カウンターに戻った右京は、厨房でカレーを作っているミツルを呼んだ。

「はい」

「おかわりを。ロックでいただきたいのですが」

「はい。じゃあ氷、用意しますね」

そこへ堂島がトイレから戻ってきて、席に着くなりミツルに訊いた。

「あとどれぐらいでできる？」

「これから煮込みなので、あと一時間くらいは」

「ああ……」

グラスを空にした堂島にミツルが訊く。

「おかわりしますか？」

「いや、もう……」

堂島はカレーを諦めたのか、財布を取り出した。

「悲しいんですか？」

だしぬけに右京から質問され、堂島は目を丸くした。


薫は気取られないようにそっとアパートを抜け出すと、由季の部屋を見上げていた人物に忍び足で近づき、ぬっと顔を突き出した。

「あの……俺になんか用？」ここで初めて薫は相手が誰かわかった。「あなた、さっきの……クラブのママの輝子さん」


右京はバーの店内に貼られている『街の灯』のポスターの前で言った。

「先ほど、あなたは『街の灯』のラストシーンについて悲しいとおっしゃいましたね。切なくて泣けるとも」

「ああ……はい」堂島がうなずく。

「あの映画のラストシーンは解釈が分かれますよね」

「僕はとても悲しいラストだと思います」

堂島が言うと、カウンターの内側からミツルが反論した。

「そうかな？　僕はハッピーエンドだと思ってますけど」

「どちらの言い分もわかりますねえ」

右京が合いの手を入れ、堂島が自分の意見を述べた。

「盲目の女性は、自分を助けてくれたのは裕福な紳士だと思い込んでいる。でもラスト、目が見えるようになった女性は、紳士が本当は薄汚れたホームレスだと知る。その後のふたりがうまくいくとは思えません」

「うまくいってほしいけどな」とミツル。

「……愛した男が金持ちのふりをしたホームレスだったら、どんな女性でも幻滅するよ。うまくいくわけない」

「ちょっと悲観的すぎますよ」

「現実的なんだよ」

堂島とミツルの見解の相違が明らかになったとき、堂島のスマホにメッセージが着信した。

——刑事はなにか勘違いしていただけみたい。何事もなく帰ったから安心して。

それを読んだ堂島はほっとした表情になった。

「ああ、やっぱり僕にもおかわりを」

「はい」ミツルが笑顔で応じた。

由季のアパートの前では、輝子がスマホをバッグにしまうところだった。

「言われたとおりにメールしたわ」

薫がペコリとお辞儀する。

「ご協力ありがとうございます」

「……シロちゃんは本当に自殺を？」

半信半疑で訊く輝子に、薫が請け合う。

「そうはさせません」

「バカよ……。なんでもひとりで抱え込んで」

「堂島さんとはいつ頃……？」

「もうずいぶん前。私にも結婚に憧れてた時期があってね。でもあの人、結婚の話になると心閉ざしちゃうから……。昔の女のこと、引きずってるみたい」

「彼のことが心配で、俺をここまでつけてきたんですよね？」

薫が探りを入れると、輝子は「あーあ」と天を仰いでから告白した。

「諦めたつもりだったんだけどな。幸せそうなシロちゃん見てたら、相手の子どんな子なんだろう、って気になっちゃって……」

輝子はクラブの前の路上で堂島と由季を見かけたとき、すかさずスマホで撮影していた。女性に同業者のにおいを感じた輝子は、その写真から、身元を探った。狭い世界なので、同業者であれば知り合いを通じて身元がわかると踏んだのだ。

「……女の勘って当たるのね。最近まで早稲田のスナックで働いてた子だった。その子、キクチっていう前科のある男と付き合ってるって噂があって。だから、シロちゃんがなにかよからぬことに巻き込まれてるんじゃないかって」

話を聞いた薫の目が険しくなった。

「前科のある男？　話がきな臭くなってきやがったぞ……」

薫からメールで報告を受けた右京は、キクチという男に心当たりがあった。すぐに薫に返信した。

――おそらく男の名前は菊池和哉《きくちかずや》。捜査一課が追っている指名手配中の被疑者です。

右京の返信を一読した薫の脳裏に、タクシー内での右京のひと言がよみがえった。

――一課は朝から慌ただしかったですからねえ。先月から追っていた強盗殺人事件の被疑者の居所がわかったとかで。

「あれか。たしか捜査本部は五反田署。次は五反田か……」薫が輝子に言った。「堂島さんのことは、我々に任せといてください」

走りだそうとする薫を、輝子が止めた。

「待って！」

五

〈City Lights〉では、右京が先ほどの堂島の言葉を引いて、踏み込んだ質問をしていた。

「ふたりがうまくいくとは思えない……。もしかして堂島さん自身、そのようなご経験があったんでしょうか。たとえば、結婚を考えた女性がいらっしゃったとか？」

「え？」

「失礼、つい立ち入ったことを」

堂島が遠くを見るような目をして、自分の身の上を打ち明けた。

「僕は……養子なんです。実の親には幼い頃に捨てられて。養父は優秀な経営者でした。でも子宝に恵まれず、後継者として僕を引き取ったんです。両親の望むように生きなきゃ、って思ってました。将来は父の会社を継いで、両親の選んだ相手と結婚する。僕が堂島家に来たときから、それは決まっていたことだった。でも、僕はある女性に出会ってしまった。彼女は酒屋の娘でお酒が好きだった。彼女の作る自家製の梅酒は絶品でした。僕は家を出て、その子とふたりで暮らして、結婚の約束をしました。僕は少し料理ができたので、ふたりで小さな店をはじめました。そう、この近所でした。もう三十年以上前ですけど」

「ご両親はなんと？」

右京が先を促すように訊いた。

「もちろん反対です。彼女と一緒になるなら勘当だと。僕はそれでも構わないと思った。だけど、僕には、父のような商才はなかった……。店はすぐに傾きました。知人から金を借りてなんとか続けていたけど、彼女は返済のために母の形見の指輪を売ろうとまで考えていた。結局、僕は両親に頭を下げて、借金を肩代わりしてもらいました。それからはもう両親の言いなり。彼女を捨てて会社を継ぎました」

「その後、その方とは？」

「一度も会ってません」

「お仕事のほうは？」

重ねて質問する右京に、堂島は自嘲しながら答えた。

「全然駄目でした。父の大事な会社を潰してしまいそうで、申し訳なかった。だから会社も人に譲りました。僕はもう余計なことはしないほうがいいんです」

薫が五反田署の捜査本部に駆け込んできたとき、うってつけの人物がいた。

「あ、土師っち！　ちょうどよかった」

サイバーセキュリティ対策本部の特別捜査官、土師太はあからさまに迷惑顔になった。

「なんですか？　先ほど杉下さんからも調査依頼のメールいただきましたけど、僕、忙しいんです」

「いや、ちょっと事件について教えてほしいんだよ」

「迷惑です。他を当たってください」

土師が薫を押しのけようとすると、薫は土師の上着の襟首《えりくび》をつかんだ。

「人の命が懸かってるんだよ！」

数分後、土師は捜査本部のパソコンの前で、薫に説明していた。

「事件が起きたのは先月の五日。五反田のマンションの一室に空き巣が侵入しました。犯人は逃走する際、マンションの管理人と揉《も》み合いになった末に殺害」

薫がパソコン画面の資料に目を走らせる。

「周辺の防犯カメラ映像から、空き巣の前科がある菊池が被疑者として浮上したってわけか」

「一カ月ほど居所がつかめなかったんですが、今朝、若い女性の声で匿名のタレコミがあり、渋谷のホテルに菊池がいると。でも捜査一課が踏み込んだときにはもう菊池は部屋を出たあとだった」

「若い女性からのタレコミ……」薫は少し思案してから訊いた。「で、菊池の足取りは?」

「高飛びの可能性を考慮して、航空会社の予約者リストを調べてみたところ、菊池の名前がありました。それで空港に張り込みをして、先ほど逮捕」

「え、逮捕?」

「今、捜査一課が取り調べ中です」

「それ、先に言ってくれよ!」

薫は脱兎のごとき勢いで捜査本部を出ると、取調室に向かった。

そこでは捜査一課の三人が取り調べ中で、伊丹が前に座る菊池ににらみを利かせているところだった。

「いつまでダンマリ決め込むつもりだ?」

そこへ薫が飛び込んできたので、伊丹の顔に浮かんでいたうんざり具合が倍増した。

「なにしに来やがった、この出戻り亀!」

「話はあとだよ」薫は伊丹を椅子から押し出し、自分の尻を乗せ、菊池に向き合った。「西村由季さんはどこだ?」

一瞬菊池が動揺したのを見て、薫がカフェの防犯カメラの映像をスマホに表示して突きつけた。

「ここに映ってるのはお前だな?」

「……おい亀。ちょっと来い」

話が見えないながら、菊池の目が泳ぐのを確認した伊丹が、薫を廊下に連れ出した。

薫は捜査一課の三人に事情を話し、防犯カメラの映像を見せた。芹沢が薫に確認した。

「じゃあ、その西村由季って人も殺されてるってことですか？」

「かもしれねえけど、現場がわかんねえんだよ」

「一緒にいる男は誰だ？」伊丹が訊く。

「由季さんの父親。この店で娘と別れるよう菊池を説得してた。もしかしたらそのあと、菊池が由季さんを……」

映像では、堂島が菊池にかばんを渡そうとしていた。芹沢がそのかばんに注目した。

「あ、先輩！　このかばん！」

一同は会議室に移動した。テーブルの上に映像に映っていたのと同じかばんが置かれ、中に入っていた札束が並べられていた。

麗音が説明する。

「菊池が所持していたかばんです。中身は現金五千万円」

「五千万……手切れ金にしちゃ大金だよな」かばんを検めた薫は中に落ち葉が紛れていることに気づいた。「で、これ、なんなんだ？」

「ああ、札束にも土が付いてるんで、落ち葉がある地面で、札束を拾い集めたんじゃないかと」

芹沢が両手でかき集める仕草を交えて推測を述べる。薫は落ち葉の中から小さな紙きれを拾い上げた。

「ん？　これはなんだ？　ああ、和紙か？」

「青山付近で落ち葉と土と和紙？」

伊丹が首をひねったとき、薫はひらめいた。

「神社だ」


〈City Lights〉の右京のもとに新たなメールが届いた。土師が依頼された調査結果を送ってきたのだ。右京は菊池の盗品リストを確認すると、しばし思案してから、厨房のなかに入った。そして、カレーの味見をしているミツルに尋ねた。

「いい匂いですねえ。どうですか、カレーの具合は？」

突然背後から質問されたミツルはビクッとしたが、すぐに笑顔で振り返った。

「もうすぐですよ」

「ところでひとつ」右京が右手の人差し指を立てた。「確認したいことがあるのですが……」

　薫は捜査一課の三人と一緒に青山にある神社に向かった。社殿の裏手の人気《ひとけ》のない敷地に入り、懐中電灯であたりを照らしていた薫が、地面に横たわる人影を発見した。近づいてみると、女性の遺体だった。かぶせてあった男物の上着を取り除くと、腹部が血で染まっているのが明らかになった。遺体のそばに落ちていたハンドバッグから免許証が出てきた。薫が免許証の顔写真と、遺体の顔を照合した。

「由季さんで間違いねえな」

「ああ」伊丹は由季の右手に金髪の髪の毛がつかみとられているのを見つけて、目で示した。「おい、亀山」


　右京が〈City Lights〉で、薫から由季の遺体発見のメールを受け取った直後に、ミツルが厨房からカウンターに戻ってきた。

「おふたりとも、ご飯は普通盛りで大丈夫ですか？」

　右京とともにうなずいた堂島は、待ちくたびれたようすで右京に話しかけた。

「ああ、やっと食べられますね」

　厨房に戻るミツルを確認して、右京が突然話題を変えた。

「もう余計なことはしない。堂島さん、あなた先ほど、そうおっしゃいましたね」

「は？」

戸惑う堂島を気にせず、右京が続けた。

「それでその年まで仕事もせず、深い人間関係を築くこともせず、独身貴族を貫いていたのでしょうか。でも、あなたはそんな日々を変えようとした。娘さんのために変わろうとした。しかし、その娘を失ってしまった」

堂島の顔に動揺が浮かぶ。

「なんでそれを？」

「由季さんの遺体が見つかりました。殺したのは菊池和哉という男。ちなみにこの男は先ほど逮捕されています。ご安心ください」

右京から知らされ、堂島はようやく気づいたようだった。

「……そうか。あなた、警察ですか？」

「はい」

「サラリーマンだなんて、とんだ嘘つきですね」

「謝ります」

「どうして僕に目をつけたんですか？」

「あなた、タクシーにマフラーをお忘れになっています。マフラーには、血液が付着していました。なんらかの事件に巻き込まれているのではないかと」

「それだけで」堂島はマフラーのことを思い出した。「どこまで調べがついてるんですか？」

右京はここ数時間で判明した事実を、推測も交えながら語った。

「ひと月ほど前、あなたの前に由季さんが現れました。おそらく、久保早苗さんの書き残した手紙を持って。あなたは三十年前に別れた早苗さんとの間に娘がいたことを初めて知った。突然、血を分けた子供ができたあなたは、この一カ月、ささやかな親子の時間を大いに楽しんだ。古びた家具を新調し、娘との新たな暮らしを楽しみにしていた。しかし、彼女は交際中の男性に問題を抱えていました。たとえば、恋人が闇金に手を出してしまい、その保証人となってしまった。彼と別れたいが、借金を返さないと別れてくれない……などと相談を受けたのではないでしょうか。あなたは娘を守るために五千万円を用意し、今日の昼、その男とふたりで会った」

堂島の頭に数時間前のカフェでの菊池とのやりとりがフラッシュバックした。

「頼む。由季と別れてくれ！　彼女もそれを望んでるんだ」

堂島が頭を下げると、菊池はにやりと笑った。

「別れてやるさ。今すぐ金をもらえるならな」

「金はやる。だからもう由季の前には現れないと誓ってくれ」

「わかった。由季とはもう会わない」

その言葉を信じ、堂島は現金五千万円の入ったかばんを渡したのだった。かばんを肩に掛け、揚々と歩き去っていく菊池を窓越しに目で追っていた堂島は、菊池のあとを由季が真剣な顔をして追っていくのに気づいたのだった。

右京もそれを推測していた。

「現金を渡した直後、おそらくあなたは由季さんを見かけたのではありませんか？　そして娘の身を案じ、あとを追った。そこで事件は起こったのですね」

右京のひと言で、最悪の記憶がよみがえった。神社まで追いかけたところで、堂島は腹部を刺されて虫の息で横たわる由季を発見したのだった。堂島は駆け寄って由季を抱き起こそうとしたが、由季の口からは思いがけない言葉が発せられた。

「あんたのせいよ……あんたのせいで……」

それだけ言い残すと、由季は息を引き取った。堂島が呆然と立ち上がったところへ菊池が襲い掛かってきた。堂島は転倒し、木の根に頭を強くぶつけて気を失ったのだった。しばらくして意識を取り戻したときには、あたりはすっかり暗くなり、由季は冷たくなっていた。堂島は自分の上着を脱いで遺体にかけてその場から立ち去った。

思い出したくなかった嫌な記憶にさいなまれ、堂島はふらふらと立ち上がった。財布をカウンターに叩きつけるように置いて立ち去ろうとする堂島に、右京が言った。

「カレーはもうできますよ」

「諦めます」

「やはりあなた、このカレーを最後の晩餐にするおつもりだった」

「ぶち壊されましたけど」

「由季さんが亡くなったのはあなたの責任ではありません」

右京のひと言に、堂島はいきり立った。

「僕のせいだよ！　僕が無理やり別れさせようとしたから、あの男を逆上させた。そのせいで娘は犠牲になったんだ」

「違います」

「もういいんです！　あなたのおっしゃるとおりです。この年までなにも成し遂げず、誰とも繫《つな》がらずに生きてきた。空っぽだ。こんな人生、なんの価値もない。でもね、娘のためなら変われると思った。これからは娘のために生きようって。だけど……守れなかった。また余計なことをして、大事なものを失った。こんな人生、もう早く幕を下ろしたいんです！」

感情を爆発させる堂島に、右京が予想外の言葉を投げかけた。

「僕が違うと言ったのは、亡くなったのはあなたの娘ではないという意味です」

「え？」

いきなり冷や水を浴びせられたように静かになった堂島に、右京が意外な真実を語った。

「菊池和哉は空き巣の常習犯でした。彼は先月、あるマンションに空き巣に入りました。不幸にもそのときに管理人が殺され、彼は殺人犯となった。その菊池は、交際中の由季さんの家に潜伏し、身を隠していたんです」

「……それで？」

「その空き巣事件の盗品リストを調べました。現金や時計とともに、一通の未開封の封筒が盗まれています。未開封……つまり、封筒の持ち主は、手紙の内容を知らないということになります。由季さんはそれを利用した」

右京がスマホで封筒の宛名の文字と手紙の文字を順に表示して、堂島に見せる。

「この封筒に書かれた、『由季へ』という文字、よく見ると、手紙の文字と筆跡が違っているように見えます。つまり、中身の手紙と婚姻届は本物で、外側の封筒は別の人物が用意した偽物ではないかと」

堂島はようやく右京の言わんとすることを理解したようだった。

「まさか……。じゃあ、由季は……娘じゃない？」

六

五反田署の取調室で、菊池は自白をはじめていた。

「あの金持ちオヤジから大金ふんだくって、ふたりで山分けするはずだった。高飛びするつもりで部屋も引き払った。なのにあの女、土壇場で裏切りやがった！」

「あのホテルで待つように、とでも言われたか」

伊丹の質問に、菊池が吐き捨てるように答えた。

「俺をサツに売って、金をひとり占めする気だったんだ」

「でも寸前でそれに気づいて、逆に金を横取りしようと、堂島さんを呼び出したんだな」

芹沢の推測を、菊池は認めた。

「ああ、金を受け取って、逃げるつもりだった……」

カフェから逃げるように神社へやってきた菊池の前に、突然由季が現れた。由季は菊池のスマホにスパイアプリを仕込んでいたのだ。ナイフを片手に、由季は金を渡すように迫った。揉み合ううちにかばんが地面に落ちて現金が散らばった。腕力で勝る菊池はナイフを奪い取り、由季を返り討ちにすると、慌てて現金をかき集めて立ち去ったのだった。

右京から真相を聞いた堂島が、空虚な笑い声をあげた。

「全部嘘だったのか……。結局、僕はずっとひとりのままか」

右京が堂島の前に立った。

「全部が嘘……。そうとも言い切れませんよ。空き巣の被害に遭った部屋は、久保充《みつる》さんという方のご自宅でした」

「久保……充？」

「確認しました」右京は先ほど厨房でミツルに確かめていた。「彼の本名は久保充というそうです」

「じゃあ、彼が僕の本当の……」

「ええ。あなたの本当のご家族は、すぐ目の前にいたんですよ」

右京が言ったとき、ミツルがふた皿のカレーを運んできた。

「お待たせしました――！」

呆然と見つめる堂島に、ミツルが笑顔で言う。

「カレー、できましたけど」

「ひとつお訊きしても？」右京が右手の人差し指を立てた。「このお店、どうしてこの場所に出店なさったのですか？」

母からの手紙を読んでおらず、ひとり真相を知らないミツルは、疑うこともなく素直に答えた。

「あまりお客さんに話すことでもないんですが……。一年ほど前に母を亡くしまして。その母が若い頃、このあたりで商売してたらしいんですよね。そのときの思い出を話す母がいつも幸せそうだったもので、俺も店を持つならこの辺にと」

「もしかして、店の名前も？」

「ええ。母の一番好きな映画です」

ミツルの答えに、堂島の目が潤んだ。右京が諄々《じゅんじゅん》と語りかける。

「盲目の女性は目が見えるようになり、真実を知った。それは果たしてハッピーエンドか、バッドエンドか。どちらにもなり得ます。物事は見方次第でよくも悪くもなる。人生も同じではないでしょうか。悲観して自ら幕さえ下ろさなければ、いつかハッピーエンドにできる。人生の価値は自分次第。そうは思えませんか？」

このときドアベルが鳴った。ミツルが「いらっしゃいませ」と迎えると、入ってきた人物を見て、右京が言った。

「お構いなく。僕の部下です」

薫が堂島の前に駆け寄る。

「堂島さん、あなたに伝言があるんです。クラブのママ、輝子さんから……」

輝子は薫にこう語っていた。

――彼、昔言ってた。自分には幸せになる資格がないって。昔の女となにがあったか知らないけど、そんなのおかしい。シロちゃんに会ったら伝えて。あなたには幸せになってほしい。悩みなら私が聞いてあげる。ひとりじゃないからって。

「……あなたのこと、あんなに心配してる人がいるんです。安心させてあげてください」

「僕はなんにも見えてなかったんだな……」堂島は頬を緩め、カウンターに置かれたカレーに目をやった。「杉下さん。これだけ食べてもいいですか？」

「もちろん。外でお待ちしています」

右京は財布から一万円札を取り出してカウンターに置いた。薫とともに出ていこうとする右京に、ミツルは目を丸くした。

「えっ？　カレー、食べないんですか？」

「申し訳ない。急な仕事で。ああ、よかったらおふたりでどうぞ」

〈City Lights〉の前に警察車両が停まり、捜査一課の三人が降りてきた。店から出てきた右京に、伊丹が言った。

「堂島って人に話、聞きたいんですけどね」

「少しだけ待っていただけますか。食事が終わるまで」

いつものカレーを口に入れた堂島はようやく腑《ふ》に落ちた。

「わかった」

「えっ？」ミツルがスプーンを止める。

「この独特な風味。隠し味は梅酒だな？」

「よくわかりましたね。母から作り方を教わった自家製の梅酒です」

「……懐かしいわけだ」

「うまいですか？」

「正直、普通だと思ってたんだけど……」

「ひどいな。無理やり作らせといて」

頬を膨らませるミツルに、堂島が心からしみじみと言った。

「うまいよ。こんなにうまかったんだな」


店の外では薫が腹を押さえていた。

「あちこち走り回ったんで腹が減りましたよ」

「今夜はカレーの気分ですねえ」と右京。

「ああ、なるほど」薫がスマホを取り出した。「忘れてた。ほら……。美和子、待ってますよ」

薫のスマホの画面には料理らしき画像が表示されていた。ご飯のうえにかけられた液状のものが鮮やかなブルーだったので最初はわからなかったが、よく見るとカレーだった。

「わっ」右京が覚悟を決める。「まあ、致し方ありませんねえ。空腹はなによりのスパイス、という言葉を信じましょう」

「見た目、ブルーってこれ……」

「これはカメラのせいですか？」

「いや、もともと、こういう色だと思います」

ふたりはいそいそと〈こてまり〉へ向かった。

第四話
眠る爆弾

一

私立〈城南《じようなん》大学〉の理工学部キャンパスを巡回していた警備員が、ブルーシートの上に置かれた小さな段ボール箱を発見した。箱には「サワルナ！　キケン」と手書きされた紙が貼ってある。不審に思った警備員が本部に報告しようと携帯電話を取り出した瞬間、爆音とともに箱が飛び散った。

警備員は爆風を浴びて地面に倒れ込んだが、幸いかすり傷ですんだ。

時を同じくして、警視庁に一本の動画が送られてきた。参事官の中園照生以下、捜査一課の面々が見守るなかで動画が再生された。動画には眼鏡《めがね》をかけた神経質そうな若い男の上半身が映っていた。背後には本棚があり、ぎっしりと書物が並んでいるのが確認できた。

男が淡々とした口調で語りはじめた。

――はじめまして。爆弾犯です。正体はそちらで調べてください。この動画がいたずらじゃない証拠に、爆弾のことを言っておきます。置いたのは〈城南大学〉三号館脇、三十センチ四方の段ボールに入れておきました。

「爆発とほぼ同時刻に送られてきました」

芹沢慶二の報告を受け、中園が訊《き》いた。

「この内容は事実か？」

伊丹憲一が緊迫した表情で答えた。

「ええ。現場からの報告と一致します」

動画の男が続けた。

――そして、さっきのはただの脅しです。爆弾はもうひとつあります。次の爆弾では人が死にます。爆発する前に、頑張って探し出してください。それじゃ、失礼します。

「なんのためにわざわざ顔までさらして……」

中園が首をひねる傍《かたわ》らで、芹沢が伊丹に耳打ちした。

「先輩、現場が〈城南大学〉だったことを考えると、今回の件……」

「ああ。先月の事故と関係があるかもな」

ふたりの会話を中園が聞きつけた。

「なんだ、その事故というのは？」

「先月、〈城南大学〉で……」

伊丹が説明しようとしたとき、サイバーセキュリティ対策本部の特別捜査官、土師太がパソコンを見つめながら「よし！」と叫び、その作業を見守っていた出雲麗音が大きな声で言った。

「発信元を特定しました！」

その頃、爆弾犯の平山翔太《ひらやましょうた》は廃ビルの一室で、気絶した三沢龍之介《みさわりゅうのすけ》を後ろ手に結束バンドで拘束していた。三沢は〈城南大学〉理工学部の准教授で、平山はその研究室の学生だった。平山は三沢の足を数カ所、ロープできつく縛り、その上から毛布を掛けた。

気を失っている三沢に、平山が話しかける。

「悪い奴ほどよく眠るって本当ですね。三沢先生」

捜査一課の三人は早々に平山のアパートに駆けつけた。室内のテーブルの上にパソコンが残され、その横に学生証がこれ見よがしに置かれていた。

「平山翔太、〈城南大学〉理工学部四年」

芹沢が読みあげると、伊丹が皮肉っぽく言った。

「わざわざ目につくところに置くなんて親切だねえ〜」

麗音は本棚に目をやった。

「犯行声明が撮られたのはこの部屋ですね」

本棚には研究室のメンバーと思《おぼ》しき、白衣姿の学生たちの写真が飾られていた。その中に平山と三沢の姿もあった。写真の横に円筒形の金属部品のようなものが置いてあった。白手袋をはめた手で、麗音がその部品を取り上げた。

「これは？」

「ん？　なにかの部品ですかね？」

芹沢が言わずもがなの見解を述べたところへ、特命係の杉下右京が不意に現れ、本棚を眺めまわした。

「これはまた、ずいぶん勉強熱心ですねえ」

右京の相棒の亀山薫も姿を現した。

「お邪魔します」

かぶってもいない帽子を脱いで礼をする仕草をしながら入ってきた薫を、宿敵の伊丹が罵倒《ばとう》した。

「お邪魔します、じゃねえんだよ。このバ亀！」

右京は書物の背表紙をひととおり眺めてから、一冊を抜き出しページをめくった。

「工学系の専門書がズラリと並んでますよ。おや、ずいぶんと読み込んでますね。これほどの知識があれば、爆弾を作ることなど造作もなかったでしょうねえ」

「頭の無駄遣いですよ」

芹沢の言葉をスルーした右京は、麗音の手にある部品に着目した。

「おや、それは？」

「写真立ての横に、これひとつだけ置かれてました」

正直に答えた麗音に、伊丹が釘をさす。

「答えなくてもいいんだよ」

「金具？　爆弾の材料ですかね？」

薫も見当がつかなかったが、右京はすぐに正体を言い当てた。

「ああ、チェックバルブですね」

「チェックバルブ？」

訊き返したのは芹沢だったが、その場の全員、それがなにかわからなかった。右京が説明する。

「通称逆止弁。気体や液体の逆流を防ぐため、ポンプや配管に取り付ける部品です」

「相変わらず博識ですねえ」

皮肉を浴びせる伊丹を、右京は「ええ」と受け流した。

「あ、もしかして第二の爆弾に関するヒントですかね？」

薫が耳打ちすると、右京が応じた。

「ヒント、あるいはなんらかのメッセージかもしれませんねえ……」

〈城南大学〉は捜査員たちにより厳重に捜索された。構内は物々しい雰囲気に包まれ、学生たちも騒然としながら、捜査のようすを眺めていた。

建物の捜査がひととおり終わったところで、爆弾処理班の隊長が理工学部教授の野々《のの》村利夫《むらとしお》に報告した。

「この建物内に爆弾は発見されませんでしたが、構内は引き続き捜索中です。十分な警戒を」

「わかりました」

野々村がそう答えて、自分の研究室に戻ったとき、スマホに電話が着信した。画面には「三沢准教授」と表示されていた。

「もしもし」

――平山です。あなたの研究室の。

「なぜ三沢くんの携帯から？」

――本当は三沢先生に電話してほしかったんですけど、ちょっと気絶させたら、なかなか目を覚まさないんですよ。スタンガンです。ちょっと効きすぎたみたいで。

「君はいったいなにをしようとしてるんだ？」

野々村の質問には答えず、平山は一方的に話し続けた。

――爆弾はもうひとつあるんです。仕掛けた場所、知りたいですか？　教えてあげてもいいんですけど、条件があります。


所轄署に置かれた「城南大学爆破事件特別捜査本部」で、伊丹が中園に報告した。

「参事官。平山翔太、やはり〈城南大学〉での事故に関係してました」

「たしか女子学生がひとり、死亡した事故だったな」

麗音が捜査資料を渡し、芹沢がかいつまんで説明する。

「はい。先月八日の夜、〈城南大学〉理工学部の実験室で、同学部四年の森原真希《もりはらまき》さんが実験をおこなっていたところ、装置にガスを供給する容器内で爆発が発生。森原さんは、衝撃で崩落した天井の一部と倒れてきた器具棚の下敷きになり、平山翔太によって救助されたものの、その後死亡しました」

「被害者はひとりで実験していたんだな？」

確認する中園に、麗音が答えた。

「それが担当教授に提出された実験計画書には、平山の名前も書かれていたそうです」

伊丹が補足した。

「平山の話によると、森原真希が勝手に平山の名前を書いただけで、その日実験するなんてことは聞いていなかったと……。供述の不自然さから、所轄署では平山による殺人を疑う声もあったとか……」

「平山が故意に爆発事故を起こしたってことか？」

中園の推測を、伊丹は「そのようです」と認めた。

右京と薫は〈城南大学〉を訪ねた。野々村の研究室に向かいながら、右京は薫に話しかけていた。

「捜査資料によれば、爆発の原因は装置のチェックバルブだったそうです」

「あ、あの平山の部屋にあった部品ですよね？」

「ええ。なぜかバルブが正常に作動せず、逆流した気体が容器に流入。高圧の混合ガスが発生して爆発……」

薫は右京の言いたいことを理解した。

「つまり、バルブにあらかじめ細工をしておけば、爆発を誘導することが可能だったたってことですよね？ これが仮に殺人事件だったとすれば……」

「ええ。平山はもちろんのこと、実験室に出入りできるすべての人間に、犯行のチャンスがあった」

野々村の研究室に到着し、ノックをしてからふたりは部屋に入った。右京が警察手帳を掲げる。

「突然恐れ入ります。警視庁の杉下と申します」

「同じく亀山です」

「警察の方……？」

野々村の顔に浮かんだ影を薫は見逃さなかった。

「あ、なにか？」

「実は……平山翔太から連絡が」

野々村から告げられた事件を、右京は捜査本部に待機する中園に電話で伝えた。

──なに⁉　拉致《らち》監禁だと？

声を裏返す中園に、右京は冷静に報告する。

「ええ。同じ理工学部の三沢龍之介准教授を監禁していると伝えてきたようです」

──奴は爆弾事件と監禁事件、同時に起こしたというのか？

「そうです。早急に三沢さんの携帯の位置情報を確認すべきかと」

平山はそのとき、廃ビルの一室で三沢の写真を撮ろうとしていた。

「はいチーズ」

平山は陰気な声で呼びかけたが、三沢はまだ意識を取り戻していなかった。

二

〈城南大学〉の野々村研究室では、右京が野々村に質問していた。

「平山翔太は農業工学を志していたのですね」

「ええ。三沢くんと、亡くなった森原くんと、三人でチームを組んで研究をしていました」

「森原真希さんが実験をおこなっていたのは、日曜の午後。彼女はなぜあえて休日に実験をおこなっていたのでしょう？」

野々村が首を振る。

「さあ、そのあたりは……」

今度は薫が訊いた。

「実験計画書には、平山の名前もあったそうですね」

「原則、単独での実験は許可されませんので」

「しかし、申請とは裏腹に彼女はひとりで実験室にいた」

右京が確認したとき、ドアがノックされ、捜査一課の三人が入ってきた。

「失礼しま……」室内に特命係のふたりがいることに気づいた伊丹が顔をしかめた。「あ、またいやがる。この……」

「お前ら、聞いたか」

情報を伝えようとする薫を、伊丹が押しのけた。

「てめえ、先回りしてんじゃねえよ!」

「なにが?」

いがみ合う伊丹と薫を差し置いて、芹沢が警察手帳を掲げて野々村に駆け寄った。

「野々村教授ですね? 平山翔太について少しお話を。現在、平山は所在不明なんですが、実は自室にこんな部品が……」

麗音がチェックバルブの写真を取り出して見せた。そこに薫が割り込んだ。

「その前にちょっと……聞けよ」

「だから首を突っ込むな!」伊丹が薫の襟《えり》をつかんで引っ張る、「甲羅にしまっとけ、この野郎」

右京が伊丹に向き合った。

「伊丹さん。まもなく中園参事官から連絡が入ると思います」

「なんで参事官から?」

芹沢の質問には、薫が答えた。

「准教授のひとりが平山に監禁されてる」

「はっ⁉」芹沢と麗音が目を丸くする。

「今、携帯の位置情報を確認中だ」

「おい、そういうことは先に言っとけよ！」

怒鳴りつける伊丹に、薫が言い返す。

「だから言おうとしてるのにお前が……」

そのとき野々村のスマホに着信があった。

「スピーカーでお願いします」

三沢のスマホからの電話であることを表示で確認した右京が求めると、野々村はスピーカーホンで電話に出た。

「もしもし」

——警察の皆さんって、なかなか騒々しいんですね。お仕事お疲れさまです。

「盗聴器⁉」麗音が気づき、周囲を見回す。

——ふたつ目の爆弾の場所、黙っておくのも申し訳ないんで教えますね。爆弾は、三沢先生に仕掛けてます。

「平山くん、なんでそんなことを？」

——野々村教授、どうして僕が頼んだことをやってくれないんですか？　さっき伝えましたよね。三沢先生を助けたければ、大学のホームページで真実を公表してくださいって。

「真実？」薫が訝《いぶか》しげに野々村を一瞥《いちべつ》した。

その間も平山の話は続いていた。

——野々村教授だって知ってるはずです。真希がなんで死ななきゃいけなかったのか……。まあ、本当のことを隠しておきたい気持ちはわかりますけどね。

芹沢と麗音が研究室を出ていこうとすると、平山が嘲《あざけ》るように言った。

——ああ、その近くを探しても無駄ですよ。僕が大学周辺にいると思ってるんでしょうけど、そう簡単に見つかるつもりはありませんから。

「そのようですねえ」右京が平山の罠《わな》を見破った。「どうやらこのパソコンにバックドアを仕掛けたようですね。どうです？　僕の姿は映っていますか？」

——ええ。見えてますよ。あとね、アパートにチェックバルブを置いたのは、あなた方警察に発破《はっぱ》をかけるためですよ。

「発破……というと？」

——真希が死んだ事故について、もっとちゃんと調べてくれって。

「なるほど。そうでしたか。申し遅れました。警視庁の杉下と申します」

——どうも。平山です。

「あなたは先月の事故についてなにか訴えたいことがある。今、この場でお話しになる気はありませんか？」

――僕を捕まえられたら話しますよ。もっと早く知りたければ、そこにいる野々村教授から聞き出してください。

「そうですか。ああ、ところで、あなたの論文ですが、大変興味深いですねえ。地球規模の気候変動に対応するための農業工学。自分の研究を社会に役立てたいという志が伝わってきました」

――三沢先生もそう言ってくれました。

「あなたの部屋にあった研究ノートからは、あなたの発案した研究を三沢准教授と森原真希さんが全力でサポートするようすがうかがえました。しかし今、森原さんは亡くなって、三沢准教授はあなたに監禁されている。いわば同志だったはずの三人にいったいなにがあったのでしょう?」

右京が問いかけると、平山が一方的に会話を終了させようとした。

――もう切るんで。

「ああ、もうひとつだけ」右京が慌てて言った。「森原真希さんはどんな方だったのでしょう?」

平山はやや考えてから答えた。

――一途でしたよ、すごく……。

電話が切られると、右京が平山の言葉を繰り返した。

「一途ですか……」

伊丹は野々村を問い詰めた。

「平山の言う真実って、いったいなんなんですか？」

「あなた、なにを隠してるんです？」

芹沢も追及したが、野々村は首を振った。

「私はなにも……。なんのことかもわかりませんよ」

「教授、人の命がかかってるんですよ！」

薫が語気を強めて促したが、野々村は「なにも知らんと言ってるでしょ！」と言い残し、刑事たちを振り切って部屋を出て行った。


都内のとある公園で通話を終えた平山は実験室での在りし日の真希とのやりとりを思い出していた。実験器具を並べていた平山に、真希は笑顔で言った。

「平山くんって、実験の準備するとき、いっつも目キラキラさせてる」

平山は照れて、「いや、真希だってそうだろ？」と返すしかなかった。

平山はあのときの楽しそうな真希の笑顔を忘れることができなかった。

回想を終えた平山は駐《と》まっていたトラックに近づいていった。

〈城南大学〉の野々村研究室を出た廊下で、薫が右京に言った。

「あの野々村って教授、絶対なんか隠してますよね」

「ええ、間違いありません。おそらく三沢准教授も同じ真実を知っているのでしょう」

薫は三沢の名前に見覚えがあった。

「たしか、三沢って名前も、捜査資料にありましたよね」

「ええ」右京は正確に覚えていた。「爆発事故のあと、原因がチェックバルブであることを、警察に主張した人物です」

「その証言がもとになって、実験計画書に名前のあった平山が殺人の疑いをかけられるはめになった……。そのことを恨みに思って三沢を、ってこともあるんじゃないですか」

薫の推測に、右京は「ええ、そういう感情も否定できませんね」と応じた。

捜査本部では、土師が平山のスマホの位置情報を追っていた。パソコンに表示された地図に赤い印が浮かびあがっており、その印はゆっくり移動していた。

「確認できました。現在、根川《ねがわ》通りを南に移動中です」

中園が伊丹に連絡する。

「芝浦だ。今、阿波《あわ》田《た》橋を通過した」

「了解です」

連絡を受けた伊丹が警察車両に乗り込む。

「どこへ向かってるんですかね？」

助手席に乗りながら芹沢が訊くと、麗音が答えた。

「阿波田橋の先は工場や空き倉庫だらけです」


右京と薫は、爆発事故のあった実験室に来ていた。立ち入り禁止の規制線をくぐって部屋に入った薫は、物が散らかったままの室内に目をやった。

「事故以来、使われてないみたいですね」

右京は天井を見上げた。

「天井はまだ修復されていませんねぇ」

「現場検証が終わってもうだいぶ日が経つのに、直す気ないのかな？」

右京が床の一角を指さす。

「森原真希さんは事故があった際、このあたりに倒れていたようですね」

「ええ」

「平山翔太の証言によれば、彼女は崩落した天井と倒れた棚の下敷きになって、気を失っていたそうです」

「可哀想に……。発見されるまで、ずっと重い物の下敷きになったままだった、ってことですもんね」

「そこです」右京が声を張った。「爆発事故があったとき、休日だったために構内はほぼ無人。実験室は遮音性が高いため、事故があったことに気づいた人はいなかったようです。つまり、平山翔太に助け出されるまで、彼女は三時間近く放っておかれたことになりますね」

薫が捜査資料の記載内容を思い出す。

「やっと救出されたあと、容体が急変して亡くなったんでしたっけ？」

「ええ。おそらくクラッシュシンドロームです」

「ク……クラッシュ？」

「クラッシュシンドローム。別名、挫滅《ざめつ》症候群。長時間にわたって体が圧迫を受けていると、細胞内に毒性の高い物質が蓄積され、圧迫からの解放とともにその毒素が全身に回り、内臓にダメージを与えてしまうんですよ」

「え、そんなことが？」

薫は想像しただけで嫌な気持ちになった。

土師が突き止めた位置情報に従い、捜査一課の三人がやってきたのは芝浦の古い倉庫だった。捜査車両から降りた伊丹が倉庫を見上げた。

「この中か」

入口に鍵はかかっていなかった。三人が足を踏み入れる。倉庫の中はがらんとしていた。

スマホで位置情報を追跡していた芹沢が言った。

「位置情報ではここからしばらく動いてません」

「三沢さんの携帯、鳴らしてみます」

麗音が電話番号をプッシュすると、ややあって着信音が鳴った。発信源は倉庫の片隅に駐められたトラックの荷台に残されたシートの下だった。芹沢と麗音が荷台にあがり、息を合わせてシートをめくった。

三沢のスマホを見つけた伊丹が、中園に電話で報告した。

──なんだと⁉　トラックの荷台で見つかった？

「平山が居場所の特定を避けるために、トラックに投げ込んだものと思われます。今、出雲が運転手から走行経路を聞き出してます」

電話を切った伊丹に、芹沢が駆け寄り、スマホで一枚の写真を表示して見せた。

「先輩、これ……」

写っているのは監禁された三沢だった。三沢は両手を後ろに回し、下半身には毛布が掛けられた状態で床に横たわっていた。

伊丹が憎々しげに舌打ちする。

「ご丁寧に写真撮影かよ」

捜査本部の中園は、伊丹が送ってきた写真を土師に転送し、用件を伝えた。

「なるほどなるほど」土師がうなずく。「では画像上の手がかりをもとに、監禁場所の目星をつけてみましょう」

「人命に関わる。大至急頼む」

そのとき中園のスマホに着信があった。

「はい！　中園でございます。はい。あ、申し訳ございません」

中園が通話しながら部屋を出ていくのと入れ替わりに、組織犯罪対策部薬物銃器対策課長の角田六郎が入ってきた。土師は角田の顔を見て、嫌な予感に襲われた。

「おっと、珍しいお顔が。もしかして……」

「杉下の奴からおつかい頼まれちまってな」角田が土師のパソコン画面を指す。「言わなくてもわかるよな？」

「課長の頼みとあれば、やむを得ませんね」

土師から監禁された三沢の写真をメールで受け取った右京は、すぐに角田に電話した。

「さっそくありがとうございます」

――GPSオフで撮影されてるもんで、緯度経度はわからんとさ。今、鋭意画像を分析中とのことだ。

「しかし、妙ですねえ」

――なにが？

「三沢さんは後ろ手に縛られているのでしょうか。床に転がされていますが、腰から下に毛布のようなものが掛けられています。この毛布、なんの意味があるのでしょう？」

――うーん、この中に爆弾を隠してるんじゃないの？

「では、なぜ隠す必要があるのでしょう？　警察が画像を見るのを期待していたのなら、むしろ爆弾の存在をアピールしそうなものですがねえ」

角田が呆れたような声になる。

――相変わらず、細かいところを気にするねえ。

「ええ。僕の悪い癖。ともあれ、監禁場所が特定できたらすぐに教えてください」

――すぐにって、お前……。人使いが荒いのも、悪い癖！

角田が文句を言ったときには、すでに電話は切れていた。

三

　薫は所轄署の刑事たちと一緒に三沢家を訪ねた。刑事たちが部屋を調べるなか、龍之介の妻の史子《ふみこ》から話を聞いていた。

「でも、どうしても信じられないんです。平山くんが主人にそんなこと……なにかの間違いに決まってます！」

　そう主張する史子に、薫が訊いた。

「どうして間違いだと？」

「だって、本当に仲がよかったんですから。平山くん、同じゼミの森原さんと一緒によく遊びに来て、あの人の愚痴《ぐち》まで聞いてくれるような子だったんですよ」

「愚痴ですか？」

　薫が水を向けると、史子はため息をついてから続けた。

「主人は思うように研究ができなくてストレスがたまってたんです……」

　史子が言うには、三沢はこうぼやいていたという。

「アメリカじゃ、私大にも多額の予算がついて、国が研究を後押ししてくれる。それにひきかえ、コピー代さえ節約ってなんだよ。機材は何十年も昔のもの、学会のための出張だって自腹だ……クソッ、ここに来て実験回数に制限かかるなんてな」

愚痴を聞いた平山が応じた。

「やっぱり、共同研究に応じてくれる企業が必要だと思うんですよね」

「そうだな、探してみるか」

三沢が同意すると、ふたりの会話を聞いていた真希が言った。

「平山くんは研究に集中してて。私と三沢先生で探すから。ね、先生」

史子からそのエピソードを聞き、薫は思いやるような顔になった。

「大学で研究を続けるのも、金次第ってことですか」

「ええ。そんななか、三人でよく頑張ってたんですよ。それなのにどうして平山くんが……」

史子が信じられないようすで首を振っていると、メールが着信した。

「メールです。ちょっとすみません」

薫に断ってから、メールを開く。知らないアドレスからのメールは以下のような内容だった。

――今すぐ、高田馬場五‐七の諏訪山《すわやま》ビルに来てください。そこに三沢先生がいます。ただし、ひとりで来てください。もし警察が一緒に来たら、先生が死にます。

薫は史子の頬がわずかに強張《こわば》ったのに気づいた。

「あの……もしかしてメール、平山からですか？」

「……いえ、知り合いから。ちょっと皆さんにお茶淹《い》れますね」

史子が慌てて台所へ向かおうとする。

「ああ、そんなのいいですよ、奥さん」

薫は制止したが、史子は聞かずに行ってしまった。

右京が野々村研究室で真希のノートを調べていると、白衣を着た男女の学生が入ってきた。女性のほうの工藤《くどう》が近づいてきた。

「警察の方ですか？」

「はい？」

男性のほうは谷川《たにがわ》という名前だった。

「爆弾、ここになかったから、戻っていいって言われたんですけど」

「ええ、そのようですね」

工藤が好奇心も露《あら》わに訊いた。

「もう平山くんって捕まったんですか？」

「おや、おふたりは平山くんのお知り合いですか？」

「はい、同じゼミです」

「そうでしたか。ちょっとお話よろしいですか？」

右京は構内のオープンカフェに場を移し、ふたりから話を聞くことにした。

「おや、それは確かなのですか？」

ふたりから聞いたことを確認すると、谷川が言葉を濁す。

「確信があるってわけじゃ……なあ？」

話を振られた工藤が、身を乗り出した。

「ひと月くらい前、気になるところを見ちゃったんです」

工藤によると、真希が三沢の胸に顔をうずめて泣いていたというのだった。

谷川も工藤と一緒にその場面を目撃した。

「あれはもう、ただならぬ……って感じでした」

「まあ、先生と教え子の不倫ってたまに聞く話だし」

工藤がさばさばした口調で言うと、谷川は目を瞠《みは》った。右京がうなずきながら話題を変えた。

「なるほど。ところで天井、なぜ直さないのでしょう？」

「天井？」工藤が訊き返す。

「実験室の天井ですよ。事故で一部が崩落したまま、放置されていますねえ」

「ああ、うち、これがないんで……」

工藤が顔をしかめながら、右手の親指と人差し指で円を作った。

「これですか？」

右京も同じ形を作って言った。

廃ビルの一室で、平山が解体作業用の重いハンマーを床に叩きつけた。大きな音に驚いたように、三沢が目を開けた。

「やっと起きた」

平山の暗い声で、三沢は正気に返った。

「こ……ここは？」

「俺のバイト先ですよ。解体作業みたいな、こんなきついバイトをしないと、学費も払えないんですよ」平山がハンマーを放り出す。「もう時間もないし、単刀直入に訊きますね。真希を殺したのは、三沢先生ですよね？　付き合ってたんですよね？　あんなに優しい奥さんがいるのに」

「平山くん……」

「とっくに噂になってましたよ。先生にとっては、きっと遊びだったんですよね。だから、邪魔になった真希のことを……」

「違う！」

三沢は否定したが、平山は聞く耳を持たなかった。

「事故の前の日、真希の実験計画書を見たんです。俺の名前が勝手に使われてた。実験にかこつけて、ふたりきりで会おうとしているのか、それともなにか別の理由か、あの日、それを確かめにいったんです。そしたら爆発が。三沢先生なら、あの事故を仕組むことができましたよね。チェックバルブに細工をして、真希に操作を指示した上で部屋を出ればいい。もし警察が事件性を嗅ぎつけても、疑われるのは計画書に名前が書いてある俺だ」

「どうしてそこまで僕を疑うんだ！」

平山には確証があった。

「先生、自分で野々村教授に告白してたじゃないですか。『森原くんを殺したのは僕なんです』って。俺、事故の真相を知りたくて、教授のPCにバックドアを仕込んでたんですよ。教授なら隠蔽《いんぺい》に協力してくれると思ったから、本当のことを話したんですよね？　研究室の准教授が殺人犯だなんてシャレになりませんもんね」

「違うんだ……」

三沢は弁明しようとしたが、再び意識がもうろうとして言葉を継げなかった。平山は独り語りを続けた。

「俺、三沢先生のこと、本当に尊敬してたし、信じてたんですよ。前に言ってくれたじゃないですか。君のこの研究は必ず社会をよくする、たくさんの人を幸せにするって。それ聞いたとき、本当に嬉しかったな。ねえ先生、たくさんの人を幸せにするんじゃなかったんですか？　なのに……なんで俺が犯罪者になっちゃってるんですか！　このままじゃ研究も大学もやめなきゃならなくなるんです。教えてくださいよ、先生！　先生！」

平山は身動きのできない三沢を乱暴にゆすぶった。

三沢家の台所で、ケトルの水が沸騰して、笛が鳴った。所轄署の刑事が駆け寄り、コンロの火を消した。

薫が顔をのぞかせた。

「ん？　おい、奥さんは？」

「えっ？」

「えって、お前……」

薫は慌てて家中を捜したが、史子はどこにもいなかった。勝手口が半開きになっているのに気づいた薫が地団駄を踏む。

「しまった！」

捜査本部では、土師が監禁された三沢の写真の分析を終えて、捜査員たちに説明していた。

「自然光の差し込み具合からみて、南東方向が開けた建物の二階部分です。床に落ちているコンビニ袋から……」

土師が画像を拡大すると、コンビニのロゴマークが明らかになった。中園がその名を叫ぶ。

「〈39スマイル〉か！」

土師は冷静に分析を続けた。

「トラックの走行経路に〈39スマイル〉は三カ所。それぞれの店舗から半径百メートル以内で、南東側が開けた現在使われていない建物は」

土師が地図の一点を赤く表示し、拡大した。中園が再び叫ぶ。

「高田馬場五丁目、〈諏訪山ビル〉！」

土師の分析結果はすぐに捜査員たちに知らされ、捜査一課の三人も現場に急行した。

角田は右京に電話した。

「杉下、監禁場所が特定されたぞ」

――わかりました。角田課長、どうもありがとう。

電話を切った右京のスマホがすぐにまた振動した。今度は薫からの着信だった。

「杉下です」

——すみません。三沢さんの奥さんが姿を消しました。たぶん、平山にメールで呼び出されて……。

右京は角田から聞いたばかりの場所を薫に伝えた。

「亀山くん、すぐに高田馬場五丁目の〈諏訪山ビル〉へ向かってください」

——そこが監禁場所ですか？

「ええ。三沢さんの奥さんを止めなければ。平山は彼女を利用して、爆弾を目覚めさせるに違いありません」

——目覚めさせるって？

「やっとわかりました。三沢さんの下半身がなぜ毛布で覆われていたのか。足を縛り上げて血流を止め、細胞の挫滅を促しているのを隠していたんですよ」

——まさか……クラッシュシンドローム！

「そうです。二つ目の爆弾は、三沢さんの体の中に仕込まれていました。もし今の状態から縛ったロープをほどけば、血流の解放と同時に、毒性物質が全身を駆け巡ります。そうなったら終わりです。そうなる前に三沢さんの奥さんを止めてください！」

電話を切った薫は猛然と駆けだした。

そのとき史子はタクシーで〈諏訪山ビル〉に乗りつけたところだった。史子は廃ビルの中を探し回り、ようやく床に転がされた夫を見つけた。

「ああ、あなた！」

体をゆすると三沢は目を覚まし、苦しげにうめいた。

「足……足をほどいて……」

史子は毛布をはがし、夫の足が数カ所、ロープで固く縛られているのに気づいた。史子はロープの結び目をほどこうとしたが、緩めることさえもできなかった。

「ほどけない……」

焦《じ》れた史子は周囲を見回し、床に万能ハサミが転がっているのを見つけた。天の助けとばかりにそれを拾い上げ、夫の足を拘束するロープを切断しようとしたまさにそのとき、薫が部屋に飛び込んできた。

薫は一瞬で状況を把握すると、そばにあった一斗缶を史子の近くに放り投げた。一斗缶がコンクリートの床に当たって大きな金属音を立てる。びっくりした史子が手を止めたところで、薫が叫んだ。

「切っちゃ駄目だ！　それを切ったら毒が全身に回ってしまう。このまま病院に」

薫は部屋の隅にあったビニールシートを手に取ると、広げながら言った。

「これに乗せます」

史子は事態の急変に思考が追い付いていなかったが、薫の切羽詰まった声に圧倒されて、従った。薫に命じられるまま、シートを広げたところへ、捜査一課の三人がなだれ込んできた。

伊丹が薫に訊く。

「おい！　三沢さん、大丈夫か？」

「おう。でも早くしないと」

唖然《あぜん》とする史子の前に芹沢が立った。

「代わります」

「病院だ、病院！」

薫の声に答えたのは芹沢だった。

「一番近い人工透析設備のある病院は〈大久保北病院〉です」

麗音が三沢をシートに乗せながら言った。

「杉下さんがすでに連絡を入れているそうです」

「オッケー」薫が掛け声をかける。「上げるぞ。一、二、三！」

シートの四隅を四人がつかみ、シートごと三沢を持ち上げた。

同じ頃、平山は〈城南大学〉理工学部キャンパスに来ていた。警戒を続けていた捜査員の前に自ら進み出ると、虚ろな表情で両手首をそろえて差し出した。

四

〈大久保北病院〉のＩＣＵに右京が姿を見せたとき、薫と伊丹と芹沢がガラス窓越しに三沢のようすを見守っていた。

薫が右京に報告した。

「あ、命に別条はないそうです」

「そうですか」

「体の中に爆弾仕込むとは、悪知恵働かせたもんだな」

伊丹の言葉に、芹沢が応じる。

「本当、助かってよかったですよ」

そこへ麗音が小走りにやってきた。

「伊丹さん、平山翔太が連行されたそうです」

「よし、行くぞ」

伊丹の掛け声で、捜査一課の三人が足早に立ち去る。

「俺も行ってきます」

あとを追おうとする薫を、右京が呼び止めた。

「亀山くん、その前に」

右京が一冊のノートを取り出した。

「これは？」

「真希さんの研究ノートです」


平山はおとなしく捜査一課の三人の取り調べに応じていた。

「なんだ、死ななかったんですか」

あきらめきったような態度で語る平山に、正面に座った伊丹が言った。

「殺人犯にならずに済んでよかったと思え」

「殺人犯は三沢先生のほうですよ。警察は僕を疑ってるけど」

平山が主張すると、横に立っていた芹沢が机に手をついた。

「そのあたりのこと、詳しく聞かせてもらおうかな」

と、そこへ薫が入ってきた。

「ちょっと入るよ」

「勝手に入ってくるんじゃねえよ！」

伊丹が吠え、芹沢が押し戻そうとする。

「はいはいはい、出ていってくださいよ」

薫は芹沢の手を振りほどいた。

「ところが、そうもいかねえんだ。彼の誤解を解く必要があるんだよ」

「はあ？」伊丹が訝しげな顔になった。

「誤解、ですか？」麗音が訊き返す。

薫は平山の前に立った。

「森原真希さんの命を奪った爆発事故、誰が仕組んだのか、やっとわかったよ」

その頃、〈大久保北病院〉の病室では、ベッドの上で天井を見つめる三沢に、横に立った右京が語りかけていた。

「事故を仕組んだのは、森原真希さん本人ですね。彼女は自分が故意に起こした事故で、命を落としたんです」

三沢がゆっくり頭を回し、右京の顔を見た。

「なぜ、そうだと？」

「最初から不思議でした。真希さんはなぜあえて休日に実験をしていたのか。しかもひとりで。自分が起こす事故に人を巻き込まないよう、万全を期したのでしょうねえ」

右京がノートを掲げた。

「真希さんの研究ノートです。事故現場や彼女のデスクから研究ノートの類は見つかっていませんでしたから、妙に思いましてねえ。失礼は承知で、研究室を調べさせていただきました。あなたのデスクの引き出しから見つかりました……。一回ごとの実験データなどとともに、ところどころ、彼女自身の心情が書き込まれています」

右京はノートの一ページを、三沢に示した。そこには几帳面な字でこう書かれていた。

――一日の実験で使う消耗品代がひとり二千円として、月に二十日実験を行うとすると、学生が十名いる研究室の場合、一年でざっと五百万円が必要になる。学術研究助成基金の採択率は、たった一割。共同研究に応じてくれる余裕のある企業は、今の時代、ほとんどない……。

右京はノートを閉じて続けた。

「野々村研究室は……いえ、大学全体かもしれませんが、深刻な予算不足に陥っていました。共同研究に応じてくれる企業は見つからず、学術基金に何度応募しても助成金を得ることはできなかった」

右京の言葉で、三沢の脳裏に真希との会話がよみがえった。

「助成金、また駄目だったんですか？」

がっかりした表情の真希に、三沢はこう返すしかなかった。

「私大はもともと不利なんだ。社会に還元される研究に、国立も私立も関係ないのにな……」

「平山くんがどんなにがっかりするかと思うと……」

真希は涙ぐみ、たまらず三沢の胸に顔をうずめたのだった。

三沢がベッドの上で上体を起こした。

「彼女は本当に一途でした」

「ええ。平山翔太もそう言っていました。そのことは彼女のこの研究ノートからもよくわかります」

右京がノートの別のページを示した。

――研究に使われるべき時間と体力が削り取られてしまっている。この実験室の、摩耗した部品みたいに……。たとえば、この部品で事故が起きたらどうだろう？　それが起きたら、世の中はきっと私たちの困窮に気がつく。そうなったら、援助を申し出てくれる企業がいるかもしれない。

真希の考えは稚拙だった。だが、それほどまでに追い詰められていたのだろう。右京は真希の思考を追った。

「あの日、彼女は経年劣化したチェックバルブに、さらに細工を加えて装置を組み立てたのでしょう。自分は爆発の直前に実験室を出るつもりだったのでしょうが、間に合わず、自分が起こした事故の犠牲となってしまった……」

ていたんだ」

「先生は、真希さんのノートの文面から、事故の真相に気づいた。そして、責任を感じ
興奮する平山を諭すように、薫が丁寧に説明した。

「三沢先生は、自分が真希を殺したって言ってた。僕はそれを聞いたんだよ！」

取調室で薫から真相を聞いた平山が、感情的に叫んだ。

「嘘だ！」


平山が野々村のパソコンに仕掛けたバックドアでのぞいていた光景はこうだった。

「三沢くん、君はいったいなにを言ってるんだ？」

そう訊く野々村に、三沢は首を垂れて声を絞り出した。

「森原くんを殺したのは、僕なんです」

その直後に学生の工藤がコピーを取りに入ってきたため、野々村と三沢は部屋から出た。平山がのぞき見していたのはここまでだったが、実際には廊下で次のようなやりとりが続いたのだ。

「自分で事故を起こした？　確かなのかね？」

頬を強張らせて問いかける野々村に、三沢は説明した。

「僕が彼女に、研究予算の不足を何度も訴えてしまったせいで……。だから僕が森原く

んを殺したも同然です」

「事故が自作自演だと世間に知られたらどうなる？　うちの研究室は……。いいか、このことは今後いっさい口にするな。いいね？」

　野々村は三沢に因果を含めたのだった。

　右京はその辺の事情を正確に読んでいた。

「おそらく野々村教授が真実を隠蔽したのは保身のため。一方、あなたは……」

　右京に水を向けられ、三沢が自ら語る。

「森原くんの気持ちを尊重したいと思ったんです。真実を話せば、彼女の死が無駄になってしまう。それよりは彼女の望みどおり、研究室の窮状が世間に伝わってくれるほうがいい。だから……」

　言いよどむ三沢に代わって、右京が続けた。

「劣化した器具を使い続けねばならなかったが故の爆発事故。すべては研究費不足が原因。警察がそう判断してくれるよう誘導を試みました」

「それなのに、まさか平山くんが疑われるなんて思いもよらなかった」

「森原真希さんも、そしてあなたも、平山翔太が発案した研究を完遂したい一心で行動した。しかし、その結果がこれです。あなた方のやったことは、間違っていたとしか言いようがありません」

右京の厳しい言葉に三沢は肩を落とした。

取調室では、茫然自失する平山に薫が語りかけていた。

「真希さんも三沢先生も間違ってはいたけど、それでも必死に君の研究を完成させようとしてたんだ。君と一緒に夢を叶えようとしてたんだ。そのことだけは伝えておきたくてな」

薫に肩を叩かれ、平山はうなだれた。

その夜、家庭料理〈こてまり〉で、事件の顛末《てんまつ》を聞いた亀山美和子が言った。

「大学の研究室の予算不足は、ノーベル賞受賞者にもたびたび指摘されてます。日本の未来に関わる大問題だって」

「ええ。大学の疲弊という澱《おり》は積もり積もって、眠る爆弾としていつか爆発するのかもしれません」

右京の言葉を、薫が受ける。

「本当はそういう爆弾、俺たちが気づかないだけで、周りにたくさんあるのかも」

「そうかもしれませんねえ」

「なあ美和子、このことさ、影響力のある媒体で特集とかできないかね？」

フリーライターの妻に、薫が持ちかけた。

「うん、やってみる。売り込んでみるよ」

カウンターの内側で三人の会話を聞いていた女将《おかみ》の小手鞠こと小出茉莉が右京に酌《しゃく》をしながら言った。

「でも、その亡くなった女の子、本当に一途だったんですねえ」

「その一途さのあまり、歯止めが利かなくなる。若者にはままある悲劇ですねえ」

「まあ、いくつになっても一途で突っ走っちゃう人もいますけどねえ」

美和子の言葉に、小手鞠が反応した。

「ああ、たしかにいますね」

「ああ！」薫がにんまり笑った。「右京さんってたしかにそういうとこありますよね」

「おやおや、君のことだと思いますよ」

右京が含み笑いで言い返した。

第五話

笑う死体

一

深夜の繁華街をひとりの中年男がとぼとぼ歩いていた。しばらく風呂に入っていないのか、長く伸びた髪は脂でテカテカ光り、無精ひげが伸びている。かけた眼鏡《めがね》は汚れてくもっていた。男は古びたキャリーバッグを引きずって、路地裏へやってきた。

すると泥酔した若い男が路上で寝ていた。中年男は若い男に近づき、体をゆすった。

「お兄さん、大丈夫？」

目を覚ます気配のない若い男のスーツの上着をそっとめくり、中年男は内ポケットから財布を抜き取った。

「こんなとこで寝ちゃ駄目だよ、お兄さん」

声をかけながら財布の中身を確認し、自分の懐にしまう。

「じゃあ風邪引かないでね」

眠ったままの若い男に語りかけ、中年男が立ち上がる。振り返ると、そこには警視庁特命係の杉下右京と亀山薫が警察手帳を手に立ちはだかっていた。

特命係のふたりは見すぼらしい身なりの中年男を現行犯逮捕し、近所の交番へ連行した。事情を聴いた交番勤務の制服警官が男を取り調べた。

「じゃあまず、住所と名前」

「路上暮らしなんで、住所って言われても。三日間、なにも食べてないんですよ。見逃してもらえませんかね？　盗みなんて初めてなんですよ」

薫が立ったままで男をにらみつける。

「その割にはずいぶん慣れた手つきだったよな？」

「で、名前は？」警察官が再び尋ねた。

「ええと……」

「考えなきゃ出てこないの、自分の名前？」

この間《かん》ずっと男のキャリーバッグを調べていた右京が声をあげた。

「おやおや。ここにも財布がありますねえ。お金は入ってませんがね」

顔を引きつらせる男に、警察官が迫る。

「あれも盗んだんだな？」

「いや、あれは……自分のです」

「ほう。ご自分の？」右京が、財布の中に運転免許証を見つけた。「ええと、伊藤真琴《いとうまこと》さん？」

「え？　ああ、はい」

「しかし、写真はまったくの別人ですよ」

免許証の顔写真に目をやって、薫が同意した。

「ですね」

「あれ？　おかしいな。痩せちゃったからかな？」

男がしらばくれる。

「お前も苦労したんだな」薫は調子を合わせてから、机をドンと叩いた。「って、そんなわけねえだろ。とぼけるのもいい加減にしろ！　窃盗の常習犯なんだな？」

「亀山くん」右京がたしなめる。

「あ、すみません、つい。俺は嘱託だった。どうぞ」

薫に促され、警察官が質問した。

「この財布はいつどこで盗んだの？」

「一カ月ほど前、千葉の江戸川の河川敷で」

「それも相手は酔っ払い？　もう観念して洗いざらいしゃべったほうが身のためだよ」

男は大きくため息をつき、自白した。

「その人、死んでたんですよ。頭から血流して。財布が落ちてて、悪いとは思ったけど、もう死んじゃってるし」

「お前な、もうちょっとマシな嘘ついたらどうなんだよ」

薫は嘘と決めつけたが、右京は違っていた。

「いや、たしか先月、江戸川の河川敷で男性の他殺体が見つかってますね」

「えっ⁉」

ここぞとばかりに男が訴える。

「だから正真正銘、本当の話ですって！　あ、顎《あご》の下にほくろがふたつあった。嘘だと思うなら調べてください！」

右京は免許証の顔写真を確かめた。

「この写真ではほくろまではわかりませんがねえ」

「ってことは、こいつの言ってること……」

薫の言葉を、右京が受ける。

「本当かもしれません」右京が財布から名刺を取り出した。「これ、財布の持ち主の名刺ですね」

薫が名刺を読み上げた。

「〈スイートドリーマー〉伊藤真琴」

翌朝、特命係の小部屋では、部屋の主《あるじ》の右京が紅茶を淹《い》れていた。その隣では組織犯罪対策部薬物銃器対策課長の角田六郎が勝手知ったる手つきで特命係のサーバーからマイマグカップにコーヒーを注《つ》いでいた。

「瓢簞《ひょうたん》から駒か。間抜けな置き引き犯の逮捕が、殺しの被害者の身元判明につながるなんてな」

「ええ」右京がうなずく。「盗んだ財布を手元に置いておくとは、妙な窃盗犯です」

「戦利品みたいに残しておく奴、たまにいるんだよ。ああ、千葉県警が事情聴取に来てるんだって？」

「ええ。そろそろ終わる頃じゃないでしょうかね」

ちょうどそこへ薫が千葉県警の刑事をふたり連れて戻ってきた。

「この奥です。我々のために特別に作られた部屋でしてねえ。どうぞ」薫がふたりを部屋に招き入れる。「右京さん、千葉県警の方々がご挨拶に」

五十代半ばと思しき眼鏡の刑事が名乗る。

「どうも。捜査一課の青田《あおた》です」

一緒にいた四十代の刑事は軽く頭を下げた。

「堀川《ほりかわ》です」

薫が右京を千葉県警のふたりに紹介した。

「こちら私の上司、杉下警部」

「杉下です」

角田が笑みを浮かべて一歩前に出るのを見て、薫が言った。

「こちらは……ま、気にしないでください」

ずっこけそうになる角田を無視して、青田が右京と向き合った。

「改めてご協力感謝します。この一ヵ月、身元がつかめず、正直捜査も行き詰まってましたから、コソ泥様々ですよ」

「あの男の聴取は手こずったんじゃないですか」

右京の言葉に、青田が苦笑した。

「ええ、ふざけた奴ですね」

薫が捜査の状況を伝えた。

「うちの窃盗係も苦労してます。指紋照合しても前科は出なくて、いまだにのらりくらりと名前も明かさない」

「どうせ余罪があるんでしょう。ま、そっちは警視庁さんに頑張っていただいて」

「これでようやく被害者《ガイシャ》を名前で呼ぶことができます。今まで『笑うセールスマン』って呼んでたんですよ」

堀川が返したひと言が右京の興味を引いた。

「笑うセールスマン？」

「底がすり減った靴にくたびれたスーツ。いかにもさえないセールスマンってなりでしたから」

「でも、その笑うセールスマンの『笑う』のほうは？」

薫が質問すると、堀川が答えた。

「本当に笑ってたんですよ。遺体が、ニヤッて。死因は頭部を石で殴打されたことによる脳挫傷でした。長年、殺しの現場を見てきましたけど、あんなホトケさん初めてです。なんだか薄気味悪くて」

「遺体がニヤッ……」

薫が繰り返すと、角田は顔をしかめた。

「想像しただけでぞっとするな」

堀川が続ける。

「これまで目撃情報だけが頼りだったんですけど」

「目撃情報？」薫が水を向ける。

「不審な動きをする金髪の青年がいたようなんです。あのコソ泥も犯行現場付近で見かけたと」

「ほう、金髪の青年ですか」

そのとき青田が注意した。

「堀川、よそ様の前でしゃべりすぎだぞ」

「では、あとは我々にお任せいただいて。お世話になりました」

一礼して去っていく青田と堀川を、薫が労《ねぎら》う。

「ご苦労さまです」

「遺体がニヤッと笑っていた……ですか」

右京は大いに好奇心を刺激されていた。

青田と堀川が廊下を歩いていると、捜査一課の三人が向こうからやってきた。伊丹憲一の姿を認めた青田が気やすい調子で呼びかけた。

「おう、伊丹ちゃん」

伊丹はうんざりしたようすだった。

「ああ、どうも」

「久しぶりだな。もう十年になるか。えっと、そっちは？」

芹沢慶二も青田が苦手だった。

「芹沢です」

「ああ、そうだそうだ。いっちょ前になったじゃねえか」

伊丹が青田に訊《き》く。

「あ、すみません」

「警視庁になんの御用なんですか？」

「今抱えてるヤマに特命係のふたりが協力してくれてね」

「特命係が？」

「伊丹ちゃん、今度昔話を肴《さかな》に一杯やろうよ」

青田は伊丹の肩をポンと叩いて去っていった。その背中を憎々しげににらみつけながら、伊丹が歯嚙みする。

「なにが昔話を肴に、だ」

出雲麗音が眉《まゆ》をひそめながら訊く。

「上から目線で嫌な感じの人ですね。どなたですか？」

「合同捜査で一緒になった千葉県警の刑事。こっちがつかんだ情報を全部搾り取られて、向こうがつかんだ情報は全部隠されて、結局手柄を持ってかれた」

芹沢が因縁を語ると、伊丹が吐き捨てるように言った。

「持ってかれたんじゃねえ。手柄を盗まれたんだ！」

特命係の小部屋では、角田と薫が「笑う死体」を話題にしていた。角田は被害者の気持ちが気になるようだった。

「頭かち割られてんのに、笑いながら死ぬって」

「死ぬ間際、どういう心境だったんですかねえ。右京さん、さっきからなに考え込んでいるんですか？」

「最期の瞬間、なぜ被害者は笑ったのか、たしかに気になります」

右京はそう言って、ハンガーから上着を取った。薫が上司の行動を気にした。

「あら、お出かけで？　どちらに？」

「被害者が勤めていた会社に」

「杉下、お前、さすがにまずいぞ。千葉県警の縄張りまで荒らしちゃ」

「右京さんは昔から気になったことは自分の手で調べないと気が済まない性分なんですよ」

「いちいちお前に説明されなくても、よく知ってるよ」

右京が上着を着ると、薫が言った。

「では、お供します」

「お前まで？　嘱託の分際で……」

角田の小言を薫がやんわり遮《さえぎ》る。

「ま、暇ですから。じゃ」

「問題になっても知らねえぞ」

角田が右京と薫の背中に向かって言った。

二

〈スイートドリーマー〉はいかにも怪しげな雑居ビルの一室に事務所を構えていた。

「あ、ここですね。〈スイートドリーマー〉。スイートな夢は見られそうにないですけどね」

ドアの前で薫が軽口を叩いていると、部屋の中から男の怒声が聞こえてきた。

「てめえなに考えてんだ！　いい加減にしろ！　一件も契約取れねえって、どういうことだよ？」

「本当に申し訳ありません！」

「謝りゃ済むと思ってんの？　っていうか、今謝ったつもりか？　この野郎。本当の謝り方教えてやろうか？」

薫がドアを開けると、見るからに粗暴そうなひげ面の男が気の弱そうな中年男のネクタイをつかみ、引きずり回しているところだった。

薫が声をかける。

「あのう……大丈夫ですか？」

ひげ面の男がドア口を振り返り、鬼のような形相で近づいてきた。

「ああ？　なに、勝手に入ってきてんだよ。警察呼ぶぞ！　この野郎！」

右京が警察手帳を掲げ、薫が言った。

「その警察ね」

男が慌てて表情を緩める。

「なんの用っすか？」

「ちょっと聞かせてもらいたいことがあってね」

右京は怒鳴りつけられていた気の弱そうな男に会釈してから、ひげ面の男に訊いた。

「こちらの社長さんは？」

「俺ですけど……」

男は岡山《おかやま》という名前だった。

「伊藤真琴さんという方ですがね、こちらで働いてらっしゃいましたか？」

右京が訊くと、岡山は素っ気なく応じた。

「ひと月ほど前に辞めましたけど、伊藤がなにか？」

「先月、千葉の江戸川の河川敷で殺されましてね」

「殺された⁉」岡山が意外そうに言った。

「まあ、立ち話もなんなんで、ちょっと座ってゆっくりね」

事務所の奥に進もうとする薫の腕を、岡山がつかんで引き止めた。

「ちょっと待ってください。ちょ、ちょっと待ってください！」

「なんか後ろめたいことでもあるのかな？」

　薫が岡山の腕を振りほどこうとしたところに、千葉県警の青田と堀川が入ってきた。

「あんたら、なにやってんだよ！」

　岡山に負けない語勢で問い詰める青田に、薫が愛想笑いで応じた。

「ああ、先ほどはどうも」

「ここ、被害者《ガイシャ》の勤め先ですよ？　あなたたちはなんの用で？」

　堀川に問われ、薫がとっさにごまかした。

「いや、あの……窃盗事件の裏付け捜査をね」

「そんなもん、あんたらに必要ないだろ！」青田が声を荒らげた。「うちの事件に土足で踏み込んでくるとはどういうつもりだ！」

「はいはいはいはい。退散しますよ。右京さん」

　薫は上司を促し部屋から出ようとした。

「この会社、少々問題がありそうですよ」右京は青田に小声で告げ、相棒に従った。「はい、行きましょう」

　廊下に出たところで、薫が言った。

「おお、怖っ！　さっきと態度が全然違いますよね」

　右京は青田よりも岡山に小突《こづ》かれていた男のほうが気になるようすだった。

「あの怒鳴られていた男性、なにか言いたげでしたね」

右京と薫は雑居ビルの外で件《くだん》の男性が出てくるのを待ち伏せし、近所の喫茶店に誘った。男は飯村《いいむら》という名前だった。

飯村がかばんから取り出した〈スイートドリーマー〉のカタログには高額な布団がズラリと並んでいた。

「お年寄りだまして、こんな馬鹿高い布団、売りつけてるわけね」

事情を察した薫に、飯村は弱々しい声で返した。

「バックに暴力団がついてるようで」

「あんたさ、いい人そうなのになんでまたあんなとこに?」

「年収一千万も可能って求人広告に釣られて。実際はノルマが果たせなくて食うのがやっとです」

右京が飯村に質問した。

「伊藤さんの営業成績はどうだったんですか?」

「いやあ、あの人は私以上に使い物になりませんでした。いつもぶすっとして、営業マンって柄じゃなかったし……」

飯村の話では、岡山は数字の上がらない伊藤を居並ぶ営業マンの前で「タダ飯食らい」

と罵《ののし》り、「みんなの前で笑ってみろよ」と吊し上げにしたらしい。それでも笑おうとしなかった伊藤は、岡山に口に指を突っ込まれ、無理やり口角を引きあげられたという。

「……元お笑い芸人が愛想笑いひとつできないなんて」

飯村の放ったひと言を、薫が気に留めた。

「ん？　伊藤さん、お笑い芸人だったの？」

「どうもそうらしくて。一度飲みに行ったとき……」

酔っぱらった老人の客が、「あんた、なんてったっけ、あの夫婦漫才の片割れだろ。浅草によく見にいったよ」と伊藤に近寄ってきた。伊藤は黙っていたが、老人はしつこく「最近見かけねえと思ったら、漫才やめたの？」とからんだ。伊藤は堪忍袋の緒が切れたように、「あんたには関係ねえだろ。あっち行けよ！」と老人を邪険に振り払ったという。

「……触れてほしくなさそうだったので、それ以上はなにも」

「なんだかやるせない話ですねえ」

薫がコーヒーを苦そうにすすると、右京が訊いた。

「伊藤さんが会社をお辞めになった原因は、やはりパワハラですか？」

「辞めたっていうか……」

飯村が言いよどむと、右京が身を乗り出した。

「おや。なにかあったのですか？」

飯村が声を潜《ひそ》める。

「先月、会社の金庫から、三百万盗まれたらしいんです。社長が怒りまくって大変でした」

「盗んだのは伊藤さん？」右京が問う。

「たぶん。その翌日から連絡が取れなくなりましたから。あの人、社長が金庫を開けるとき、よくチラチラ見てたんです。だからきっと……」

「警察には？」

薫の質問に、飯村は首を振った。

「不正に稼いだ金だから、表沙汰にはできない」

右京が岡山の気持ちを読むと、飯村は同意した。

「そういうことだと思います」

「伊藤さんもそれを承知だったのでしょうねえ」

「盗難があったのはいつ？」

薫が尋ねると、飯村は「先月の二十五日です」と答えた。それを聞いて、薫がつぶやく。

「伊藤さんが殺されたのはその翌日ですね」

「ええ」右京がうなずいた。

その夜、特命係の小部屋に戻ったふたりは、事件を検討していた。

「金を奪った伊藤さんを、ヤクザが始末でもしたんですかね」

薫の見立てに、右京は否定的だった。

「伊藤さんが殺されたと聞いたときの反応からすれば、あの社長、本当に知らなかったんでしょう」

「たしかに。じゃあ、その線はないか……」

「伊藤さんが盗んだ金はいったいどこにあるのでしょう？」

薫は右京がなにを気にしているのかわからなかった。

「そりゃ当然、殺した犯人が持ち去ったんでしょ」

「そうですかねえ？」

「違うんですか？」

「それはどうでしょう？」

「禅問答じゃないんですから。ところで右京さん、さっきからなに調べているんですか」

「亀山くん、伊藤さん本当にお笑い芸人だったようですよ」右京がパソコンの画面を見せ、読み上げた。「日本の漫才コンビ、マコサヤ。ツッコミのマコトにボケのサヤ、昭和の匂いのする夫婦漫才。二〇〇二年、お笑い新人コンテスト準優勝。二〇〇五年、コンビ解散」

「本当に夫婦漫才だったんだ」薫が感心する。「賞まで取ってるんですね」

右京が画面をスクロールすると、ステージ衣装を着てにこやかに笑う男女の漫才師の写真が現れた。写真を見ながら右京が言った。

「愛想笑いひとつできない元芸人が笑いながら死んだ。なぜか？　気になりますねえ」

その頃、都内の場末のスナックで、ママの和田紗矢《わださや》は、被害者の身元が判明した江戸川河川敷での殺人事件の記事を真剣な表情で読んでいた。

するとドアが開き、その夜初めての客が入ってきた。

「やってる？」

紗矢は瞬時に営業スマイルを作ってなじみの客を迎えた。

「ああ！　サトシちゃん。久しぶり。いらっしゃい」

翌日、右京と薫は浅草の演芸場を訪れた。店の前で呼び込みをしていた男に、薫が話しかけた。

「ちょっとすいません。支配人さん、いらっしゃいますかね？」

「支配人？」

「ええ。ちょっと用事が……」

呼び込みの男は疑うこともなく、「どうぞどうぞ」とふたりを中にいざなった。

――僕がマコトで……。

画面の中の伊藤真琴は若かった。隣の和田紗矢は立派な体格だった。

――私がサヤといいます。マコトとサヤでマコサヤといいます。どうぞよろしくお願いいたします。

支配人の増本《ますもと》はビデオを見ながら昔を懐かしむような目になった。

「これ、新人コンテストのとき。もう二十年になるねえ。紗矢ちゃん、おっちょこちょいなとこがあってさ。真琴がそれをよくネタにしてたんだよ。解散したのはこの三年後か」

薫が画面のふたりを指差した。

「夫婦漫才ってことは、実際ふたりは夫婦だったんですか？」

「ううん」増本は否定した。「結婚はしてなかったが、一緒に暮らしてたよ」

「どうして解散しちゃったんですか？」

「紗矢ちゃん、真琴の芸には心底惚れてたけど、男と女の関係のほうがね……」

増本の意味深長な言い回しを薫が気にした。

「芸はたしかでもなかなか売れない。真琴はだんだんやさぐれて、とうとう紗矢ちゃんに手を上げるようになってね」

「ああ、DVですか」薫が理解した。

「子供でもできてりゃ、続いたのかもしれねえけど」

「解散してから伊藤さんはどうされたのでしょう？」

右京が質問すると、増本は首を振りながら答えた。

「別の相方と組んだけど、さっぱりで。いつの間にか消えちまったよ」

そこへベテラン漫才コンビの水沢《みずさわ》と今野《こんの》が顔を出した。

「なに？　みんなでなに見てるのよ」水沢が画面をのぞき込む。「あれ、懐かしいね、これネクラじゃないの」

今野が応じる。

「なんだいこれ。今時分こんな古いもの」

「真琴の野郎、殺されちまったらしいんだ」

支配人の言葉に、水沢が目を丸くした。

「殺されたって、誰に殺されたの？」

薫が会話に割って入る。

「というと？」

「それを今我々が調べてまして」

「このおふたり、刑事さん」

　増本の言葉を受け、今野がふたりに頭を下げた。

「どうもお疲れさまです」

「今、ネクラとおっしゃいましたね？」

　右京の質問に、水沢は「はい」と答えて続けた。「この真琴のあだ名がネクラっていうんです。四六時中、仏頂面でネタ考えてさ、声かけたって愛想笑いひとつ返ってこないんだよ。そのくせさ、つまらねえギャグ思いついたのか、ノートにメモしながらニヤニヤニヤニヤ笑ってやがんの」

「だからネクラ」と今野。

「なるほど」右京は納得した。「伊藤さんにはそういうところがあったんですねえ」

「昔からね、芸人の死にざまは野垂れ死にだっていわれてたのよ。それがさ、殺されたんじゃ、洒落《しゃれ》にもなんねえな」

　水沢が肩をすくめると、今野は薄く笑った。

「ネクラらしいっちゃ、らしいけどね」

「ほう。ネクラらしいというのはどういうことでしょう？」

「皮肉屋で憎まれ口ばかり叩くから、他の芸人さんからも毛嫌いされてたのよ」

てたよな」

「そうそう」水沢がうなずく。「そういやさ、トシ坊だって借金踏み倒されたって言っ

「そうだっけ?」

「トシ坊というのは?」

右京の質問に答えたのは、増本だった。

「さっき話した紗矢ちゃんの次に組んだ相方。スピリッツって名前のコンビだった。すぐに解散したけどね」

「スピリッツ……」右京が考え込む顔になる。

と、水沢と今野の出番の時間となった。

「じゃあ、両師匠」増本が促す。

「こんな話のあとに漫才はやりにくいなあ……」

「それじゃ頑張って参ります」

ふたりがステージへ向かうと、増本が言った。

「悪いけど、私ももう出なきゃいけねえんで」

「お忙しいところ、ありがとうございました」薫が礼を述べる。「あの、紗矢さんが今どちらにいらっしゃるか、ご存じだったりします?」

「ふた昔前のことだからな。どこでどうしてるやら。調べてみようか?」

「お願いします」薫は軽く頭を下げた。

「いやあ、お笑い芸人の世界もなかなか厳しいんですね」

薫がそんな感想を漏らしながら演芸場を出たとき、右京のスマホが振動した。右京は画面の表示を見るなり、「君、出てもらえますか？」と通話ボタンを押して薫にスマホを渡した。

「もしもし」

薫が怪訝《けげん》な口ぶりで電話に出ると、いきなり大声で怒鳴られた。

——馬鹿者！　杉下、お前また……。

電話の相手は参事官の中園照生だった。

三

中園は右京と薫を刑事部長室に呼びつけ、頭ごなしに叱りつけた。

「千葉県警から厳重な抗議が来た。他県の捜査に勝手に首を突っ込むのは御法度《ごはっと》だということぐらい、常識だろうが！」

「長い間、南の国にいたもんですから、その辺の事情がスポンとこう……」

薫が適当な言い訳を口にしたので、中園はますますいきり立った。

「余計な言い訳はするな！　杉下だけでも手に余るのに、輪をかけた問題児が舞い戻ってくるとはな！」

「すみません。舞い戻ってきちゃって……」

「ヘラヘラするな！」

「はい！」

と、刑事部長の内村完爾が最近お気に入りの言葉を叫んだ。

「デュープロセス！」

「はっ？」

薫が戸惑っていると、内村が続けた。

「捜査に違法な手は使ってないんだな？」

「そりゃもう」

右京が補足する。

「それに我々が現行犯逮捕した被疑者に関連した捜査ですから、とやかく言われる筋合いもないと思いますが」

「杉下、お前は……！」

中園が怒鳴りつける前に、内村が言った。

「たしかに杉下の言うとおりだ。捜査続行。千葉県警より先に事件を解決しろ。以上！」

ふたりが一礼して出ていくと、中園が内村に真意を問うた。

「部長、よろしいんですか？　特命に好き勝手させて」

「あっちの刑事部長は、飲み会の割り勘で毎回端数を自分の懐に入れるせこい奴だ」

中園は内村に背を向けてつぶやいた。

「そんな理由で……」


その夜、右京と薫はいつものように家庭料理〈こてまり〉のカウンター席で飲んでいた。カウンターの中では薫の妻の美和子がアルバイトとして料理を盛りつけていた。小手鞠こと女将《おかみ》の小出茉梨が昔を懐かしむ口調で言った。

「ああ、マコサヤ、覚えてますよ。若い頃に演芸場で何度か見ました。キレがあってテンポがよくて、なかなか面白かったですよ」

「へえ」美和子が感心する。「小手鞠さん、漫才なんか見るんですね。意外！」

「芸者時代は話芸の勉強も大切なお仕事でしたから」

女将が赤坂芸者だった頃を振り返ると、薫が褒めたたえた。

「その積み重ねがあって小手鞠さんは品のある女性に」

美和子も新聞記者時代を振り返る。

「まあ、私の若い頃なんてさ、事件の取材で走り回ってたもんなあ」

すかさず薫がツッコミを入れる。

「その積み重ねがあって美和子はガサツな女に」

「もうね、ガッサガサ！　マジ、ガッサガサ！　……っつうかね、食え！」

美和子がボケながら、小鉢を出した。

「ガサツ！　いただきます」

ふたりのやりとりを見て、小手鞠が愉快そうに笑った。

「本当の夫婦漫才、見てるみたいなんですけど」

「どうもありがとうございました！」

薫と美和子の声がそろったところで、右京が小手鞠に訊いた。

「ところでスピリッツというコンビのほうはご存じないですか？」

「スピリッツ」小手鞠が記憶を探る。「聞いたことないですね」

「そうですか。最近どこかで見かけた名前なんですがねえ……」

「あれ？　思い出せない？　さすがの右京さんでもそんなことがあるんですね」

薫が茶化すと、右京はムッとした表情になった。

「ありますよ。ちょっと失礼」

右京が立ち上がると、薫が言った。

「おトイレですか？　ゆっくり思い出してきてくださいね」

「薫ちゃん！」美和子が薫をたしなめる。「ごめんなさい。ガサツな亀で」

トイレに向かう途中で、右京は柱に貼ってある千社札《せんじゃふだ》にふと目を留めた。

数時間後、和田紗矢はスナックを閉め、千鳥足で自宅のアパートに帰り着いた。紗矢はひとり息子の颯太《そうた》の部屋の前で深呼吸をし、覚悟を決めてドアを開けた。

「ただいま！」

颯太は鏡の前で金髪を黒く染め直しているところだった。

「なんだよ。ノックくらいしろよ！」

「どうしたの、颯太。なんで染めちゃってんの？」

「別になんでだっていいだろ」

「母ちゃん、前のほうが好きだったな」

「酔っ払ってんの？」

「うん、ちょっとだけ。仕事だもん」

「さっさと風呂入って寝ろよ」

「うん」紗矢は颯太の机の引き出しに目をやった。「あのさ、颯太」

「なに？」

「母ちゃんに隠しごとしてない？」

「なんだよ、いきなり。別にしてないよ」

そう答える前に一瞬間が空き、颯太の目がかすかに泳いだことを紗矢は見逃していなかった。

「だったらいいけど……。私はなにがあっても颯太の味方だからね」


翌日、右京と薫は車で江戸川を越えた。

「さあ、いよいよ県境を越えて敵陣に乗り込みましたよ！」

楽しそうに語る薫に、右京が微笑《ほほえ》んでみせた。

「君はいちいち大袈裟《おおげさ》ですねえ。一度、犯行現場を確認しておくだけですよ」

殺害現場は江戸川の千葉県側の河川敷だった。右京と薫は周辺を歩き回ったが、特に目を引くものはなかった。

薫がため息をつく。

「さすがにひと月も経つと、規制線も解かれちゃってますね。だいたいこの辺りなんでしょうけど。それにしても伊藤真琴って男、しかめっ面で憎まれ口ばっかり叩いて、しかもネクラって。誰かさんにそっくりだと思いません？」

「誰かさんとは？」右京が硬い声で訊く。

「決まってるでしょ、伊丹ですよ」

「ああ、そちらですか」

「俺の脳内ではね、被害者の顔が完全に伊丹の顔に変換されちゃってるんですよ。あいつがニヤッて笑って死んでる姿想像すると……いや、笑っちゃいけないんですけどね」

と、そこに当の伊丹が現れた。

「なにニヤついてんだよ」

「えっ……」薫の顔が瞬時に青ざめた。

「特命係嘱託の亀山！　今、俺の話してたな？」

「してないよ。絶対してないよ」

伊丹に同行していた芹沢が右京の前に立つ。

「いいんですか？　よその縄張りに堂々と入り込んで」

「そちらこそ、どうしてここに？」

「俺と先輩は昔、青田って刑事と因縁がありまして。卑怯な奴なんですよ、あいつ
……ってことです」

伊丹が背後に控えていた麗音を呼んだ。

「出雲！」

「はい」麗音が封筒から資料を取り出した。「千葉県警の捜査資料です。敵の敵は味方。今回は特命係に塩を送るぞ、だそうです」

「おやおや」

右京が資料を受け取ると、薫が伊丹に言った。

「珍しく気が利くじゃねえか」

「おめえのためじゃねえわ！」

「どうやってこんなものを？」右京が訊く。

「蛇《じゃ》の道は蛇《へび》って言いますからね。まあ、礼には及びませんよ」

伊丹の言葉を無視して、右京と薫は捜査資料を食い入るように読みはじめた。

「本当に礼もねえのかよ……」

薫が資料の中の遺体の写真に目をやった。

「たしかに笑ってますね。殺されたってのに満足そうな死に顔。あ、顎の下にほくろもふたつ」

「亀山くん」

右京が捜査資料をめくりながら歩き出す。薫と捜査一課の三人がぞろぞろと追いかけた。しばらく進んだところで、右京は立ち止まった。

「伊藤さんが殺されていた場所はここですね」

「ああ、ですね、はい」

「ちょっと失礼」

右京がその場に寝転がるのを見て、芹沢が呆れた。

「うわあ、なんかはじまりましたよ」

「あの人の行動はさっぱり理解できねえ」

伊丹と同様に、薫も理解できていなかった。

「右京さん、その行動の意味は？」

「最期の瞬間、伊藤さんはなにを目にしていたのかと思いましてね」

そのとき右京の目には対岸に立ち並ぶ〈ヨネクラシステム〉の倉庫が見えていた。

横になったままの右京に、伊丹が近寄った。

「お取り込み中ですが、まだとっておきの情報があるんですけどねえ、警部殿」

右京は素早く起き上がり、平然と訊いた。

「はい、なんでしょう？」

麗音が情報を伝えた。

「事件当日の夕方、被害者がこのあたりで中年の女と言い争いをする姿を、近所の住民に目撃されていたようです。被害者は女のことを、サヤと呼んでいたと」

「右京さん、サヤって……」

「ええ」

そのとき薫のスマホが鳴った。

「あ、支配人からです。……もしもし亀山です。え？」

その少し後、和田紗矢は買い物袋を提《さ》げて物思いにふけりながら商店街を歩いていた。思い出していたのは、伊藤真琴に江戸川の河川敷まで呼び出されたときのことだった。いつもより少しおしゃれな服を着てきた紗矢は鏡で化粧を確認して、伊藤の前に立った。

「久しぶり！　十七年ぶりか。老けたねえ」

紗矢がジャブをかますと、伊藤は「お互いさまだ」と返し、「結婚は？」と訊いた。

「うん」紗矢はとっさに嘘をついた。

「ちゃんと稼ぎのある奴か？」

「うん。結構幸せにやってる」

「子供は？」

一度ついた嘘はつきとおすしかなかった。

「ううん」と答え、それ以上質問されないよう、伊藤に訊いた。「芸人は？　まだ続けてるの？」

「とっくにやめたよ」

そう答える伊藤の顔が寂しげに見えた。

「そう。ちょっと残念」

するとと伊藤がくたびれた上着の内ポケットから分厚い封筒を取り出して、差し出した。

「これ……」

「え、なに？」

「遅くなったけど、慰謝料みたいなもんだ」

封筒の中には札束が入っていた。

「そんな余裕があるようには見えないよ」

「いいから取っとけ」

「いらないって」紗矢は封筒を突き返した。「どうせろくなお金じゃないんでしょ？　なんか悪いことしたの？」

半分冗談のつもりだったのに、伊藤は急にそわそわしだした。

「え、図星？　なにやってんのよ。芸人やめたんならまっとうに生きてよ！」

「金に誰それって名前が書いてあるわけじゃねえ。取っとけ」

伊藤は無理やり封筒を押し付けようとしたが、紗矢は頑として受け取らなかった。

「いらないって言ってるでしょ！　なんなのよ、なんでこんなふうになるのよ！　今さらおかしなことに巻き込まないでよ！」

紗矢は踵《きびす》を返すと、振り返ることなく走って帰ってきたのだった。

回想を終えた紗矢がスナックに到着したとき、背後から「和田紗矢さんですね？」と声をかけられた。

振り返ると、右京と薫が立っていた。薫が言った。

「浅草の演芸場の支配人さんからこちらだとうかがいまして」

スナックの店内で、紗矢は化粧をしながら特命係のふたりに文句を言った。

「先に電話くらいくれないと。化粧もしてないのに」

「ああ、すみませんね」薫が謝る。「実は先月、伊藤真琴さんの遺体が江戸川の河川敷で見つかりましてね。あ、驚かないんですね」

「新聞で見ましたから。身元が判明したって」

「ああ、そうでしたか。伊藤さんとのコンビを解消されてもう十七年になるそうですね。内縁関係もそれで終わったと」

紗矢は化粧の手を止めなかった。

「大昔の話。だから殺されたって聞いてもなんだかピンとこないんですよ」

「昔、暴力を振るわれてたって聞いたんですけど……」

「やだ、私、疑われてんの？」

薫が紗矢から事情を聴いている間、右京は店内をうろうろしながらあちこちを見回していた。

「いやいや……ただね、伊藤さんが殺された日の夕方、河川敷で女性と口論していると
ころを目撃されてるんですよ。伊藤さんはその女性のことをサヤって呼んでいたって」

「私じゃありません。別の人でしょ」

紗矢がにべもなく答えたとき、右京が店内に飾ってあった一枚の写真を持ってきた。

カウンターの中で、金髪のティーンエイジャーの青年が紗矢と並んで写っていた。

「失礼。一緒に写っているこの青年は？」

「あ、金髪！」薫が写真を見て言った。

「息子ですけど」

「伊藤さんとの間にお子さんはいなかったと聞きましたが」

「別の男の子供ですよ」紗矢はリップブラシを使いながら答えた。「そいつともとっく
に別れちゃったけど。男運ないんですよ、私」

「同じ場所で、不審な動きをする金髪の青年も目撃されてるんですよね」

薫のひと言で、リップブラシを持つ紗矢の手が止まった。その指先が小刻みに震えて
いるのを薫は見逃さなかった。

「あ、どうかされましたか？」

そこに千葉県警の青田と堀川が入ってきた。

「あちゃー、また会っちゃいましたね」

薫は愛想笑いを浮かべたが、青田は険しい顔になり、どすを利かせた声で言った。

「おい、いい加減にしろよ。上から話が行ってんだろ」

「あいにく、ものわかりのいい上司でね」

青田が舌打ちする。

「評判どおりだ。特命係は周りに迷惑ばかりかけて島流しにあってるらしいな。この外道どもが」

青田の言い回しに、薫がカチンときた。

「ずいぶん古風な言い回しだけど、外道と言われちゃ、さすがに聞き捨てならねえな！」

「なんだと⁉」

「ああ⁉」

青田と薫が顔を突き合わせたところで、右京が相棒に声をかけた。

「亀山くん」そして紗矢に向き合った。「お騒がせしてすみませんね。あとは千葉県警のおふたりが引き継ぎますので。失礼します」

「行きましょう」

薫は去り際に「馬鹿野郎め」と言い残し、右京のあとを追った。

スナックの外に出たふたりは、ドアに耳を押し当てて、中のようすをうかがった。

青田が紗矢に迫っているようだった。

――伊藤真琴の携帯の通話記録を調べた。伊藤真琴は殺される前の日の夜、あなたの携帯に電話してる。警察でじっくり話を聞かせてもらおうか。

そのあと青田と堀川は紗矢を伴ってスナックを出てきた。右京と薫が離れたところから見ていると、千葉県警のふたりは店の前に駐めていた警察車両に紗矢を乗せ、連行した。

近くで同じように千葉県警の警察車両を見つめている青年がいることに、薫が気づいた。髪は黒くなっていたが、写真に写っていた紗矢の息子に違いなかった。

「あ、右京さん……」

颯太は警察車両に近づき、後部座席のスモークガラス越しに中をうかがおうとした。しかし車はサイレンを鳴らしながら走り去ってしまい、颯太はなすすべもなく車を見送った。

右京が颯太に近づき、警察手帳を掲げた。

「和田紗矢さんの息子さんですね」

不審そうにうなずく颯太に、薫が言った。

「髪、黒くしたんだね」

「母ちゃん、なんで？」

右京はそれには答えず、質問で返した。

「伊藤真琴さんのことはご存じですか？」

「俺の父親らしいですけど……」

「先月、江戸川の河川敷で殺されたことは？」

「えっ！」颯太の顔に動揺が走った。

警察車両の後部座席に座った紗矢は、車をのぞき込もうとする息子の顔の残像に、胸の動悸が止まらなかった。

数日前のできごとが紗矢の頭にフラッシュバックする。

紗矢が颯太の部屋を掃除していると、机の引き出しが半開きになっているのに気づいた。ちゃんと閉めようと近づいたところ、札束入りの封筒がしまわれていた。それはあの日、伊藤が紗矢に無理やり押しつけようとした封筒に違いなかった。

四

颯太は右京と薫をアパートに連れていった。そして押し入れから段ボール箱を出してきた。中にはトロフィーやネタ帳、古い写真などが入っていた。

「中学のとき、押し入れの奥にこれ見つけて。そのとき初めて母ちゃんが昔お笑い芸人だったって聞きました」古い写真のステージ衣装の母親の隣に写る男を、颯太が指差す。

「この人が父親だってことも」

　右京が尋ねる。

「君はどうしてあの河川敷に？」

「夜中に母ちゃんが電話してるのを聞いたんで。いつもと声の感じが全然違ったから、もしかしたらって思ってあとをつけたんです……」

　颯太はあの日、河川敷で紗矢と伊藤が口論するのを遠目に見ていた。しばらく眺めていると紗矢が走り去っていったので、颯太は思い切って伊藤に近づいた。

　声をかけると、伊藤は戸惑ったようだった。

「和田颯太っていいます。母ちゃんのあとつけてきて……。俺、あなたの息子……みたいです」

「えっ？」

　伊藤がびっくりするのを見て、紗矢が自分のことを話していないことがわかった。呆然とする伊藤に、颯太は思いを伝えた。

「俺が生まれたとき、もう別れてたって聞きました。あの……新人コンテストのときの漫才、何度も見ました！　あの、勘違いのネタ。ネットに動画が上がってるんで。母ちゃん、あのまんまなんすよね。思い込みが激しいっつうか、訳わかんない勘違いするし……。母ちゃんのボケもいいけど、ツッコミが本当最高で、めっちゃ笑えます。それだけ言っておきたかったんで。じゃあ」

颯太が逃げるように立ち去ろうとすると、伊藤に呼び止められた。そして、札束の入った封筒を渡された。

「これ、お前が持ってろ。紗矢には黙っとけ。俺と会ったことも。困ったときに使え。なにもしてやれなくて……すまなかった」

伊藤はそう言いながら、颯太に頭を下げたのだった。

颯太が自分の部屋から封筒を持ってきた。

「これがそのときもらったお金です」

「ちなみになんで髪黒くしたの？」

薫が訊くと、颯太はさも当然と言わんばかりに、「来週、就職試験があるんで」と答えた。

「ああ、そういうことか」

右京が腑《ふ》に落ちたような顔で言った。

「なるほど。勘違いだったんですねえ」

「勘違い？」薫が訊き返す。

「お母さんはおそらく、君が隠していたこのお金を見つけたんでしょう。思い込みの激しい人のようですから、てっきり君が伊藤さんを殺してお金を奪ったと」

「俺が？　マジかよ……あっ」

颯太は、昨夜、紗矢が酔っ払って帰ってきたときに放った唐突な言葉の意味がふいにわかった。

――私はなにがあっても颯太の味方だからね。

「そういうことだったんだ。ばっかじゃねえの」

薫が颯太の肩に手を置いた。

「君のことを守ろうと必死だったんだと思うよ」

「俺はどうすれば？」

心配そうな颯太に、右京が微笑みかけた。

「千葉の県警本部に行って、今話してくれたことをもう一度担当の刑事に説明してください。心配いりません。お母さん、すぐに帰ってこられますよ」

アパートを出たところで、右京が薫に言った。

「今回の事件で一番の謎は伊藤さんが盗んだ金の行方でしたが、ようやくそれも解けました」

「でも捜査は振り出しに戻っちゃいましたよ。犯人はいったい……」

右京はすでに事件の全貌がわかっていた。

「犯人の目星なら最初からついています」

「えっ？」

「お笑い用語で言うところの、出オチだったんですよ」

取調室で待っていた右京と薫のもとへ、制服警官が中年男を連れてきた。数日前、酔い潰れた若い男から財布を盗もうとしたコソ泥だった。

「あらっ、どうもその節は」男は髪を短く切り、ひげも剃って、見違えるようにさっぱりしていた。「おかげさまで留置場も悪くないです。三食食えるし、風呂も入れるし」

「お前まだ名前も明かそうとしないらしいな」

薫が責めると、男はヘラヘラ笑った。

「まあ、黙秘権というのがありますからね。で、俺はなんで呼ばれたんですか？」

右京がなにげない口調で言った。

「あなたは殺された伊藤真琴さんの顎の下にほくろがふたつあったとおっしゃいましたね」

「えっ？　ああ、千葉県警の刑事さんも間違いないって」

「遺体はどんな表情をしてました？」

「どんなって言われても……苦しそうっていうか……」

首をかしげる男に、右京が伝える。

「笑っていたんですよ、伊藤さんは」

男が困惑すると、右京は淡々と続けた。

「ずっと気になっていたんです。顎の下のほくろに気づくなら、顔を見ていないはずはない。しかし、あなたは遺体が笑っていたとはひと言もおっしゃいませんでした。普通ならば真っ先に目がいくはずなのに、妙な話です。つまり、あなたが伊藤さんを見たのは、死んだあとではない」

男が顔を伏せたのを見て、右京が攻め込む。

「あなたは盗んだ伊藤さんの財布をなぜか手元に置いていました。窃盗の常習犯ならば、余罪が発覚することを恐れてすぐにでも処分するはずなのに、そうはしなかった。あなた、捨てられなかったのでしょう？　伊藤さんとは昔から深い関係があったから」

薫が男ふたりの漫才コンビが写ったブロマイドを突きつけた。

「あんたら、スピリッツっていう漫才コンビ組んでたらしいな」

「あのキャリーバッグ、芸人時代からお使いになってたんですね。スピリッツの千社札が貼ってありました。あなたの名前は大谷敏夫《おおたにとしお》。芸人仲間からは、トシ坊と呼ばれていました」

「さっき、演芸場の支配人に会ってきたよ」

捕まったコソ泥の写真を見せると、増本はこう言った。

——ずいぶん老けちまったが、間違いなくトシ坊だ。本名はたしか、大谷敏夫だ。

薫が大谷の犯行動機を推測した。

「お前、伊藤さんに金貸して踏み倒されたらしいな。今になってそのことで揉《も》めたんじゃないのか？」

見破られたと悟った大谷は、自嘲しながら話しはじめた。

「芸人時代はパトロンの女がいて、そこそこ羽振りがよかったんですよ。今じゃこんなザマになっちゃいましたけど……。あの日、腹すかして街をうろうろしてたら、ばったり真琴に会ったんです……」

大谷は伊藤に借金の返済を迫ったが、伊藤はそのとき、はした金しか持っていなかった。

「これしかねえ」

千円札を数枚差し出す伊藤を、大谷が罵ったところから言い争いがはじまった。

「これっぽっちじゃねえぞ、おめえに貸した金は！」

「あれは金持ちのババアが貢いでくれた金だろうが！」

「俺がババアの世話したから、お前にもおこぼれがあったんだ。全部合わせりゃ、百や二百にはなるはずだ！」

「そんな金、あるわけねえだろうが！」

「必死にかき集めりゃなんとかなるだろ！　俺は住むとこもねえ。生きるか死ぬかの瀬戸際なんだよ！」

大谷が胸ぐらをつかんで迫ると、伊藤は逆切れしたように叫んだ。

「わかったよ……やってやるよ！　金作ってやるよ！」

そして数日後、大谷は江戸川の河川敷に呼び出された。

「金、用意できたのか？」

大谷が訊くと、伊藤は深くうなずいたあと意外なことを言った。

「お前にやるつもりだったが、考えが変わった。お前より借りがある奴がいた。結局別の奴にやることになったが、そいつには未来がある」

「なに、訳のわかんねえこと言ってんだよ、お前は！」

責める大谷に、伊藤は開き直ってつかみかかってきた。

「トシ坊……俺もお前も落ちるとこまで落ちた！　とっくに終わったんだよ、俺たちは。もういいじゃねえかよ！」

「なに言ってんだよ、お前は！」

取っ組み合いの喧嘩《けんか》がはじまった。揉み合ううちに伊藤は転倒し、頭をコンクリートで強打して動かなくなった。大谷は慌てて伊藤の財布を奪い、逃げ出したのだった。

「……真琴、あのあともしばらく生きてたってことですか？」

「ええ」右京がうなずいた。「あなたがすぐに救急車を呼んでいれば、助かっていたかもしれません」

「なんなんだよ。笑いながら死ぬって……」大谷は机からブロマイドを取り上げ、しみじみ言った。「なんなんだよ……」

翌日の夕方、事件のあった江戸川河川敷で紗矢が花を手向《たむ》けていた。そこへ右京と薫がやってきた。

「お待たせしました」

紗矢が立ち上がる。

「ああ、息子がお世話になったみたいで」

「いい子ですね、颯太くん」

薫が褒めると、紗矢は照れたように言った。

「あの子、突然、芸人になるって言い出しました。いくらやめろって言っても、言うこと聞かなくて」

「まあ、しょうがないですよ」薫が笑う。「蛙《かえる》の子は蛙です」

紗矢が土手を見上げた。そこでは若い男女が漫才の練習をしていた。

「まだやってるんだ。ここ昔から、売れない芸人たちの稽古場だったんですよ」

「ああ、じゃあ、おふたりも？」薫が訊く。

「うん。来る日も来る日も、いつか必ずてっぺん取るぞって夢みたいな話しながら。私はその夢を諦めて、ひとりで子供を産むことを選びました。……ああ、お話ってなんだったんですか？」

　右京が前に出る。

「伊藤さんの死に顔はなぜか笑っていたそうです。つまり、笑いながら死んでいった、ということになります」

「……そうですか。ちょっと安心しました」

「さっきの話を聞いてて思ったんですけど、最期に昔のことを思い出してたんじゃないですかね。ふたりで未来を夢見てた頃のことを」

　薫の解釈にうなずきながら、右京が言った。

「そうかもしれませんねえ。真相は誰にもわかりません。でも、僕は別の理由があったんじゃないかと考えています」

「どんな理由ですか？」

「伊藤さんは芸人仲間からネクラというあだ名で呼ばれていたそうですね？」

「ああ……ええ、ネクラ」紗矢がうなずく。

「いつもしかめっ面なのに、つまらないギャグを思いつくと、ついニヤッと笑ってしまう」

「そうでした、そうでした」

昔を思い出して笑う紗矢を、右京が手招きした。

「ちょっと、こちらへいらしていただけますか?」

右京は伊藤の死んだ場所に行き、しゃがみ込んだ。

「えっ、右京さん……なんですか?」

薫もしゃがんだ。

「これが、伊藤さんが見た最期の光景です」

右京が対岸を見つめた。紗矢もしゃがみ込み、右京の視線をたどった。そこには〈ヨネクラシステム〉の電飾看板が見えた。ちょうどあたりが暗くなり、電飾が点灯した。ただ、故障しているのか、〈ヨ〉の字は点滅し、〈テ〉と〈ム〉の字は手前の建物に隠れて見えなかった。

点灯している文字を右京が読んだ。

「ネ、ク、ラ、シ、ス……ネクラ、死す」

「笑いの神様が降りてきましたねえ」

薫の言葉で、紗矢が泣きながら笑った。

「あの人らしい最期」

暗くなった河川敷に笑い声が響いた。

第六話

砂の記憶

一

二十年前の夜――。

当時中学三年生だった富永《とみなが》沙織《さおり》と一ノ瀬《いちのせ》弘美《ひろみ》は塾帰りに住宅街を歩いて帰宅していた。

沙織が砂時計をひっくり返すと、ガラス容器の中の白い砂が街灯の光でキラキラ輝いた。

「きれい！」

砂時計は弘美が沙織にあげたものだった。

「お土産物屋さんで見つけたの。私も同じの買ったんだよ」

「おそろい？　ありがとう。大事にするね」

「うん」

幸福な時間は次の瞬間、暴力的に打ち砕かれることになった。駐車中のトラックの陰から黒ずくめの男が走り出てきて、沙織が持っていた砂時計を奪い取ろうとしたのだ。いきなり手を払われた衝撃で、沙織の掌中《しょうちゅう》にあった砂時計は地面に落下してしまった。

それだけではすまなかった。男は棒のようなものを振りかざし、力任せに沙織の頭を殴りつけた。沙織は避《よ》ける間もなく、その場に倒れ込んだ。

暴漢は砂時計を拾い上げると、脱兎の勢いで走り去った。

「沙織！　沙織!!」

弘美は地面に倒れた親友に駆け寄って体をゆすったが、反応がなかった。

「誰か……誰か助けて！」

弘美が闇のかなたに向かって叫んだ。

＊

特命係の小部屋では、亀山薫がかしこまって頭を下げていた。

「すみません。うっかりしてました」

「うっかり、ですか？」警視庁健康管理本部の保健師である吉崎《よしざき》はキリッとした顔を近づけ薫に迫った。「受診をお願いするメール、何度も入れましたよね？」

「はい。体力には自信あるもので、つい……」

薫の言い訳を、吉崎が毅然《きぜん》と遮《さえぎ》った。

「健康の保持増進に努めることは、管理規程にある警視庁職員の義務です。そのための健康診断ですよ」

「はい。わかってます」

フラッと部屋に入ってきた組織犯罪対策部薬物銃器対策課長の角田六郎が、部屋の主《あるじ》の杉下右京に耳打ちした。

「さすがの亀山薫も鋼《はがね》の保健師の前じゃ形なしだな」

「ええ」ティーポットに湯を注いでいた右京が薫に歩み寄る。「亀山くん、体力の過信はいけませんねえ。若い頃とは違うのですから。早々に受診するよう、僕からも亀山くんに言っておきますので」

部下に助け舟を出した右京が、吉崎の次の標的になった。

「杉下さんには、保健師面談を受けてくださいとお願いしていますよね。お時間、調整していただけましたか？」

「ああ、そうでした。僕としたことがついうっかり……」

「なんだ。右京さんも人のこと言えませんね」

顔を見合わせる右京と薫に、マイマグカップに特命係のサーバーからコーヒーを注《つ》ぎながら角田が言った。

「健康管理も仕事のうちだ。ちゃんと受診しろ。お前ら、どうせ暇なんだから」

それが藪蛇《やぶへび》だった。吉崎は続いて角田に狙いを定めた。

「角田課長、薬物銃器対策課には、栄養指導が必要な方が複数名いらっしゃいます。健康管理本部に連絡するようご指導をお願いします」

ちょっと失礼して……」

「面談の件、今週はいかがですか？」

「あ、失礼」右京がティーポットの横に置いてあった砂時計を手に取った。それは冠城亘の置き土産の砂時計だった。「三分きっかりがこの茶葉の最適な蒸らし時間なんですよ。ちょっと失礼して……」

高々と掲げたポットから優雅な手つきでカップに紅茶を注ぐ右京のルーチンを感心して眺めながらも、吉崎は忠告を忘れなかった。

「紅茶も飲みすぎは体の負担になりますよ。適度な量を心がけてください」

「はい。心します」

右京の物言いに、薫が吹き出した。

「……心します、だって」

角田までつられて笑うと、右京はムッとした顔になった。

その頃、刑事部長室では参事官の中園照生が部長の内村完爾に恭《うやうや》しく羊羹《ようかん》を差し出していた。

「ようやく手に入れて参りました。希少な羊羹でして先月から予約してやっと」

「いらん」内村は一蹴《いっしゅう》した。「甘いものは控えるようにと、保健師からアドバイスを受けたばかりだ」

「いやあ、でもひと口くらいなら問題ないのでは？」

「馬鹿者。我々警察官は節制し、心身共に健康であってこそ、警察力の強化が図れるんだ」

「はっ。申し訳ありません」中園は羊羹を載せたお盆を下げると、小声で不満を言った。

「真人間すぎて、タチが悪い……」

「どうした。なにをブツブツ言ってるんだ」

「え？　ああ、その……」

答えに窮《きゅう》する中園に、内村が助言した。

「悩みがあるんだったら、健康管理本部に相談したらどうだ？　職員のメンタルケアは喫緊の課題だからな」

「はっ！」と応じた中園は静かにため息をついた。

翌日、特命係の小部屋で右京が手紙を読んでいると、薫が入ってきた。

「行ってきましたよ、健康診断。俺、バリウム苦手なんですよね」

自分の席に戻ろうとする薫を、右京が呼び止めた。

「亀山くん、これ」

薫は右京から手紙を受け取った。

「え、手紙？　誰からですか？」

右京が封筒の差出人の名を読みあげた。

「鈴木《すずき》礼《れい》とありますが、偽名でしょう。住所もでたらめですから」

薫が手紙に目を落とす。文面は手書きではなく、印刷されていた。

――20年前の連続通り魔事件の犯人はすぐそこにいる。近いうちにまた動き出す。

「なんですか、これ？」

「警告のようです。未解決事件の犯人が再び犯行に及ぶだろうから、気をつけろと」

右京が手にした封筒に、薫が視線を向けた。宛名も手書きではなく印刷されていた。

「特命係御中ですか。俺らも有名になったもんですね」

「特命係という響きから、我々なら動いてくれるだろうと見込まれたのかもしれませんねえ」

「でも犯人が誰で、いつなにをしようとしているのか、具体的なことはなにも書いてませんよ」

「ええ」

「いたずらですかね。そうでなきゃ、警察への嫌がらせ。最近続いてますからね、警察官の不祥事が。暴力事件とか迷惑行為とか」

「しかし、二十年前の事件というところが気になります」

「二十年？」薫は上司の言いたいことに気づいた。「事件の時効が迫ってる」

「おっしゃるとおり」右京が同意した。


数時間後、薫の同期の捜査一課の刑事、伊丹憲一が特命係の小部屋に入ってきた。

「人を呼びつけてんじゃねえよ、この出戻りの亀！　俺は忙しいんだ、お前と違ってな」

薫が伊丹の肩をポンと叩く。

「まあまあ、そう言うなって。俺とお前の仲じゃないの」

「なにが俺とお前の仲だ。気持ち悪いこと言ってんじゃねえよ」

「まあまあ……」

薫が伊丹をなだめ、ホワイトボードの前に連れてきた。ボードには二十年前の連続通り魔事件の被害者の写真が貼られ、事件の概要が記されていた。

「なんだって今頃、この事件を……」

不審そうにホワイトボードを見つめる伊丹に、右京が言った。

「少々気になることがあって、捜査記録を取り寄せたんですよ」

「お前、このとき、捜査本部にいたんだよな？」

伊丹が「ああ」と答えるのを聞き、薫が事件を要約した。

「二十年前、若い女性が夜道で背後から殴られ、所持品を奪われる事件が都内各所で発生。被害者は七人。七番目の被害者となった中学三年生の富永沙織さんは、脳挫傷で死亡。気の毒に」

「当時メディアでかなり取り上げられていたように記憶していますが」

右京が水を向けると、伊丹は悔しげな口調になった。

「被疑者を特定できる物証はなにひとつ……。発生現場は人通りの少ない夜の住宅街で、目撃証言はほとんどなしです」

「映像証拠は？」薫が訊《き》く。

「なにも。防犯カメラも今ほど多くなかったからな」

右京が七枚の写真に目を向けた。

「被害者は十代から二十代前半。髪の長い、すらりとした女性ばかりのようですねえ」

「犯人のタイプってことでしょう」伊丹が歯嚙みする。

右京がホワイトボードを見ながら続けた。

「奇妙なのは奪われた所持品です。身につけていたアクセサリーとか、買い物をした紙袋とか。亡くなった富永沙織さんは、友人からもらった砂時計を持ち去られています。どれも高価なものとは思えません」

「金目のものが狙われたわけじゃねえんだな」

薫が念を押すと、伊丹は自分の見解を述べた。

「あれは金目当ての犯行じゃねえ。狩りだ」

「狩り？」

「面白半分のハンティング。奪っていったものは、狩りの戦利品のつもりだろうよ」

「被害者から、決め手になるような証言は得られなかったのか？」

「夜道で背後から襲われたんだ。犯人の顔も、ろくに見ちゃいねえさ。唯一はっきりした目撃証言は、亡くなった被害者と一緒にいた同級生のものだけだ」

右京がその同級生の名前を口にする。

「一ノ瀬弘美さん、十五歳の証言ですねえ。中肉中背の若い男。黒っぽいパーカーを着て、フードを目深《まぶか》に被《かぶ》っていたと証言しています」

「覚えてたのはその程度で、人相を特定できるほどじゃなかったんです」

「しかし、不思議です。どうして最後の被害者だけ、ふたり連れを狙ったのでしょう？他の六人はひとりで歩いているところを襲われています」

伊丹はその答えに見当がついていた。

「見えなかったんでしょうね」

「ん？　どういうことだ？」

「事件現場にはトラックが駐《と》まってた。その陰になって、犯人には被害者ひとりしか見えなかったんだろう」

「なるほど、トラックですか……」

納得する右京に、伊丹が質問した。

「で、警部殿。気になることってなんです？　まさか、新しい証拠が出てきたとか？」

「いいえ。証拠と呼べるようなものはまだなにも」

伊丹はため息をつき、被害者の写真に目を走らせた。

「このまま時効を迎えるのはやりきれねえ……」

伊丹が去った後、薫は右京に話しかけた。

「伊丹の奴も無念そうですね。といっても、新しく物証でも出ない限り、再捜査に持ち込むのはやっぱり難しいんじゃないですか？」

「しかし、手紙にあったように、もし犯人が再び事件を起こすとなれば、話は別です」

右京の言いたいことを、薫は理解した。

「過去の事件にも捜査が及ぶ。手紙の送り主の目的はそれか」

「捜査の再開を、誰よりも強く望んでいるのは……」

右京は富永沙織の写真の前に立った。

二

右京と薫は富永沙織の母、瑞恵《みずえ》を訪ねた。ふたりはまず仏壇に手を合わせた。仏壇には沙織の写真ともう一枚、中年男性の写真が飾られていた。

向き直った右京が、瑞恵に訊いた。

「失礼ですが、あちらの遺影は？」

「主人です。二年前に亡くなりました」

「今は、おひとりで？」

「ええ。あの、娘のことでなにか？」

右京が封書を取り出した。

「今日、我々のところに手紙が届きました。そこに二十年前の事件のことが……」

瑞恵が文面にさっと目を通す。

「これ、いったい誰が？」

「わかりません」薫が答えた。「封筒の名は偽名のようで」

「この人、犯人知ってるんですよね？　だったら、なんで教えてくれないんですか？」

「今はまだはっきりしたことはなにも」

右京がしかつめらしく応じると、瑞恵はなにやら考え込んだ。薫がその顔色を読んだ。

「富永さん、なにかお心当たりでも？」

「ありません！」瑞恵が語気も荒く即答した。「あるわけないじゃないですか。こんな手紙、信じられない。匿名で適当なこと書いて。娘の事件をまた弄《もてあそ》んでるんじゃないですか？」

薫は瑞恵の感情を逆なでしたことに気づいたが、ここは黙って聞くしかなかった。

「事件のあと、ずいぶん騒がれました。あること、ないこと書き立てられて、好奇の目で見られて……。あの子は塾の帰りに襲われたんですよ。なのに、夜遊びしてたとか、人目を引く派手なタイプだったとか、まるで沙織に落ち度があったようなことまで言われて。娘は殺されたんです！　被害者ですよ。なのにどうしてこんなひどい目にって……。警察には何度も娘のことを話しました。そのたびに、胸をえぐられるような思いをしました。それなのに捜査の進展さえ教えてもらえなくて……」

右京が心から詫びを述べた。

「それは申し訳ありませんでした」

「犯人を捕まえられないのなら、せめてもう、そっとしておいてください」

そう言われると、右京も薫も退散するしかなかった。

特命係のふたりはその足で、二十年前に沙織が襲われた場所へやってきた。当時は空き地だったところにフットサルコートができ、ナイター照明の下で少年たちがボールを追いかけていた。

右京はコートの横に立った。

「沙織さんが襲われたのはこのあたりでした」

「平和ですねえ」薫が少年たちに目をやる。「二十年も経つと、事件の痕跡はどこにもありませんね」

「しかし、事件はたしかにここで起きて、犯人は捕まらないまま、被害者のご家族は今も苦しみ続けています」

「ええ。でも富永さんが無関係だとしたら、あの手紙、やっぱりいたずらなんですかね？時効前の再捜査を望んでるなら、もうちょっと手がかりになりそうな情報を書いてくるんじゃないですか？」

右京は薫とは別の見解を持っていた。

「いや、たしかな情報がないからこそ、我々に連絡をしてきたのかもしれませんねえ」

「なるほど」

その夜、家庭料理〈こてまり〉のカウンター席には、右京と薫の他に、薫の妻の美和子の姿もあった。

右京たちの話を聞いて、美和子が新聞記者時代を振り返った。

「あのときの報道、覚えてる。ゴシップ誌かなんかが、事件とは関係ないプライベートなことまで興味本位に書き立てて。私、駆け出しの記者だったけど、こんなの報道じゃないって、むちゃくちゃ腹立ちましたよ」

「そんなにひどかったのか」

「うん。亡くなった中学生、きれいな子だったでしょ？　だから余計に騒いだんだよね。売れ行きに繋《つな》がるっていうさもしい根性でさ」

右京が猪口《ちょこ》をカウンターに置いた。

「あの当時は、被害者やご家族への支援がまったく足りていませんでしたからねえ。ようやく被害者を守る基本法ができたのは二〇〇四年のことです」

女将《おかみ》の小手鞠こと小出茉梨がカウンターの中から言った。

「でも、法律ができたとしても、今は今で被害者を傷つけるようなデマがネットで流れますしね。事件のあとも二重三重につらい思いをするなんて、本当に理不尽です」

「右京さん、通り魔犯、絶対捕まえてくださいね」

美和子の言葉を聞いて、薫の猪口を運ぶ手が止まった。

「あれ？　ちょっと、なんで俺には頼まないのかな？」

「えっ？　だって事件を解決するのは右京さんの頭脳でしょ？　君は体力で頑張りたま

え」

「あのねえ、俺だって頭使ってんだよ！　ねえ、右京さん」

「ええ、それなりに」

「……だって。よかったね、薫ちゃん」

「それなりって……」

薫は猪口の酒を一気に飲み干した。

次の日の夜、会社から帰宅中のＯＬが襲われる事件が発生した。ショートカットのその女性がスマホで同僚と話しながら夜道を歩いていたところ、黒っぽいパーカーを着た男に突然棒のようなもので殴りつけられ、バッグを奪われたのだった。幸い、被害者の命に別状はなかった。

事件の翌日、捜査一課の三人が事件現場で現場検証をおこなっていた。

「被害者は榎本彩子《えのもとあやこ》さん、三十七歳。棒状のもので頭部を殴られ、財布などが入った通勤用バッグを奪われてます」

芹沢慶二が伊丹に報告すると、出雲麗音が言い添えた。

「発生時刻は昨夜十時十分過ぎです」

そこへ右京がヌッと現れた。

「被害者は、帰宅途中に襲われたそうですねえ」

右京の横には薫の姿もあった。ふたりを認めた芹沢がぼやく。

「また出たよ！　もうこんなところまで」

伊丹は薫に食ってかかった。

「おい！　どういうことだ、亀山！　このタイミングでまた通り魔だ。やっぱり、なんかつかんでるんだろ？　二十年前の事件の情報をよ！」

薫がなだめる。

「落ち着けって。カミツキガメか、お前は」

「亀が誰に亀って言ってるんだ。このバ亀！」

右京は麗音の持っていた捜査資料をそっとのぞき込んだ。

「背後から追い越しざまに、ですか……」

「あらやだ。駄目ですよ、勝手に」

伊丹が目を吊り上げて右京に向き合った。

「警部殿、ちゃんと説明してもらいましょうか」

「その前にひとつ質問を」右京が左手の人差し指を立てる。「伊丹さんは今回の犯人が二十年前の通り魔と同一人物だと思いますか？」

「手口は同じです。パーカーのフードで顔を隠してたことも被害者が証言してます」

「しかし違う点も。今回被害に遭ったのは、三十代後半のショートカットの女性でした」

右京の言葉に、薫が反応した。

「ああ。二十年前は、全員十代から二十代前半で、髪の長い女性ばかりでしたもんね」

右京が続ける。

「しかも奪われたのは財布入りのバッグ。二十年前の『ハンティング』とは傾向が違うようですが」

「たしかに」薫が納得する。「おい伊丹。二十年前の事件に引っ張られると筋を読み違えるぞ」

「うるせえな。お前に言われなくたってわかってんだよ。所轄へ行くぞ」

芹沢と麗音と共に所轄署へ向かいかけ、伊丹は振り返って薫に憎まれ口を叩いた。

「なにか隠してたら承知しねえからな」

三人の後ろ姿を見送って、薫が右京に言った。

「とはいうものの、どうします？　念のため、今回の事件も調べますか？」

「それは伊丹さんたちに任せましょう」右京が腕時計に目を落とした。「ああ、僕はこれから、健康管理本部で吉崎さんとの面談がありますのでお先に。ああ、君はお好きに」

「お……お好きに？」

薫は途方に暮れた。

警視庁の健康管理本部を訪れ、ノックをしてから「失礼します」とドアを開けた右京は、先客がいるのに気づいて、謝った。

「これは失礼。時間を間違えたようです」

吉崎がパソコンで予約を確認した。

「すみません。私のミスです。予約時間、被ってました」

「そうですか。では、出直してきましょう」

先客の男が振り返って言った。

「僕のほうはもう終わりますよ。ひととおり話は済みましたし、いいですよね？」

「すみませんでした」吉崎が頭を下げた。「健康レター、お時間あるときに目を通してください」

「ありがとうございます」先客が立ち上がると、右京は「お話し中に失礼しました」と腰を折った。

「構いませんよ。聞かれて困るような話もしてませんし。ごゆっくりどうぞ」

男は会釈をして部屋から出て言った。右京が吉崎の前に腰を下ろす。

「感じのいい方ですね。お見かけするのは初めてですが」

「小沼裕一《こぬまゆういち》さん、一カ月前に杉並北署から広報課広聴係に異動してきたばかりなんです」

「おや、昇任配置ですか。抜擢ですね」

「ええ」吉崎が認めた。「でも昇進がストレスになることもありますから、異動されてしばらくは、できるだけサポートしたいと思っています」

「広聴係というと、都民からの苦情や要望の受付窓口ですねえ。まあ、民間で言えばコールセンター。さぞストレスがたまることでしょうねえ」

右京が小沼の立場を思いやると、吉崎は軽くうなずいた。

「怒りや不満の矢面に立ちますから。私は時間を区切って対応するよう、アドバイスしているんですよ。たとえば十分をひとつの目安にすると決めておくとか」

「なるほど。心を守るためにはいい方法ですねえ」

吉崎は後ろの棚から砂時計を手に取った。

「もうひとつおすすめしているのがこれです」

「砂時計ですか」

「ええ、タイマー代わりに。デジタルな数字より、ぱっと見て時間経過がつかめますから」

「それはいいアイデアですねえ。音もなく落ちる砂を見ていると、心が落ち着きますからねえ。中世ヨーロッパでは、教会の説教壇の上に砂時計が置かれていたそうですよ」

右京がお得意の蘊蓄《うんちく》を披露した。

「心を落ち着かせるために？」

「いいえ。神父さんの長くて退屈なお説教があとどれぐらいで終わるか、ひと目でわかるように」

吉崎が笑顔になる。

「宗教画でしたっけ？　砂時計を死のシンボルとして描いている絵もありますね」

「ええ。下に落ちた砂は過ぎ去った時間、上の砂は残された時間。流れ落ちる砂が、限りある命を表している……」

「いけない。小沼さんに不吉なイメージのものをお勧めしてしまったみたい」

「いえいえ。現代においては不吉なイメージなどありません。なにしろ砂時計が一番使われた場所は、キッチンですから」

「エッグタイマー？」

正否を問う目の吉崎に、右京は微笑《ほほえ》んでみせた。

「卵のゆで時間を計るのにこれは最適です」

「たしかに」吉崎は砂時計を元の場所に置いた。「じゃあ砂時計のお話はここまでにして、今日は杉下さんの健康面についてです」

「これは失礼。ついおしゃべりに夢中になってしまう、僕の悪い癖」

三

二日後の夕方、捜査一課の三人が榎本彩子襲撃の被疑者を逮捕した。

警視庁に連行された若い男は、伊丹と芹沢に両腕を取られており、身をよじって抵抗していた。

「痛えな！　放せよ！」

「おとなしくしろ！」芹沢が言った。「言い分は取調室で聞いてやるよ！」

伊丹も男をにらみつけた。

「余罪がねえか、じっくり調べてやるからな」

廊下ですれ違った薫が感心する。

「発生から三日で逮捕か。伊丹もやるな」

「さすがです」右京も同意した。

「犯人若いですよね。二十五、六ってとこですかね」

「二十年前は、彼はほんの子供ですから、過去の連続通り魔犯とはやはり別人ですね」

「あいつ、署長の息子だそうですよ、品川中央署の」

「おやおや、大物ですね」

「警察幹部の不肖の息子。またマスコミに燃料投下だ」

「ええ。都民からの苦情が殺到して、広聴係はますますストレスがたまりそうですねえ」

右京が小沼の身を思いやった。

取調室に隣接した部屋から、マジックミラー越しに取り調べのようすを確認しながら、中園が内村に進言した。

「父親が警察署長であることは、マスコミには伏せておくべきかと」

しかし、内村には異論があった。

「そうはいかん」

「えっ？」

「あの男は前にも親の力で交通違反をもみ消したことがあるそうだ。この際、不正はすべて明らかにしてやる」

「しかし、ことを大きくしたくないというのが、副総監のご意向でして……」

「そんなことは知らんよ」

副総監と刑事部長の板挟みになり、中園は深くため息をついた。

右京はその頃、広報課広聴係の部屋を訪れていた。対応した職員が言った。

「小沼は体調不良で今日は早退をしています。急ぎのご用件でも？」

「いえ、急ぎではありませんが……。慣れない仕事からくるストレスで、体調を崩されたのでしょうかねえ」

「彼は所轄でも住民対応をしていましたから、仕事は難なくこなしていますよ」

同行していた薫が、上司の意向を聞いた。

「右京さん、なにを調べてるんですか？」

右京は答えず、部屋の中で仕分けられている手紙に目をやった。

「あれは都民からの要望の手紙でしょうか？」

「主に苦情ですよ」職員が苦笑した。

「ああ、中には厳しいことも書かれているのでしょうねえ」

「まあ、それは……。小沼も今朝は珍しく動揺していましたね」

職員のひと言に右京が関心を寄せた。

「おや、手紙を読んでですか？」

「ええ」

「え？　あの、手紙って？」

薫の質問はまたしても無視され、右京はあるデスクに目をつけた。

「小沼さんのデスク、ここでしょうかねえ」

「すみません、好き勝手して。お邪魔しますね」

薫が職員に謝るなか、右京はデスクに置かれた砂時計を取り上げていた。

「これは、以前からここに？」

「いいえ」職員は戸惑いながら首を振った。「最近、家から持ってきたようですよ」

「なるほど」

得心する右京に、薫がまた訊いた。

「ん？　砂時計って？」


特命係の小部屋に戻りながら、薫が右京に尋ねていた。

「いい加減、教えてくださいよ。広聴係の小沼って人に、なんかあるんですか？」

「確信とまではいきませんが、気になっていることがあります」

部屋に戻った右京は、デスクの上に手紙が置いてあるのに気づいた。

「亀山くん」

薫が右京の視線をたどった。

「あ、二通目の手紙」

右京が「特命係御中」と宛名の印字された封筒を取り上げ、差出人を確認した。

「鈴木礼、一通目と同じです」

さっそく封を切り、中の手紙を広げる。そして印刷された文面を読み上げた。

「『20年前の通り魔犯が12日の夜再び罪を犯す』」

「十二日……」薫が頭の中でカレンダーを思い浮かべる。「あ今夜ですよ。なんでわかるんだよ。ひょっとして犯人の自作自演？」

右京は別の可能性を指摘した。

「あるいは、犯人と名指しされた人物もこの手紙の主に動かされて、

「じゃあこの、再び罪を犯すっていうのは……」

「犯人が再び事件を起こすよう、なにか仕掛けているのでしょう」

「目的は二十年前の事件を掘り起こすため」薫が犯人像を思い描く。「やんが関わってるんじゃないですかね。こんな無茶なことする人、娘を亡くしさ以外、考えられませんよ」

「では、君は富永さんの家に向かってください」

「右京さんは？」

「あの場所へ。なにか起こるとしたらあそこです。行きましょう」

ふたりは急ぎ足で部屋を出ていった。

四

富永家に到着した薫は、インターホンを押した。チャイムが鳴るのが聞こえたが、し

ばらく待っても誰も出てこない。家の明かりも消えていた。

「留守か？　富永さん？　富永さん！」

薫が門の前から呼びかけていると、隣の家の主婦が出てきた。

「あの……瑞恵さんならお留守ですけど」

「あ、そうですか。どちらに行かれたか、わかりますかね？」

「さあ……。近頃夜になると、よく出かけてるみたいで」

「やっぱりあそこか！　お騒がせしました！」

薫は二十年前の犯行現場へとダッシュした。


その犯行現場の近くの薄暗い道を、髪の長い女性が歩いていた。その後ろにと、を被った男の影があった。

その夜、フットサルコートに少年たちの姿はなかった。女性が暗がりでんで男男が猛然と女性に向かって駆け寄った。そのとき、別の人物が「危なに体当たりして、しがみついた。

「逃げなさい！　早く！」

体当たりをしたのは富永瑞恵だった。髪の長い女性は吉崎だ
「おばさん⁉」

そこへ右京がやってきた。

「なにをしているんですか！」

男が瑞恵を突き飛ばして、逃げ出した。ちょうどその前方に薫が駆け込んできた。

「待て、コラ！　暴れんな、この野郎！」

薫が男を取り押さえ、フードを引きはがす。右京が駆けつけて言った。

「広聴係の小沼さんですね」

「えっ？」薫は小沼とは初対面だった。

「この前の……」小沼は右京に気づいたようだった。「なんなんですか？　ちょっと放してください」

「あんた、今この人を突き飛ばしたろ！」

薫が責めたが、小沼は開き直った。

「急に飛びかかってきたから、びっくりして振りほどいただけですよ」

そこへ吉崎がやってきた。

「嘘！　私を待ち伏せてた」

「え、吉崎さん！」

急転する事態に薫は混乱するばかりだった。右京は地面に倒れている瑞恵に近づいた。

「大丈夫ですか？」

「ええ。その男はそこの陰から、この子を狙ってたんです。だから私……」

瑞恵は転倒した際にどこかを痛めたらしく、苦しげにうめいた。吉崎が駆け寄る。

「おばさん、どうしてこんなこと……」

「馬鹿!」瑞恵が吉崎を一喝《いっかつ》した。「あなたこそ、どうしてこんな無茶するの!」

「右京さん、これ、いったいどういうことなんですか?」

小沼を拘束したまま薫が問うと、右京が吉崎に向き合った。

「吉崎さん、下の名前は弘美さん。あなたは二十年前に富永沙織さんが襲われたときに一緒にいた、一ノ瀬弘美さんですね?」

数時間後、警視庁の会議室で、右京は吉崎と対面して座っていた。

右京が特命係に届いた二通の手紙をテーブルの上に置いた。

「差出人はあなたですね?」

「はい」吉崎が認めた。

「どうして我々にこの手紙を?」

「二十年前の通り魔事件の犯人がすぐそこにいたからです」

「小沼さんが犯人だと?」

「一カ月前、所轄から異動してきたあの男を見たとき、すぐにわかりました。小沼があのときの男だって。記憶の中ではぼんやりしていた顔が、はっきり輪郭を取ったんです。でもそれは私の記憶にあるだけで、証明する手立てはありません。二十年前にただ一度見ただけの顔。記憶違いだと言われればそれまでです」

右京が吉崎の考えを理解した。

「再捜査には持ち込めない……そう思った」

「小沼は警察の人間ですから、なおさらハードルが高いと思いました」

「それで我々に手紙を──」

「杉下さんなら、少しでも興味を持てば動いてくれる……。テーブルの砂時計を見て、そんな気がしたのかも……」

前の相棒の冠城亘が残したティータイマーがそんなきっかけになったことに、右京は不思議な縁を感じた。

「あなたの思惑どおり、我々はこの手紙によって動き出しました。そこであなたは、僕が小沼さんに興味を持つように、面談の時間をわざとバッティングさせた」

「はい」

「いつも仕事を完璧にこなすあなたが、そんなミスをするとは考えられない。なにか意図があってのことだと思っていました。砂時計を印象づけるところまで、あなたは実に巧みにやってのけた。ですからそれだけにいささか驚きました。あまりに性急な二通目の手紙の内容に。ひょっとして、三日前の通り魔事件を利用するつもりでしたか？」

あまりに見事に行動を読まれ、吉崎は内心驚いていた。

「小沼を揺さぶるには、これ以上ない機会だと思ったんです。今動くしかないと。もうすぐ二十年です。急がないと時効が来てしまう」

吉崎は小沼に手紙を送ったのだった。その文面はこうだった。

——お前は人殺しだ。20年前になにをしたか、すべて知っている。今度もまたお前は昔と同じやり方で罪を犯した。12日の夜、あの場所で待つ。

右京が立ち上がり、テーブルを回って、吉崎の横に立った。

「今回の事件への関与を疑われ、二十年前のことを探られるのを、小沼はなにより恐れるはずだと」

「はい。小沼が犯人なら、あの手紙で意味がわかるはずです」

「呼び出してどうしようと？」

「挑発して、カッとさせるつもりでした。小沼が私に手を出せば、杉下さんたちが傷害の現行犯で逮捕してくれる。別件逮捕でも、そこから再捜査の道が開けるかもしれません」

「馬鹿なことを」右京が軽率な吉崎の行動をたしなめた。「我々が駆けつけなかったら、どうするつもりだったのですか？」

吉崎も立ち上がり、右京と向き合った。

「きっと来てくれると思っていました。杉下さんの行動傾向はよくわかっているつもりです。保健師として何年もお仕事を拝見してきましたから」

「おとり捜査と見なされれば、違法となって立件できない。そこをギリギリ回避するために、こういうことを仕組んだのですね？」

「もう少しでうまくいくところだったんです。一回しかないチャンスだったのに……。どうしておばさんがあの場所に……」

そこへ薫がやってきた。

「遅くなりました」

「富永さんのけがの具合は？」

右京の質問に、薫が答える。

「左手首の単純骨折でした。すり傷も少々。頭部の検査もあるので、今夜は入院するそうです」

「そうですか」

「富永さんから伝言が」薫が吉崎に言った。「娘が死んだのは、あなたのせいじゃない。もう自分を追い詰めないで。そう伝えてほしいと」

「違う。私、そんなんじゃ……」

吉崎の脳裏に、二十年前の沙織との思い出がよみがえった。

「将来の仕事なんて、まだ全然決められないよ。沙織はどうするの？」

弘美が訊くと、沙織は「進路希望調査」の紙を見せてくれた。そこには几帳面な文字で、「保健師」と書かれていた。弘美はその仕事を知らなかった。

「保健師ってなにするの？」

沙織は少し考えて、「みんなが元気に暮らせるように手助けをする仕事かな」と答えた。

「いいね。沙織にぴったりだよ」

弘美が褒めると、沙織ははにかみながらも誇らしげに「でしょ？」と返したのだった。

あのときの沙織の笑顔を、吉崎はいまも鮮明に覚えていた。

「……私、何度も考えたんです。どうして沙織が死んで、私が生きているんだろうって。私が気づいてさえいれば、沙織を守れたのに……」

ショックから立ち直れずに引きこもりがちになった弘美のことで、父親と母親は口論が絶えなくなった。特に父親は「死んだ友達は帰ってこないんだ。いい加減忘れなきゃしょうがないだろ！」と弘美の気持ちを傷つけるような発言をすることが多かった。

「……私のせいで、両親は言い争うことが増えて、私が高校生のときに離婚しました」

「それで、一ノ瀬から吉崎に変わったんですね」

右京の言葉を受けて、吉崎は続けた。

「名字が変わって、あの事件のこともニュースにならなくなって……。でも、忘れて生きるなんて、そんなことできるはずがない！」

感情を高ぶらせる吉崎に、薫が語りかける。

「俺たちから手紙を見せられて、富永さんはあなたが出したんじゃないかと思ったそうです。そんなときに、よく似た通り魔事件が起きて、あなたがなにか無茶をするんじゃないかって、心配になったと言ってました。それでここ数日、あなたのようすを見守っていたと。あなたが、生きていることを後ろめたく思って、ずっと苦しんできたのを富永さんは知っていたから」

「なんで？」吉崎の目から涙がこぼれた。「私なんか、どうなったってよかったのに！　あいつを捕まえられるなら……どうなったって……」

椅子に座り込みしゃくり上げる吉崎の両肩に、薫がそっと手を置いた。

五

翌日の早朝、右京と薫は犯行現場近くの通りを歩いていた。

「右京さん、このままじゃ小沼は……」

「逃がしませんよ。必ずなにか手があるはずです」

右京の決意は固かったが、薫は不安だった。

「でも二十年前の事件ですよ。今さら新しい証拠が出てくるかどうか……」

「亀山くん、諦めてはいけません」

「……ですね。すみません」

ふたりは犯行現場に着いた。昼間見るとごく普通のどこにでもありそうな平和な住宅街だった。

「二十年前、事件はここで起きました」

右京はフットサルコートに目をやり、なにかに気づいたようだった。コートの中に足を踏み入れる右京を、薫が追いかけた。

「あれっ？　右京さんちょっと……」

右京がいきなりコートの人工芝を、サッカーボールを蹴《け》るかのように足で払いはじめたので、薫は目を丸くした。


「おはようございます」

広報課広聴係に登庁した小沼の前に、伊丹が立ちはだかった。

「小沼さんだね？　ちょっと話、聞かせてもらえますか？」

「はあ、なんですか？」

背後から芹沢が言った。

「昨夜のことですよ。こちらへ」

伊丹たちは場所を会議室に移し、小沼の話を聞くことになっ しかし、事情聴取は膠着《こうちゃく》状態に陥った。

「不審な手紙が届いたから、真相を確かめるためにあの場所に行 当にそれだけですか？」

険しい顔で念を押す伊丹に、小沼は憮然《ぶぜん》とした表情で応じた。

「だからそう言ってるでしょ。何度同じこと聞くんですか？」

ドアが開き、麗音が入ってくる。

「病院に確認取れました。けがをした富永瑞恵さん、頭部の検査結果に異常
に退院できるそうです」

「話は聞けた？」芹沢が訊く。

「特命係から聞いたのと同じでした。男が物陰から出てくるのが見え、吉崎さ
ていると思ったので、止めようとして飛びかかったと」

「誤解ですよ」小沼が反論する。私は手紙のことを聞くために近づいただけで、いきなり飛びかかられたら、誰だって振りほどくでしょう。これ、傷害罪で立件できますか？何度も言いますが、二十年前の連続通り魔事件も、私とはまったく関係ありません」

「当時、事件現場にいた一ノ瀬弘美、今は吉崎弘美さんがあなたを見たと証言してるんですよ」

伊丹がこの目撃証言を持ち出すのも、何回目かのことだった。

「二十年も前に一度見ただけで、覚えてるはずないでしょう！　たしかな物証もなしに、曖昧《あいまい》な目撃証言だけで疑うなんて……。捜査一課は、冤罪《えんざい》に加担するんですか？」

伊丹が苦い顔で咳払《せきばら》いをした。小沼は居住まいを正した。

「もういいですね？　吉崎保健師に伝えてください。これ以上、言いがかりをつけるつもりなら、脅迫罪で訴えます」

小沼が立ち上がったとき、ドアが開き、右京と薫が入ってきた。

薫が作り笑いを浮かべて会釈する。

「すみませんねえ、ちょっと確認したいことが」

「なんですか？」

薫が証拠品袋に入った砂時計を取り出した。

「これ、あなたのですか？」

「そうですけど。デスクから勝手に持ってきたんですか？」

「いいえ」薫が砂時計をテーブルに置く。

「しかし、これは私の……」

抗議しようとする小沼を、右京が毅然とした声で遮った。

「いいえ。亀山くんが持ってきたのは、吉崎さんの私物です。二十年前に友人とおそろいで買ったものだそうですよ。旅行のお土産に。もっともお友……あの事……富永沙織さんにプレゼントしたほうは、通り魔に奪われてしまいましたが。あの事……勘違いしました」

「……そうですか。よく似ているので、自分のだと勘違いしました」

「いいえ、似ているというよりおそろいですね。このあなたの砂時計……」

右京がもうひとつの砂時計を取り出し、吉崎の砂時計の隣に置いた……つを見比べる。

「妙だなあ。なんで吉崎さんのと同じものを持ってるんですかね?」

小沼が鼻で笑った。

「え、私の砂時計が二十年前の被害者から奪ったものだとでも言うんですか……」

「ええ、そうです。違いますか?」

右京が攻め込んだが、小沼は認めなかった。

「こんなもの、量産品ですよ。同じのを持っているというだけで、私を犯人に仕……げる気ですか?　それとも私の砂時計から、被害者の指紋でも出ましたか?」

「鑑識で調べてもらいましたが、残念ながら指紋は出ませんでした。ただ、砂が同じなんですよ」

「同じ商品なら、中の砂が同じなのは当たり前でしょ！」

「いいえ、中の砂ではありません」

右京の指摘に、小沼の目に警戒が走る。

「はあ？」

右京が小沼の砂時計を取り上げて説明した。

「このフレームの継ぎ目のところ。ここに中の砂とはまったく別の砂が挟まっていました」

薫が砂の顕微鏡写真を二枚取り出し、テーブルに並べて置いた。右京が右側の示した。その写真は砂時計の継ぎ目に挟まっていた砂の拡大写真だった。

「ああ、そう。この砂。これは二十年前のあの夜、あの場所にあった砂なんしも時計は通り魔に襲われた際、一度沙織さんの手から落ちています。あの夜駐まっていたトラックに積まれていたのはフットサルコートで使う砂でのがこの砂時計の継ぎ目に挟まっていたというわけですよ」

「そういえば、あの当時、フットサルコートはまだできてなかった」

記憶を探る伊丹に、薫が言った。

「ああ。造っている途中で、あの日は人工芝を敷いたところたそうだ」

再び右京が説明した。

「人工芝にはめくれを防いだり、摩擦から守ったりするために砂をまくんです。トラックに積まれていたのは、人工芝にまく珪砂《けいしゃ》という砂で、一部がトラックから下ろされ、道路際に置かれていました。ええ、もちろん砂時計が落ちたあたりにも」

「だからなんだ？」小沼は動揺を隠すため、声を荒らげた。「そんな砂、どこにでもあるだろ。同じ砂だなんてどうして言えるんだ！」

「珪砂には、産地や製造方法によって、実に多くの種類があるそうです。それはもう数えきれないほどに」

右京の言葉を、薫が受けた。

「施工会社に問い合わせたよ。あのときの珪砂はオーストラリア産で、ごく短期間しか使われてなかったってさ！」

右京が左側の砂の写真を取り上げた。左側の写真は産地別のいくつかの珪砂の拡大写真だった。

「ええ。この砂は間違いなく、そのときの珪砂なんですよ。一粒の砂にも実に多くの情報が詰まっています。あのとき現場にあった砂とまったく同じものが、たまたまどこかで挟まったなどという言い訳が通ると思いますか！」

伊丹が小沼の胸ぐらをつかみ、怒りを爆発させた。

「やっぱり、てめえだったか。よくもいけしゃあしゃあと！　二十年前のこと、全部吐かせてやるからな！」

芹沢が小沼の耳元で言った。

「続きは取調室でな」

捜査一課の三人が小沼を取調室に連行するのを見送って、薫が右京に語りかけた。

「二十年間未解決だった犯罪が、一粒の砂によって暴かれる。こんなこともあるんですね」

「ええ。砂が証言してくれました。あの夜、あの場所でなにがあったのか」

翌日、特命係の小部屋で右京が紅茶を淹《い》れていると、薫が入ってきた。

「小沼の自宅で、二十年前の強奪品が見つかったそうです。ひとつ残らず保管してあったそうで……」

右京が紅茶をひと口すった。

「戦利品のコレクション……。伊丹さんが話していたとおりです」

「わざわざ砂時計を持ち出してデスクに置くなんて、馬鹿な奴だ。時効が近づいて油断したってことですかね」

「無事に逃げおおせたことを、心中ひそかに誇っていたのかもしれませんねえ。警察組織に身を置きながら、疑われることなく、順調に出世していたのですから」

「え、私に謝罪会見を開けと？」

刑事部長室に呼ばれた中園は目を白黒させていた。

内村が重々しくうなずいた。

「二十年前に事件を解決できなかったばかりか、その犯人を採用し、長年、警察職員として勤務させてきた。我々には、二重の落ち度がある」

「しかし……騒ぎを大きくしたくないという、副総監のお気持ちを考えると……」

中園はなんとか懐柔しようとしたが、内村の決意は揺るがなかった。

「長い間、理不尽な苦しみに耐えてきた被害者とその家族を救うためになにをすべきか、警察官の良心に照らして考えてみろ」

「警察官の良心」中園が胸に手を当てた。「……事実の開示と、誠実な謝罪が必要かと」

「そのとおりだ」

「では、さっそく会見の用意を」

中園が覚悟を決めた。

その翌日、警視庁近くの公園で、右京と薫と吉崎の三人が立ち話をしていた。

「それじゃあ、今まで通り、健康管理本部で働けることになったんですね」

笑顔を向ける薫に、吉崎がうなずいた。

「はい。行き過ぎた行動があったと訓告処分を受けましたけど、業務のほうは続けてよいと」

「そうですか」と右京。「それはよかった」

「ありがとうございます」吉崎が深々とお辞儀した。「沙織に報告してきました。二十年かかったけど、犯人が捕まったって……」

吉崎弘美が仏壇の前で手を合わせていると、富永瑞恵がこう言った。

「私ね、あの事件の日から、ずっと時間が止まっていたような気がしているの。季節が過ぎても、何年経っても、気持ちは沙織が亡くなった日で止まったまま、立ち往生してた。あなたも同じだったわね。沙織の夢まで背負って生きてくれて、重かったでしょ？」

「おばさん……」

涙をこぼした吉崎を、瑞恵が励ました。

「ありがとう。でも、もう前に進みましょうね。私もそうするから」

吉崎は瑞恵の胸に顔をうずめ、ふたりはさめざめと泣いたのだった。

「……少しだけ、肩の力が抜けた気がします。私は私として、生きていてもいいんだなって」

「先日の面談のときに、砂時計は死のシンボルという話になりましたが、逆の意味もあるんですよ。亀山くん」

右京に促され、薫がフライトジャケットのポケットから砂時計を取り出した。右京はそれを吉崎の掌《てのひら》に載せた。

「ひっくり返せば、また時は流れ出します。砂時計は、何度でもやり直すことができるという、希望の象徴でもあるんです」

「ひっくり返しましょう。何度でも何度でも」

薫の言葉に、吉崎は「はい！」とうなずくと、気持ちを改めて言った。

「じゃあ、行きましょうか、亀山さん」

「はい……はっ？」

「面談の時間ですよ。健康診断の結果を拝見しましたが、亀山さんには健康管理上、アドバイスすべきことがたくさんあります」

「ええっ……」

「亀山くん」右京が薫に向き合った。「この際しっかりと指導を受けておきましょう。体力の過信は怖い怖い」

「そんなもう……」

渋る薫の腕を取り、吉崎が連れていこうとする。

「いや、ちょっと右京さん……」

「はい、行ってらっしゃい！」

右京は笑顔で見送った。

第七話

コイノイタミ

一

「夫も子もある女性に横恋慕をし、刑事の身分を利用して彼女の部屋に押し入った。釈明はあるか？」

警視庁の首席監察官、大河内春樹《おおこうちはるき》のこめかみに血管が浮かび上がっていた。大河内の前にいるのは、捜査一課の刑事、伊丹憲一だった。

黙秘を続ける伊丹に、大河内は机を強く叩いた。

「なんとか言ったらどうだ？　伊丹巡査部長！」

警視庁特命係の杉下右京と亀山薫はマンションの一室にいた。そこは二日前に発生した殺人事件の現場だった。

捜査一課の芹沢慶二がこれまでの経緯を、特命係のふたりに伝えた。

「発端は、不動産投資会社勤務のファイナンシャルプランナー、大久保雅也《おおくぼまさや》さんがこの自宅マンションで殺害された事件です。防犯カメラは非常口にひとつだけ。手がかりはありません。室内は荒らされておらず、動機はおそらく怨恨。凶器は砕けたあと、犯人が大半を持ち去ったと思われ、復元は不可能でした」

右京が遺体の写真に目を落とした。被害者の周りに陶器の破片が散らばっているのが確認できた。

右京と薫は遺体が横たわっていた場所にしゃがみこんだ。カーペットの上に、文字のようなものが書きなぐられている。遺体の下から見つかったもので、いまわの際に被害者が残した血文字だと思われた。

「なるほど。たしかに『えつ』と読めますねえ」

右京の言うとおり、それが文字だとするとひらがなの「え」と「つ」のように見えた。

「ダイイングメッセージですかね。けど、これ本当に被害者が書いたものなの？」

薫が疑問を呈すると、芹沢の同僚の出雲麗音が答えた。

「血液鑑定の結果、間違いなく大久保さんのものでした。右手人差し指にも血がついていましたし」

芹沢が説明を再開する。

「そして浮上したのが、篠塚悦雄《しのづかえつお》という男です。窃盗、恐喝、詐欺《さぎ》など前科六犯。刑務所とシャバを行き来するチンピラで、直近は二年前、ひったくりで服役。そのとき、現場で篠塚を取り押さえたのが、本件被害者の大久保雅也さんでした……」

二日前、捜査本部で芹沢は先輩の伊丹に同じ説明をした。すると伊丹は、血文字の「えつ」は篠塚悦雄の「えつ」と推測し、篠塚は殺人事件の四日前に出所したばかりだったことから、動機をお礼参りと踏んだ。

「……篠塚悦雄の立ち寄りそうな場所をピックアップし、俺たちは、篠塚の自宅アパートの張り込みに入りました。まさにその日の夕方……」

篠塚の妻の由香子《ゆかこ》とひとり息子の祐《ゆう》が帰宅すると、いきなり伊丹が暴走した。伊丹は由香子に警察手帳を呈示して「警視庁捜査一課の伊丹です」と名乗ると、捜査令状もないのに部屋に入って、「ご主人はどこです？」と乱暴に探《さが》し回った。小学生の祐が驚いて由香子にしがみつくなか、伊丹は半狂乱になって家捜《やさが》しをし、芹沢と麗音がふたりがかりでなんとか伊丹の行き過ぎた捜査を止めた。その違法捜査のようすが同じアパートの住人によりスマホで撮影され、警察へ通報されたのだった。

「……その後判明したんですが、篠塚悦雄の女房の由香子さんは弁当屋に勤めていて、先輩はそこの常連で。まあなんというか、ふたりはかなりいい感じだったという証言が……。由香子さんのほうも押し入った先輩をかばう趣旨の発言をしていて……」

右京は芹沢の説明を聞きながら、大久保の部屋を調べてまわっていた。麗音が言い添えた。

「たぶん伊丹さんは、付き合っている女性に夫がいて、そのうえそれが殺人事件の被疑者だと知って、頭に血がのぼったんじゃないかと思います」

「けど本人は釈明もせず、大河内監察官の聴取にもいっさい応じない。完全黙秘状態なんですよ」

芹沢の言葉を聞いて、薫がぼやく。

「なにやってんだ、あいつは！　あ、そういえばこの前、伊丹の野郎、嬉しそうにニヤニヤしながら、弁当を食ってやがったな。その弁当屋で買ったんだな」

「なるほど」右京がうなずいた。「で、被疑者の篠塚悦雄は今も行方がつかめていないんですね？」

「はい」芹沢と麗音の声がそろう。

「それでお前ら、伊丹のためにも事件を早く解決しようと、俺たち特命係に……」

事情を察したらしい薫に、麗音が頭を下げる。

「ご協力ください！」

「おう、任せとけ！」薫が心持ち胸を張る。

「いやいや、亀山さんじゃなくて、杉下警部に」

「お、お、お、おい」

薫は事情を完全には察していなかった。右京のほうはマイペースだった。

「ではいったん伊丹さんのことは置いておくとして……」

「置いておくんですか？」薫が目を丸くする。

「置いておきましょう。問題は被害者が残した血文字の『えつ』。このダイイングメッセージがなにを意味するかです」

右京と薫は高級住宅街を歩いていた。その間も薫はずっと憎まれ口を叩き合う仲の同期のことを気にしていた。

「右京さん、俺、被疑者、篠塚悦雄の女房に会って、伊丹とのことを確かめたいんですけど」

「伊丹さんがなぜひと言も釈明しないのか、僕も気になるところではありますがねえ」

「でしょ？　あのバカ、ひとりでなんか抱え込んでやがるんですよ。っていうか、俺ら、どこに向かってるんすか？」

右京には明確なプランがあった。

「手はじめに、二年前にひったくりに遭った被害者に会ってみたいですねえ。君、気になりませんか？」

「え、なにが？」薫はピンと来ていなかった。

「二年前にひったくりをした男と、取り押さえた男。その一瞬の関係性の中で、篠塚悦雄の『えつ』、つまりファーストネームをダイイングメッセージに残したりしますかね？」

薫もようやく右京が覚えている違和感を理解した。

「ああ、たしかに。じゃあ、『えつ』は篠塚悦雄の『えつ』じゃない？」

「そう断定するにもまだ情報不足ですがねえ……。ああ、ここですね。水城《みずしろ》さん」

右京が指し示したのは豪邸と呼ぶにふさわしい洋館だった。

「でっかい家ですねえ」

ひったくりの被害に遭ったのは、水城はつという高齢の女性だった。身のこなしに余裕が感じられ、服装にも気品があった。

「ええ、二年前、散歩の途中に。本当、怖かったわ」

はつによると、サングラスとマスクを着けた黒ずくめの男が突然背後から駆け寄ってきて、ハンドバッグを奪って逃げたという。通りかかった大久保がすぐに駆けつけ、はつから事情を聴いて、猛然とひったくり犯を追った。ちょうど近くにいた大学ラグビー部の学生も追跡に加わって、無事に犯人を捕まえることができたのだった。

はつが大久保のことを笑顔で語った。

「今どき珍しい好青年で、聞いたら大久保くん、不動産投資会社にお勤めだとか。それでね、お礼代わりにと資産運用をお願いしたの。年寄りのお小遣い稼ぎみたいな額ですけど。あんないい子を殺すなんて、恐ろしいこと……」

右京は棚に飾られた皿や小物を眺め、その目をはつの手に転じてから言った。

「トールペイントですか？　あ、奥様の小指のここ」右京が小指の付け根を示す。「お部屋に通されたときに、素晴らしいご趣味だなと思いましてね」

　はつは自分の小指の付け根を見て、上品に笑った。

「まあ、さすが刑事さん。年を取ると時間を持て余しちゃって、先ほどまでちょっと絵付けしてましたの」

　ティッシュで絵具を拭き取るはつに、右京が訊《き》いた。

「ちなみに二年前、大久保さんはどうしてこのお屋敷街にいたのでしょう？　会社員が平日の昼間に」

「ここのご近所にも、大久保くんに資産運用をお願いしているお宅があるそうで、そこを訪問された帰りだったと聞きましたわ」

「ほお、このご近所にも大久保さんの顧客が……」

「あの、ちなみにお小遣い稼ぎの不動産投資っていうのはいかほど？」

　へつらうような物腰で下世話な質問をする部下を右京が軽くたしなめる。

「君」

「ああ、すみません。庶民の率直な興味です」

　右京もはつに向き合った。

「というか事件の背景としても、それは知っておきたいところではありますねえ」

「本当にたいした額じゃございませんのよ」

はつははにかむように笑いながら、右手の中指と人差し指を立てた。

はつの屋敷を出たところで、薫が言った。

「たいした額じゃございませんのよ、って言って二百万ですよ。すごいですね、金持ちは」

「二百万ではなく、二億円だと思いますよ」

「えっ？　におくぅ？」

「富裕層の大奥様ですからねえ。まあそのあたりが相場でしょう」

「お小遣い稼ぎが？」

「ええ」感心しきりの薫を右京が促した。「次、行きますよ」

ふたりが次に訪問したのは、衣川誠《きぬがわまこと》という人物だった。水城はつが言っていた大久保の顧客である。はつの屋敷は洋館だったが、こちらは和風の大邸宅だった。

突然のふたりの訪問に、五十代半ばと思《おぼ》しき衣川は玄関で対応した。

「大久保くんとの付き合いは五年くらいかな。誠実な青年で、資産運用もローリスク・ローリターンで、堅実だった」

「立ち話もなんですから、続きは中でいかがでしょう？」

右京が提案したが、衣川は高級そうな腕時計に目をやって首を横に振った。

「ああ、悪いがそろそろ出かける時間なので。後日にでも改めて、アポを取って来てください」

薫がその時計に目を留めた。

「あ、その時計イケてますね！　ちなみにそれ、おいくらくらいで？」

「君っ」

右京がさっきよりも強くたしなめたが、薫の好奇心は収まらなかった。

と、衣川が指を二本立てた。

「また二億？」

「そのあたりだ」

衣川が顔色ひとつ変えずに答えると、薫ばかりか右京も目を丸くした。

続いて右京と薫は、大久保が勤務していた不動産投資会社を訪問した。通されたゴージャスな応接室でふたりに対応したのは、眼鏡《めがね》をかけ、年齢のわりに尊大な態度の沼田《ぬまた》利一《としかず》という社員だった。

「他の刑事さんにすでにお話ししています。その日大久保の顧客から、アポを入れたくせにいつまで経っても現れないとクレームが入りましてね。上司に言われて自宅へ行ったら、殺されてた。それだけです。玄関の鍵はかかっていませんでした。通報は僕が。

他になにか聞きたいことは？　なければこれで」

沼田は木で鼻をくくったような対応をし、そのまま出て行こうとした。右京が左手の人差し指を立てて呼び止める。

「ああ、ひとつだけ。お忙しいところすみませんねえ。あなたと大久保さんは同期入社で、大久保さんもあなたと同じ富裕層専門の部門にいらっしゃったとか」

「それもお話ししました。大久保の営業成績はここ数年トップクラス。なにしろ、ひとり富裕層をつかめば、その紹介で別の富裕層が向こうから連絡してくる状態で」

「そこなんですがね。大久保さんの運用はローリスク・ローリターン。なのになぜ、次から次と顧客を得られたのでしょう？」

沼田は眼鏡を押し上げると、嘲《あざけ》るような口調で答えた。

「尻尾を振る犬だからですよ、大久保は。富裕層は孤独な人が多いんです。お金のある分、それを狙って人が寄ってくるのを知っている。だから他人を信用しない。人間関係が意外と狭い。けど、いったん信用すれば、割となんでも相談してくる。そこを大久保はつかむ。お金の運用はもちろん、庭の手入れ、犬の散歩、ゴルフのお供、旅行の手配、習い事の紹介等々、あらゆる場面でマメにサポートしていましたよ。尻尾を振る犬に徹し……」沼田は言い過ぎたことに気づいたのか、一転して真面目な顔になった。「あ、失礼。次がありますので」

二

夕方、特命係の小部屋に戻ると、薫は呆れたように言った。

「なんだかギスギスしてましたねえ」

「扱うお金が大きければ大きいほど、プレッシャーもまた大きいのでしょうねえ」

「よかった！　俺の人生、ノンプレッシャー」

そこへ組織犯罪対策部薬物銃器対策課長の角田六郎が取っ手の部分にパンダが乗ったマイマグカップを持って入ってきた。

「暇か？」

「お仕事から今帰ったとこですよ、課長」

薫が答えると、角田が捜査状況を気にした。

「知ってるよ。で、どうなの、伊丹は」

「まあ、これからっすね」

「なに、お前、親友のピンチだっていうのに心配じゃねえのか？」

「誰が親友ですか？」

そこへ今度は芹沢が駆け込んできた。

「篠塚悦雄、二年前のひったくり事件の前から、今回の被害者の大久保と顔見知りだった可能性が出てきましたよ」

右京が興味を示す。

「ひったくり事件の前から？」

芹沢のあとから入ってきた麗音が説明する。

「大久保さんは宮城県出身なんですが、篠塚悦雄も子供の頃に宮城にいたことが。同じ町で家も近所で」

芹沢が補足する。

「まあ年齢は少し離れてますが、ほら田舎は近所の繋《つな》がりが強いから。互いに知っていたのはまず間違いないかと」

それを聞いた薫がホワイトボードの前に移動した。ホワイトボードには関係者の相関図が描かれ、顔写真が貼られていた。

「だとしたら、大久保が篠塚のファーストネーム、悦雄の『えつ』と書き残してもおかしくないっすよね？」

「え、俺か？」突然振られた角田が戸惑う。

「それどころか二年前のひったくりも、富裕層の水城はつに近づくために、ふたりがグルになって仕掛けたとも考えられますよ」

今度は角田も考えて、異を唱えた。

「いや、けどお前、篠塚悦雄は現にひったくりで捕まって二年も服役したんだろ?」

麗音は角田の意見にさらに異を唱えた。

「いえ、たまたま近くにいた大学のラグビー部員が協力して取り押さえたんです。篠塚と大久保にとっては想定外だった可能性も」

薫が事件の構図を推測する。

「となるとだ。篠塚悦雄はひったくりで共謀したことをネタに大久保を脅し、揉めた揚げ句に殴り殺して逃走。うん。右京さん、篠塚の女房に当たってみていいですかね?なんか手がかりがつかめるかもしれません」

角田が薫を冷やかす。

「お前なんだかんだ、伊丹のこと、心配してんじゃないの。ツンデレか?」

「課長!」

薫が角田に咎《とが》めるような目を向けたとき、右京が声を張った。

「果たしてそうでしょうか?」

「そのとおり」薫がうなずく。「これはね、ツンデレとかじゃなくて純粋な推理で」

勘違いする薫を、右京が遮《さえぎ》った。

「いえ、そうではなくて。果たしてこの『えつ』が篠塚悦雄の『えつ』なのか……」

その夜、薫は妻の美和子とレストランで待ち合わせていた。手帳に「えつ」と書き、いろいろな角度から見ているところへ、美和子がやってきて、薫の前の席に座った。

「お疲れ、美和子。就活どうだった？」

「そんなことより、捜査一課の刑事が不倫の果てに、犯人取り逃したって本当？」

「取り逃したはまあ大袈裟《おおげさ》だけど……誰に聞いた？」

「え、そんなの、昔の記者仲間に決まってんじゃない。で、誰？」

「まあ、いいじゃない」

薫はいなそうとしたが、美和子がテーブルに両肘をつき、両手に顎をのせて「誰？」と可愛く迫ると、呆気《あっけ》なく陥落した。

「これだよ」と渋面を作り、「特命係の亀山！」とまねをした。

これで美和子には伝わった。

「え、伊丹さん？　ええ！　マジ？」

「マジ。そんなことより、これ」

薫が手帳を見せた。

「『えつ』？　なにこれ？」

「ここだけの話だぞ。被害者が残したダイイングメッセージだ」

「ダイイングメッセージ⁉」美和子はかばんからタブレットを出し、指で「えつ」と書いた。「これが、まだメッセージの途中だったとしたら……」

美和子は「ううっ」と死ぬふりをして、テーブルに突っ伏しながら、点と線を書き足した。すると「つ」が「か」になった。

薫が読む。

「『えか』……『えか』ってなんだよ？」

「わからん」美和子は首を振り、次の仮説を口にした。「平仮名の『つ』じゃなくて、カタカナの『フ』だったら？」

「『えフ』か。いや、こっちだけカタカナはおかしいだろ」

「いや、あらゆる可能性」

「あ、だとしたら、これも書きかけだとして……」

薫がタブレットを引き寄せ、死ぬふりをしながら、線を書き足した。「フ」が「ス」に変わる。

「『えス』……どうだ、これ？」

「いや『えス』だったら、普通にこうやって書かない？」

美和子がタブレットに「S」と書き足す。

「あらゆる可能性だよ。イニシャルSっていうことは……」

「杉下右京！」

薫と美和子の声がそろった。

亀山夫妻がレストランで生産性のない検討をしているとき、右京はいつものように家庭料理〈こてまり〉のカウンター席で日本酒を飲んでいた。

大久保殺しの凶器となった陶器の破片の写真を右京がスマホで見ていると、女将《おかみ》の小手鞠こと小出茉梨が横からのぞき込んだ。

「あら？　なんですか、これ」

「どうやら今から数百年前の陶器ではないかと」

「数百年前！」小手鞠が声をあげた。「ちょっと見せていただいてもよろしいですか？」

「どうぞ」

小手鞠はスマホを受け取ると、写真を拡大した。

「あら、この文様。これ、櫂象仙《かいしょうざん》のものに似てませんか？　昔ご贔屓《ひいき》筋に古美術に興味のあるお客さまがいらっしゃいましてね」

「櫂象仙……」右京は改めて陶器の写真をまじまじと眺めた。「ええ、たしかに」

翌日、薫は由香子が勤める弁当屋を訪れた。

「いらっしゃいませ。ご注文は？」

由香子は笑顔を向けたが、少し疲れているように見えた。右手の人差し指をけがしたのか、包帯が巻かれていた。

「ああ、すみません。客じゃないんですよ。俺、伊丹憲一と同じ職場の亀山っていいます。都合いい時間にお話ちょっといいですか？」

由香子が店の奥へ目をやった。そこでは店主と思われる年配の女性が弁当を作っている最中だった。今が書き入れどきだと悟った薫が申し出た。

「あ、全然待ちますから、はい」

しばらくして、由香子は店舗の前に設けられた休憩スペースで時間を取ってくれた。

「ご主人が今どこにいるのか、本当に心当たりありませんか？」

「ありません」由香子は暗い目をして答えた。「主人はこれまでも滅多に家に帰らなかったし、刑務所にいる時間のほうが長くて……」

「なんでそんな男とずっと一緒に？　あ、すみません、出過ぎたことを」

頭を下げる薫から視線を外して、由香子は首を振った。

「離婚なんか切り出したら、どんなことをされるか……」

「ああ、出過ぎついでにもうひとつ。伊丹のこと、どう思ってますか？」

由香子は薫に視線を向けると、一語一語絞り出すように答えた。

「伊丹さんは優しい人です。たぶんとっても……」

そのとき由香子の頭には、ある夜のできごとがフラッシュバックしていた。

店のカウンター前のスペースの長椅子で息子の祐が、宿題の九九のドリルを声に出しながら解いていた。祐が「7《シチ》×5《ゴ》?」と叫んだので、「35!」と答えながら表に出ると、いつものようにダークスーツ姿の伊丹が困ったような表情で立っていた。どうも子供の相手が苦手そうに見えた。

由香子は「いらっしゃいませ」と迎え、「すみません、今日、学童保育がお休みで」と断ると、伊丹は得心したように軽くうなずいた。

「いつものでいいですか?」

由香子が訊くと、伊丹は「はい」とうなずき、弁当ができ上がるまでの短い間、祐の隣に座って待っていた。

祐は7×6と7×7は覚えていたが、7《シチ》×8《ハ》で詰まり、母親のほうを見て答えを求めたが、客の注文を受けていた由香子はそれに気づかなかった。仕方なく伊丹はためらいながらも「56」とボソリとつぶやいた。

祐が56と答えを記入し、今度は伊丹の顔をじっと見つめながら、「7《シチ》×9《ク》」と言って答えを待った。由香子が「63」と答えるのと同時に伊丹も「63」と応じた。伊丹と由香子は思わず微笑《ほほえ》み合い、由香子の心の内にほんの少しだけあたたかいものが流れた。

「……伊丹さんは悪くないんです。すみません」

薫にそう訴える由香子の脳裏には別の日のできごとがよみがえっていた。たまたまふたりの休みが重なったので、伊丹が由香子と祐を上野で開催されている恐竜展に連れていってくれたのだ。ふだん父親が家にいないせいか、祐はすっかりはしゃいで、恐竜の歩くまねをしていた。売店で買ってもらった恐竜のフィギュアで遊ぶ祐に目を向けながら、由香子は伊丹に礼を述べた。

「今日は誘っていただいて本当にありがとうございます、伊丹さん」

「いいえ。休みが合う日があってよかったです」伊丹はそう言うと、改まった口調になった。「由香子さん、人にはそれぞれ事情があるかもしれませんが、相談してもらえれば、力になります。祐くんから聞きました。私でよければ、全力で力に……」

祐はいつしか伊丹になついており、父親の悦雄のこともしゃべっているようだった。しかしさすがにこれは知らないだろうと思って、由香子は打ち明けた。

「夫は堅気じゃ、ないんです」

すると伊丹は「得意分野です」と応えた。どういう意味かと首を傾げたとき、まさに当の悦雄から電話がかかってきたのだった。

――おい、てめえ、どこ行ってんだよ！　家で待ってろ……。

「ごめんなさい。もう帰らないと」

電話の内容は聞こえなかったはずだが、由香子の表情や態度から、伊丹は相手を察したようだった。

「もし暴力を振るわれそうになったら、私に連絡を。必ず力になります」

決然とした表情の伊丹に、「楽しかったです、本当に。ありがとうございました」と言い残し、由香子は祐を連れて家に戻ったのだった。

由香子から一連の打ち明け話を聞いた薫は、しみじみと感じ入っていた。

右京はその頃、〈慶明大学《けいめいだいがく》〉を訪ね、櫂象仙研究の第一人者である磯部《いそべ》昭夫《あきお》教授と面会していた。

教授室で待っていると、磯部が数冊の書物を持って現れた。

「お待たせしました。こちらが櫂象仙の資料です。こちらが当時の文献、こちらが最新の研究書です」

右京は「最新の研究書」と紹介された書物を手に取った。

「拝見します」

ページをパラパラめくっていた右京が、二枚の壺の写真に目を留めた。

「磯部教授、こちらの壺は？」

「ああ、象仙の中でも逸品です。研究者によっては、『フェルメールの壺』なんて言う人もいるくらいで」

「フェルメールの壺ですか?」

「ええ」磯部が古文書をめくる。「文献によると……男壺、女壺のふたつでワンセット。対を成すものでした。しかし明治の後期、ふたつそろって盗難に遭い、以来、行方不明に」

「盗難ですか……」

「それが十年ほど前、ヨーロッパで発見されましてね。男壺のみですが。幻の象仙の壺だと人気を集め、オークションでは日本円で十二億円の値が付きました」

「十二億円ですか。なるほど。盗難に遭ったところも、お値段も、まさにフェルメールですねえ。ちなみに女壺のほうは?」

「今も行方不明です。手がかりもなにひとつありません」

「そうですか。なるほど……。ああ、これ、お借りしてもよろしいですか?」

申し出る右京に、磯部は快く応じた。

「どうぞ」

右京が特命係の小部屋に戻って、磯部に借りた資料に目を通していると、薫が戻ってきて、入口のネームプレートを赤から黒に返した。

「行ってきました」

資料から目を離さず、右京が訊いた。

「篠塚由香子さんのほうはいかがでしたか？」

「今回の恋は、これまでみたいな伊丹の一方通行じゃないみたい……」

「いえ、そうではなく……」

「篠塚悦雄の行方の手がかりですよね。ありません。由香子さんも心当たりはないそうです」

「そうですか」

薫は右京の手にある書物を気にした。

「なに読んでるんですか？」

「櫂象仙の研究書です。〈慶明大学〉の磯部教授にお借りしました」

「はあ……」

右京が研究書の中の写真を示す。

「幻の壺、フェルメールの壺とも呼ばれる櫂象仙の男壺と女壺です」

薫はホワイトボードに貼られた凶器の写真と照合した。

「あ、凶器のかけらと同じ模様」

「ええ。近年発見された男壺はオークションで十二億の値が付いたとか」

「そんな高価な壺……」と、薫がひらめいた。「あっ！」

「はい」

「右京さん、陶器に模様を描くことを絵付けっていいますよね」

「ええ」

薫はホワイトボードのダイイングメッセージの写真を指差した。

「この血文字の『えつ』、絵付けの『えつ』ってことはないですかね？　ほら、関係者の中に絵付けを趣味にしている人間が！」

薫の脳内スクリーンには、水城はつが大久保の頭に壺を叩きつける場面が映っていた。

「動機もありますよ。大久保が篠塚と組んで自分を引っかけたことに気づき、怒りにまかせて壺で頭を！」

「亀山くん……」

右京がなにか言おうとしたとき、スマホの着信音が鳴った。

「杉下です」

電話をかけてきたのは芹沢だった。

――大久保の同僚で第一発見者の沼田利一。事件の数日前、大久保と大喧嘩《おおげんか》していたことがわかりました。

目撃した社員によると、ふたりは「殺してやる！」と物騒なことを口走りながら、取っ組み合いの喧嘩をしていたらしい。

右京から電話の内容を聞いた薫は、今度はホワイトボードに貼った沼田の写真の前に立った。

「こいつも怪しい！」薫が興奮した口調で指差す。「動機としては十分ですよ」

「動機としてはありますがね。しかし問題は『えつ』」

「じゃあやっぱり、絵付けの『えつ』！」

「いくらなんでも、それはこじつけでしょう」

可能性を次々否定されて薫がしょんぼりするなか、右京は借りてきた資料の中の古文書を手に取った。

しばらくして、右京の眼鏡の奥の目がキラリと輝いた。

「亀山くん、大久保さんの残したダイイングメッセージの意味がわかりました」

三

伊丹は苦虫を嚙み潰したような顔で、廊下を歩いていた。今しがた大河内に呼ばれ、査問委員会の日程を告げられたのだった。そのとき伊丹の頭には、恐竜展に行った後日のできごとの残像があった。

「先日はありがとうございました」

弁当屋の前の休憩スペースで礼を述べる由香子に、伊丹は言った。

「元気そうでよかった。この前、気になってのぞいたら、休みを取られていたので」

「親戚の家で法事があって。祐を店主さんに預けて、ゆっくりしてきました」

「そうですか。あ、それは？」

伊丹は由香子の右人差し指の包帯が気になった。

「ああ、爪剝がしちゃって。法事でちょっと……」

由香子の顔が一瞬強張《こわば》ったのを伊丹は見逃していなかった。

「法事で？　医者には？」

「大丈夫です」

「あのあと、ご主人とは？」

伊丹が一番心配していることを質問したまさにそのとき、由香子のスマホが鳴った。

「はい。えっ……？　ちょっと待って。そんなの勝手すぎる！　もしもし……？　もしもし？」

スマホを持つ手を下ろした由香子は悲しげな目で言った。

「主人からでした。またしばらく留守にするって……」

伊丹は感情を押し殺すように口を一文字に結び、由香子を見つめた。由香子が無理に笑った。

「駄目人間なんです、私。伊丹さんに気にかけてもらうほどの値打ちないですから。いろいろ本当にすみませんでした」

一方的にそう語ると、一礼して店に戻っていったのだった。

伊丹が回想を終えたとき、目の前に薫が立っていた。

「査問委員会にかけられる崖っぷちの伊丹～！」

いつもは罵倒で返す伊丹が、このときばかりは黙っていた。薫は出鼻をくじかれた気分だったが、本題を切り出した。

「大久保雅也殺害の犯人がわかったぞ」

「真犯人は篠塚悦雄か？」

「いや、篠塚じゃねえ。誰だか知りてえか？　お前がなんでだんまりを決め込んでたのか言ってみろ。そしたら教えてやるよ」

しかし伊丹は黙したまま、踵《きびす》を返して去っていった。

「おい！　そうやってひとりで辛気くさい面してろ、バカ野郎！」

翌日、右京と薫は衣川誠の邸宅を訪ねた。玄関前で高級外車の後部座席から降りたところでふたりの姿を認めた衣川は、車のドアを力任せに閉めると、渋面を作った。

「また君たちか。前にも言ったはずだ。聞きたいことがあるならまずアポを取ってくれと」

さっさと家に入ろうとする衣川の背中に、右京が話しかける。

「やはり今日も中には入れていただけませんか」

「なんで俺たち、入れてもらえないんですかね、右京さん」

　薫が聞こえよがしに言うと、右京も調子を合わせた。

「思うに亀山くん、この家の中には大久保さん殺害事件に繫がるのではとご本人がひそかに恐れる数多くのものがコレクションされているから……でしょうかねえ」

「ま、詳しい話は中で……」

　薫が玄関に足を踏み入れようとすると、衣川が立ちふさがった。

「仕方ありません。ではここで」右京が説明をはじめる。「殺害現場には大久保雅也さんによる血文字のダイイングメッセージが残されていました。メッセージは『えつ』。そこから、名前にその字のある篠塚悦雄をはじめ、我々は『えつ』に振り回されてきました。しかし『えつ』はそれ自体で完成されたメッセージだったのです」

　衣川が怪訝《けげん》な顔になると、右京は続けた。

「おや、衣川さんならば、すぐにピンとくると思ったのですがねえ。『えつ』は平仮名でもカタカナでもない、変体仮名だったんですよ」

「変体仮名？」衣川には予想外の答えだった。

「変体仮名とは現在使われている平仮名とは字体の異なる平仮名で、平安時代から明治時代まで様々な場面で使われてきました。古文書にも、古美術品を納めた箱や書き付けの類にも変体仮名が多く用いられています」

そこで薫が衣川に言った。

「調べたところ衣川さん、あなた古美術が好きで相当なコレクションを持っているみたいですね。中でも安土桃山時代の陶工、櫂象仙には目がないとか」

薫の横をすり抜けて表に出た衣川を逃がさないよう、右京がピッタリ横についた。

「あなた、我々におっしゃいましたねえ。大久保さんの資産運用はローリスク・ローリターンだと。正直それほど魅力のあるものとは思えませんが、しかし現実はあなたをはじめ、次から次に富裕層が彼の顧客になっている。なぜか？　大久保さんは表沙汰にできない古美術品を富裕層に売りさばく仲介者だった。つまり、故買人だったんですね」

「窃盗組織とパイプのある篠塚と組んで、故買の裏ビジネスをしていた」

薫が篠塚の役割に触れると、右京は衣川の悪事を暴いた。

「あなたは大久保さんの仲介で櫂象仙の幻の壺、フェルメールの壺とも呼ばれるふたつの壺のうち、いまだ行方不明の女壺を手に入れましたね。櫂象仙研究の第一人者、〈慶明大学〉の磯部教授に現場に残された凶器の破片を鑑定してもらったところ……」

「磯部教授が鑑定を？　結果は？」

この期に及んでも、衣川はそれが気になるようだった。右京が鑑定結果を告げる。

「たしかに安土桃山時代の作。しかし釉薬《ゆうやく》は象仙が好んで使っていたものとは成分が違っていたそうです。いつの時代にも贋作《がんさく》というのはあるものですねえ。おそらくあなたも、手に入れたその壺を、その道の鑑定家に鑑定してもらったのでしょう。そして、よくできているが、偽物だと言われた……」

衣川が唇を噛みしめた。

「櫂象仙の女壺は、私が長年探し求めていたものだった。なのに……」

衣川が「よくも偽物をつかませてくれたな！」と壺をつき返したとき、大久保はせせら笑った。

「衣川さん、落ち着いてください。贋作のリスクは承知している、それでも手に入れたいっておっしゃったのはあなたですよ。またいいものが出たらご紹介しますよ。金持ち喧嘩せず」

相手にしようとしない大久保を見ているうちに頭に血がのぼった。気がついたときには壺を大久保の頭に振り下ろしていた。衣川は必死で陶器の破片をできるだけたくさんかき集めるとその場を逃げ出したので、まさか大久保がダイイングメッセージを残していたとは考えもしなかった。

「『えっ』……そうか、大久保は『えっ』と……」

右京が、そうつぶやく衣川の表情を読む。

「どうやらおわかりになったようですね」

「あんたたちには馴染みのあるものなんでしょうがね」薫が尻ポケットから折りたたん

だ紙片を取り出した。広げると変体仮名と現代の文字の対応表が現れた。「いやあ、ややこしいことしてくれましたよ。『え』は漢字の『衣《ころも》』を崩したもの、『つ』は漢字の『川』を崩したもの」

右京がとどめを刺す。

「すなわち『えつ』とは衣川さん、あなたのことだったんですよ」

衣川がその場にくずおれたとき、パトカーのサイレンが聞こえた。

ふたりは衣川の書斎で、擢象仙の女壺の贋作が粉々になっているのを見つけた。すると右京のスマホが振動した。

「杉下です。……そうですか。やはり出ましたか」

四

右京が警視庁の取調室に入ると、芹沢が席を譲った。右京はおもむろに椅子に座った。

「自らお越しいただけると、もっとよかったのですがねえ」

右京の正面には伊丹の想い人が座っていた。

「さて、篠塚由香子さん、ご主人の篠塚悦雄さんが出所したのは、大久保さん殺害事件の四日前でした。調べてみると、伊丹刑事はその日非番で、あなたもパートがお休みでした」

「はい」由香子は潔く認めた。

「その日、上野の恐竜展会場の防犯カメラに、あなたとお子さん、そして伊丹刑事の姿が映っていました」

芹沢の言葉を受け、麗音が防犯カメラの映像から切り取った写真を見せながら言った。

「その後のあなたの足取りをすべて、スマホの位置情報、防犯カメラと聞き込みで追いました。同日午後六時頃、あなたはひとりで新宿区の廃ビルへ行った。これはそのビルの向かいの防犯カメラ映像です」

証拠を見せられて身を固くする由香子に、麗音が次の写真を見せた。

「そしてほぼ同時刻、篠塚悦雄もそのビルへ入った。しかし一時間後、出てきたのはあなたひとりでした」

由香子の顔に動揺が走った。右京が静かに続けた。

「二日後、あなたは親戚の法事という理由でパートを休み、子供を店主に預け、深夜再びそのビルに行きましたね。その後丹沢方面に向かい、早朝に東京に戻った」

麗音が言い添えた。

「位置情報で確認しました」

由香子はおどおどし、麗音と芹沢に訴えた。

「もう帰らせてください。祐が……子供が待ってるので……」

芹沢はそんな由香子に最後通牒を突きつけた。

「今朝がた、丹沢の山中で男性の遺体が発見されました。人相の特徴から篠塚悦雄と判明しました。検視によると、死亡したのは出所したその日と考えられます」

右京が動機を推理して語った。

「あなたとお子さんは長い間、篠塚悦雄から暴力を振るわれ、苦しめられてきた。その関係を終わらせたい一心で呼び出された廃ビルで夫を殺害した。死体はいったんそのビルに隠しておき、後日、丹沢山中に埋めました。そのときに爪を剝がしたのでしょう」

ハッとした由香子は、とっさに包帯を巻いた指を左手で隠した。しかし、時すでに遅しだった。右京の推理が続く。

「そしてそれを隠蔽《いんぺい》するために小細工までした。ええ、まさに小細工です。伊丹刑事を利用しようとしたのですから。伊丹刑事に篠塚悦雄がまだ生きていると思わせるために……」

そのとき伊丹は隣室からマジックミラー越しに取り調べのようすを見ていた。そんなこととは知らずに、由香子が自白した。

「もし警察に疑われたら、夫はまだ生きていると証言してもらおうと思って……。タイマー機能を使って……電話を鳴らしました」

伊丹もすでに気づいていた。弁当屋の前の休憩スペースで会ったときにかかってきた電話は、由香子の自作自演だったのだと。

「伊丹さんが……まさか警察の人だったなんて……」

由香子がそれを知ったのは、伊丹が警察手帳を掲げながら、アパートに踏み込んできたときだった。伊丹の目には悲しみの色がにじみ、同時になにかを懇願するような淡い輝きを帯びていることを、由香子は瞬時に感じ取ったのだった。

「そのとき、わかりました。伊丹さんは私の嘘を……見抜いてた……」

隣室から伊丹が見つめるなか、右京が伊丹の心中の思いを代弁した。

「伊丹刑事があなたの目の前で無謀な家宅捜索をしたのは、事件が発覚する前にあなたに自首してほしかったからですよ。発覚前と発覚後では量刑に差が出ますからねえ。あなたの気持ちはわからないでもありません。しかし、他に方法はありませんでしたかねえ。殺さなければなりませんでしたかねえ。非常に残念です」

由香子は開き直ったように微《かす》かに笑みを浮かべた。

「伊丹さんが私の犯罪を暴いてくれたんですね」

「いいえ。伊丹刑事はあのあと謹慎処分を食らって、弁解どころか完全黙秘を……」

芹沢の言葉を聞いて、由香子は目を見開いた。伊丹はこんな自分を、人を殺めた女を、なお心配し、ずっと自首を待っていてくれていたのか……救いの手を差し出し続けてくれていたのか……。由香子の口から嗚咽《おえつ》が漏れた。隣室の伊丹の背後には薫がいた。薫はひと言も言わずにそっと部屋を出た。最後に麗音が訊いた。

「伊丹刑事になにか伝えたいことはありますか?」

「……いえ」

由香子のすすり泣く声が取調室に響いた。

数日後、特命係の小部屋で右京が紅茶を淹《い》れていると、来客があった。

「おや、おひとりで珍しい」

来客は伊丹だった。伊丹は部屋を見回し、薫の不在を確認した。

「ああ、聞きましたよ。査問委員会は見送られ、今日から捜査一課に復帰だとか」

「おかげさまで減給処分は食らいましたがね。警部殿は篠塚由香子の犯罪に、いつ気づいたんです?」

「あなたが彼女の部屋に押しかけ、令状も取らずに家捜しをしたと聞いたときです」

「そんなに早く⁉」

「他の刑事ならば、恋愛感情からそういう暴走もまったくないとは言えません。しかしあなたは伊丹さんです。根っからの刑事です。あり得ない。故にその暴走の裏には、刑事の職を賭するに足る重大事件があるのではと直感しました」

右京がホワイトボードの前に進み出て、篠塚悦雄と由香子の写真に目をやった。

「たとえば、それがまだ発覚していない事件であれば被疑者は篠塚由香子。被害者は消息不明の篠塚悦雄。あとは証拠を固めるだけ。しかし、どんな事情があろうと、大河内監察官の調べにあなたが口を閉ざしてしまったのは、いかがなものかと思いますよ。あなたが釈明していれば、篠塚悦雄殺害事件も大久保雅也殺害事件も、もっと早く解決していました」

「今後はせいぜい気をつけます」

伊丹が苦々しい顔で頭を下げたとき、宿敵が帰ってきた。

「おっ！　今日から復帰か。悪運の強さだけは人一倍だな」

「てめえに言われたくねえよ、この嘱託亀が！」

「なんだと？　自分がどれだけ周りに迷惑かけたか、わかってんのか？　ちったあ反省しろ！」

「この借りは必ず返す！」伊丹は薫に言ったあと、右京を振り返った。そして、「返しますよ」と言い残し、足早に部屋を出ていった。

その背中に向かって、薫が声を投げかけた。

「おうおう、待ってるぞ！　利息付けて返せよ」

薫は嬉しそうに笑うと、右京に言った。

「あれぐらいじゃないと、張り合いないっすよね」

相棒 season 21（第1話～第8話）

STAFF

エグゼクティブプロデューサー：桑田潔（テレビ朝日）
チーフプロデューサー：佐藤凉一（テレビ朝日）
プロデューサー：髙野渉（テレビ朝日）、西平敦郎（東映）、
土田真通（東映）
脚本：輿水泰弘、川﨑龍太、光益義幸、岩下悠子、瀧本智行、
山本むつみ、森下直
監督：橋本一、権野元
音楽：池頼広

CAST

杉下右京……………………………水谷豊
亀山薫…………………………寺脇康文
小出茉梨………………………森口瑤子
亀山美和子……………………鈴木砂羽
伊丹憲一………………………川原和久
芹沢慶二………………………山中崇史
角田六郎…………………………山西惇
出雲麗音……………………篠原ゆき子
益子桑栄………………………田中隆三
土師太…………………………松嶋亮太
大河内春樹……………………神保悟志
中園照生…………………………小野了
内村完爾………………………片桐竜次
衣笠藤治………………………杉本哲太
社美彌子……………………仲間由紀恵
甲斐峯秋………………………石坂浩二

制作：テレビ朝日・東映

第1話　　初回放送日：2022年10月12日

ペルソナ・ノン・グラータ～殺人招待状

STAFF

脚本：輿水泰弘　監督：橋本一

GUEST CAST

厩谷琢……………勝村政信　　ミウ・ガルシア … 宮澤エマ

アイシャ・ラ・プラント…………サヘル・ローズ

片山雛子 ……………木村佳乃　　鑓鞍兵衛 ……………柄本明

第2話　　初回放送日：2022年10月19日

ペルソナ・ノン・グラータ～二重の陰謀

STAFF

脚本：輿水泰弘　監督：橋本一

GUEST CAST

厩谷琢……………勝村政信　　ミウ・ガルシア … 宮澤エマ

アイシャ・ラ・プラント…………サヘル・ローズ

片山雛子 ……………木村佳乃　　鑓鞍兵衛 ……………柄本明

第3話　　初回放送日：2022年10月26日

逃亡者 亀山薫

STAFF

脚本：川﨑龍太　監督：橋本一

GUEST CAST

羽柴亮平 ……………波岡一喜　　塩見耕太郎……長谷川公彦

第4話　　初回放送日：2022年11月2日

最後の晩餐

STAFF

脚本：光益義幸　監督：橋本一

GUEST CAST

堂島志郎 ……………矢柴俊博

第5話　初回放送日：2022年11月9日

眠る爆弾

STAFF

脚本：岩下悠子　監督：権野元

GUEST CAST

平山翔太…………山本涼介　三沢龍之介…………山崎潤

第6話　初回放送日：2022年11月16日

笑う死体

STAFF

脚本：瀧本智行　監督：権野元

GUEST CAST

伊藤真琴…………阿南健治　和田紗矢………池谷のぶえ

中年男（大谷敏夫）……有薗芳記

ベテラン漫才コンビ 水沢・今野………………おぼん・こぼん

第7話　初回放送日：2022年11月30日

砂の記憶

STAFF

脚本：山本むつみ　監督：橋本一

GUEST CAST

吉崎弘美…………桜木梨奈

第8話　初回放送日：2022年12月7日

コイノイタミ

STAFF

脚本：森下直　監督：権野元

GUEST CAST

篠塚由香子……… 霧島れいか

相棒《あいぼう》 season21　上

朝日文庫

2023年10月30日　第1刷発行

脚　本　輿水泰弘《こしみずやすひろ》　川崎龍太《かわさきりゅうた》　光益義幸《みつますよしゆき》
岩下悠子《いわしたゆうこ》　瀧本智行《たきもとともゆき》　山本《やまもと》むつみ
森下直《もりしたただし》
ノベライズ　碇《いかり》　卯人《うひと》

発行者　宇都宮健太朗
発行所　朝日新聞出版
〒104-8011　東京都中央区築地5-3-2
電話　03-5541-8832（編集）
03-5540-7793（販売）
印刷製本　大日本印刷株式会社

定価はカバーに表示してあります

ISBN978-4-02-265125-9

朝日文庫

相棒season19（上）
脚本・輿水 泰弘ほか／ノベライズ・碇 卯人
白バイ警官銃撃事件の手掛かりを摑むべくVR上の仮想国家の謎に挑む「プレゼンス」、死の直前の買物が事件解明の糸口となる「目利き」など六編。

相棒season19（中）
脚本・輿水 泰弘ほか／ノベライズ・碇 卯人
右京の前に現れたフリージャーナリストの真の狙いが明らかになる「オマエニツミハ」、亘が詐欺グループのアジトに潜入する「欺し合い」など六編。

相棒season19（下）
脚本・輿水 泰弘ほか／ノベライズ・碇 卯人
仮想国家の支配者と特命係の最終決戦を描く「暗殺者への招待」、雨宿りの客のハンカチを届けた小手鞠が事件に巻き込まれる「忘れもの」など六編。

相棒season20（上）
脚本・輿水 泰弘ほか／ノベライズ・碇 卯人
拘置所内の不審死から官房長官主導の暗殺事件の顚末を暴く「復活」、刺殺されたベストセラー作家の死の真相を解明する「マイルール」など五編。

相棒season20（中）
脚本・輿水 泰弘ほか／ノベライズ・碇 卯人
亘の姉からの、記憶喪失の男性を保護したという依頼が意外な展開を生む「二人」、二〇年前の刺殺事件を解明する「生まれ変わった男」など六編。

相棒season20（下）
脚本・輿水 泰弘ほか／ノベライズ・碇 卯人
有力国会議員の襲撃に失敗した男が出所後再び狙っているという情報が浮上し……。四代目相棒のラストを飾る「冠城亘最後の事件」など六編。